미아

미아

2판 2쇄 찍음 2021년 9월 3일
2판 2쇄 펴냄 2021년 9월 13일

지은이 | 도개비
펴낸이 | 고운숙
펴낸곳 | 봄 미디어

기획·편집 | 박나영, 임지윤, 정지은
표지 디자인 | 우물

출판등록 | 2014년 08월 25일 (제387-2014-000040호)
주소 | 경기도 부천시 소향로 14-11, 203호
영업부 | 070-5015-0818 **편집부** | 070-5015-0817 **팩스** | 032-712-2815
E-mail | bommedia@naver.com
소식창 | http://blog.naver.com/bommedia

값 9,000원

ISBN 979-11-5810-747-5 03810

절망이
널 내게 보내어
날
구원케 했다

도깨비 장편 소설

미아

목차

절망이 널 내게 보내어

날 구원케 했다.

프롤로그

나는 한겨울 쓰레기더미에서 태어났다. 그리고 그곳에서 20년을 살았다. 토악질 자국이 사라지질 않고 쓰레기가 득실대는 쪽방촌이 우리 집이었다.

우리 집에는 매일 모르는 아저씨들이 찾아들었으며, 늘 담배 연기로 가득 차 있었다.

집에 들렀다 나가는 이들에게선 탄 냄새와 비릿한 향이 풍겼다. 종종 오줌 지린내도 나곤 했는데, 한참 크고야 그것이 발정제 냄새라는 걸 알았다.

냄새나는 쪽방에서는 별의별 짓거리들이 벌어졌다. 한 사람이 겨우 누울 좁은 방에서 남녀가 뒤엉켜 괴상한 소리를 질렀고, 조금 더 큰 방에서는 남자 서넛이 켜켜이 앉아 화투를 쳤다. 좁은 방에 들어갈 차례를 기다리는 거였다.

쪽방촌에 드나드는 인간들 중 그 누구도 제정신인 사람은 없었다. 그들을 상대로 장사를 하는 제일 미친 인간. 그게 우리 엄마였다.

엄마는 쪽방 끝에 붙은 창고에 판자때기로 지붕을 얹고 그 안에 들어앉아 담배를 팔았다. 벗은 여자들이 실린 사진과 싸구려 발정제도 팔았다.

여자들에게는 세를 주었는데, 그것은 말뿐이지 그 여자들도 값을 매겨 팔았다. 창고 양옆으로 이어진 쪽방에 하나둘씩 들어찬 창녀들이 손님을 받는다는 걸 동네에서 모르는 사람이 없었다. 당연했다. 그게 이곳의 태생이었으니까.

그따위 켕기는 장사를 하는 동안 엄마는 나를 쪽방에 넣어 놓고 밖에서 자물쇠를 걸었다.

그렇게 아홉 살이 되었다. 그해 겨울, 연탄가스가 새어 모두가 헐벗은 도망을 하는 와중에도 나는 혼자 갇혀 있었다.

어쩌면 일부러 내버려 뒀는지도 모를 일이었다. 호적 신고도 돼 있지 않은 거, 죽어 버리면 그걸로 끝이었다. 성가시다는 이유로 나를 서울역에 갖다 버리는 것보다 손쉬운 이별이 아닌가.

가스를 흠뻑 들이마셨던 그 겨울이 지나고 나는 쪽방을 벗어나려고 심부름을 시작했다.

"애! 은하수 한 갑 갖다주련?"

쪽방 중에서도 가장 세가 싼, 끝방 여자가 손가락을 까딱였다. 끝이 벗겨진 새빨간 매니큐어. 다가갈 생각도 없이 여자의 손톱만 물끄러미 쳐다보고 있자, 묻는 목소리가 한층 더 커졌다.

"또 대답 않고 천치처럼 굴지? 삶은 계란 한 개 줄게. 냉큼 다녀와!"

"세 개."

"뭐?"

국민학교를 안 다녔다고 천치는 아니었다. 말과 글도 남들보다 빨리 배웠고, 눈치도 좋았다. 적어도 우리 집에 있는 여자들보다는 똑똑했다.

"건넌방 이모는 세 개 줘."

"에그, 미친년."

여자는 그저 깔깔대며 웃었다. 아홉 살짜리 계집애라고 치기에 몹시 사기꾼스러운 구석이 있었음에도 쪽방 여자들은 날 예뻐했다.

"엄마 담배 두 갑. 4호 이모."

나는 담배 두 갑을 양손에 나눠 쥐고 달렸다. 한 갑은 뒤뜰 처마 구석에 처박았고, 한 갑은 4호 여자에게 갖다줬다.

심부름 값으로는 삶은 계란 세 개.

장부에는 두 갑이 올라가 우리 엄마는 돈을 조금 더 벌었고, 나는 두 갑 중 한 갑을 숨기고 내가 필요할 때마다 한 개비씩 팔았다. 상대는 주로 쪽방촌에서 도박을 하는 남자들이었다.

여자를 살 때도 흥정을 하는 거지새끼들은 200원 하는 담배 한 갑 살 돈도 없어 한 개비씩만 사고 싶어 했는데, 그때마다 나는 15원을 챙겼다. 계란은 한 개만 먹고, 나머지는 한 개에 10원씩 팔았다. 밥도 거르고 도박을 하는 인간들에겐 귀한 양식이었다.

모은 돈을 어디에다 쓰진 않았다. 언젠가는 필요할 것만 같아서. 아빠란 인간이 엄마를 패고 가게를 뒤져 돈을 챙기는 꼴을 볼 때면 돈이 무진장 중요한 것 같았다.

"느이 아빠 봤지? 얼굴은 좀 반반했어."

"반반은 얼어 죽을. 싸질러 낳으면 다 아빠야? 내 이름은 안대?"

"이년이 입만 살아서는! 그래도 남자 그늘 아래가 편해, 이 꼬라지로 사는 것보다."

"맞아서 머리가 어떻게 된 거지? 아! 왜 때려?!"

터진 입가에 약을 발라 주다 머리통을 처맞았다.

제정신이 아닌 것 같다. 그렇게 맞고 돈까지 뜯기고도 아빠라고 콕 집어 소개해 주다니.

그런 아빠는 줘도 안 가져. 뭔 놈의 남자 그늘? 쪽방촌에 드나드는 남자들은 죄다 병신뿐인데. 남자를 뭘 믿고?

할 말이 수두룩 빽빽했다.

이 동네에 살면, 이런 식으로 돈을 벌면 정상적으로 생각을 못 하게 되는 건가. 아니면 설마. 설마 저런 게 염병할 사랑인 건가.

뭐가 정상적인지, 뭐가 사랑인지 알고 싶지도 않았다. 그렇지만 엄마 같은 염병을 떨지 않으려면 나도 어떻게든 돈을 가지고 있어야 할 것 같았다.

내가 맞았다. 돈은 빌어먹게도 중요했다. 고작 아홉 살에 세상의 진리를 깨친 셈이었다.

"너는 반반하니까 벗고 앞쪽에 서 있어."

나는 스물한 살이 되자마자 빚에 팔려 우리 집보다 더 독한 곳으로 끌려갔다. 속옷만 입은 채로 손님을 맞는 여관이었다. 우리 집에서 두 골목 옆, 걸음으로 스무 걸음도 안 되는 곳이었다.

"앞쪽에 서 있으면 더 비싸?"

"야. 네깟 게 비싸 봤자지. 똥이나 오줌이나."

나란 몸뚱이는 골목에 싸지른 오줌보다 못했다. 그러니 내가 틀렸다.

돈은 그냥 중요한 것이 아니라 사람보다도 중요한 것이었다. 돈에 사람을 사고팔던 우리 엄마가 빚 때문에 죽는 꼴을 보고도 몰랐었다.

엄마는 아빠의 도박 빚을 까는 조건으로 끌려가 신장 하나를 강제로 떼어 내 팔고, 하나 남은 신장으로 버티지 못해 죽었다.

그래도 정말 몰랐다. 우리 엄마가 아무리 나쁜 짓을 하고 살았어도 돈보다 못하다고 생각해 본 적은 없었으니까. 내가 팔렸을 때에서야 깨우친 것이다.

그 빚을 갚게 하려고 깡패들은 내 출생 신고까지 했다. 스물한 살에서야 나는 세상에 존재했다.

돈님께서 세상천지 대단하시니, 나 따위는 아무것도 아니구나.

"네년은 여기서 도망 못 친다. 곱게 알아들어."

나는 끊임없이 도망쳤다.

술이나 담배를 사러 간다고 나가서 도망치거나 손님에게 다른 장소로 가자고 졸랐다. 그것도 안 되면 3층 여관에서 창을 열고 뛰어내렸다. 그래도 손님을 받으라고 하면 얼굴로 벽을 들이받았다.

그러기를 열흘째였다. 몸 성할 날이 없는 와중에도 가게를 지키는 깡패 새끼들은 나를 잡으러 왔고, 나는 별수 없이 끌려가 맞았다.

"도망갈 생각 좀 집어치워! 네년 장기 다 팔아도 빚 못 갚는 거 몰라?"

"등신. 계산도 못 하니? 다 팔아도 못 갚는 빚이면 날 잡아가서 뭐 하게."

성가시기만 하지. 나는 피로 얼룩진 이를 다 드러내고 미친년처럼 웃었다. 우리 집에 있던 여자들처럼 깔깔대며.

우리 엄마란 여자도 평생 나를 성가셔 했어. 근데 누가 나를 끼고 놀겠다고 덤벼, 덤비길?

입에서 나오는 대로 말을 내뱉었다.

"맞는 게 지겹지도 않냐? 독한 년."

"궁금하면 한 번 맞아 보든가. 맞는 것도 지겨워지는지."

"덜 맞았구나. 주둥이 터진 거 보니."

나는 맞고 또 맞았다. 한참을 밟히고 나니 추위가 덜했다. 아래위 속옷 한 장씩만 입고 살이 꽁꽁 얼어붙을 것 같은 날씨를 겨우 버티는 와중에 그거 하난 좋았다.

입안이 죄 터져 핏물이 목구멍으로 꿀꺽꿀꺽 넘어왔다. 종일 물 한 모금 못 마신 탓에 핏물로 갈증이 달래졌다. 이것도 좋은 점 중 하나였다.

씨발, 참도 긍정적이기도 하다. 그딴 생각을 하며 골목에 널브러져 있었다.

내가 골목 구석에 비뚜름히 쌓인 연탄에 눈을 두는 동안, 깡패 놈은 똥폼을 잡으며 담배를 꼬나물었다.

그런 놈의 눈을 피해 주섬주섬 바닥을 기어 연탄재를 손에 쥐었다. 아직 뜨거웠다. 뜨거운 정도가 아니었다. 지글지글 손이 타들어 갔다. 상관없었다. 이 정도는 괴로워야 저 새끼도 아프겠지.

"야아!"

나는 소리를 지르며 달려들었다. 묶인 양손으로 깡패 놈의 눈에 재를 처박으려면 온몸을 던져 뛰어올라야 했다. 태어나 최고로 용을 쓰며 몸을 던지고는 냅다 튀었다.

아깝다, 눈깔이 병신 되는 꼴을 봐야 하는데. 속으로 그런 생각을 하면서 그대로 절까지 달렸다.

미아사.

미아 홍등가 한가운데 고고히 서 있는 절. 어릴 적 사고를 칠 때면 여기 숨어들어 쪼그려 자곤 했다.

절에 숨으면 엄마는 나를 찾지 못했다. 배가 곯을 대로 곯으면 결국 돌아올 것을 알기에 애초에 찾을 생각조차 안 했을지도 몰랐다.

그래도 그땐 돌아갈 곳이라도 있었는데. 양손이 묶인 채속옷만 입은 수상한 꼴의 나는 돌아갈 곳이 없었다. 그러니나를 반기지 않는 곳이라 할지라도 담 넘고 수풀 틈을 기어

이곳에 몸을 숨기는 수밖에.

어쨌든 나는 미아사로 기어들었다. 구들장 밑으로 들어가면 따뜻할 테지만 연탄을 갈러 나온 스님한테 들키기에 십상이니 그러지도 못했다.

있는 힘껏 웅크린 무릎을 양팔로 껴안았다. 엉덩이에 까슬까슬한 모래와 죽은 나뭇잎이 엉겼다.

코피 섞인 콧물이 질질 흐르는가 싶더니 순식간에 얼어붙어 더는 흐르지 않았다. 터진 입가에 피가 굳어 입술이 제대로 움직이지도 않았다.

이제 뭘 하지. 어떻게 하지.

어차피 내가 할 수 있는 건 도망쳤다 다시 잡혀 오는 것 말곤 없었다. 반나절이라도 도망이 유지되면 그게 성공이었다.

오늘 밤은 넘겨야지. 어디로든 가야지. 그런데 이 꼴로 어딜 가지.

부질없는 생각은 생각으로만 그쳐 도무지 계획으로 이어지질 않았다. 이 와중에도 자꾸만 잠은 쏟아졌다. 잠들면 얼어 죽을 날씨였지만, 어쩐지 그래도 될 것 같았다.

그래. 이렇게 죽는 것도 나쁘지 않지.

까무룩 눈이 감겼다. 온몸이 딱딱해졌다.

"……씨발."

하지만 다시 눈을 떴을 때, 나는 내가 죽지 않아 허탈했다. 허탈하다 못해 억울하기까지 했다.

나는 커다란 돕바에 싸여 있었다. 갓 태어난 아이처럼. 담배 냄새에 전 시꺼먼 돕바는 내 몸을 다 두르고도 남을 정도로 커다랬다. 낡았지만 푹신하고 따뜻했다.

"어떤 개 같은 새끼가 이따위 짓거릴 했어."

이따위 걸 적선했어? 내 허락도 안 받고!

이가 드득 갈렸다. 당장 돕바를 벗어 발로 흠씬 두들겼다. 돕바는 먼지투성이가 되어 바닥에 뒹굴었다. 그래도 속이 시원해지질 않아 퉤, 침을 뱉었다. 침에서 모락모락 온기가 올라왔다. 성이 나 씩씩대는 입에서는 입김이 솟구쳤다.

온몸이 쉴 틈 없이 떨렸다. 잠에서 깨고 나니 몹시도 추웠다. 내 입에서 나오는 숨이 가장 따뜻해서 다시 주워 담고 싶을 지경이었다.

그러나 그것도 잠시, 추위는 너무도 재빨라 입김이 목구멍 밖으로 다 나가기도 전에 꽁꽁 얼려 버렸다. 내가 뱉은 숨이 꼭 내 목구멍을 찌르는 것 같았다.

돕바를 치워 버리고 나서 앞니로 손목을 묶은 끈을 질근질근 물었다. 이가 부러질 것같이 힘을 주어 질겅대자 한참 만에 끈이 끊어졌다. 앞니가 뻐근하고 턱이 빠질 듯 아팠다.

손목을 털어 내고 고개를 들었다. 퉁퉁 부어 가려진 시야가 순식간에 퍼렇게 물들었다. 새벽이 가고 아침이 오고 있었다.

해가 뜨면 미아의 홍등이 꺼진다. 도시로 사람들이 나간다. 그 전에 내가 먼저 나가야 했다.

해가 뜨면 이 꼴로는 나다닐 수 없다. 도시 사람들은 이렇게 다니지 않는다. 여자 살 돈을 낼 때는 10원 한 장을 아껴도, 여자 살 돈을 벌 때는 멋들어지는 꼴이어야 하기 때문이다.

해가 덜 뜬 새벽녘, 도로 주운 돕바를 속옷 위에 걸친 채 시궁창 냄새가 진동하는 골목을 달렸다.

살았으니 살 테다. 죽을 뻔하다 살고 보니 살 생각만 들었다. 망할 놈의 돕바가 나를 살렸으니 살아야지.

토악질 비린내, 담배꽁초 탄내를 뚫고 콧속 가득 쪽방촌 냄새가 밀려들어 왔다. 누군가는 산 자들이 썩어 문드러져 가는 냄새라고 했다. 나에게 나는 냄새였다.

거지 같은 쪽방촌.

그곳에서 태어난 나.

그곳에서 살아온 나.

그곳보다 값어치 떨어지는 나.

숨을 참고, 이를 악물고, 맨발로 달려갈 수 있는 한 가장 멀리 갔다.

그것이 지옥으로의 도망임을 아는 데는 오랜 시간이 걸리지 않았다.

내 절망에는 늘 대가가 필요하지 않았다.

내가 절망을 껴안은 채 태어났으므로.

1. 시집

나는 화투 공장에서 살게 되었다.

빛 한 줌 들어오지 않고 퀴퀴한 곰팡내가 코를 찌르는 공장에서 수백 명의 여자가 밤낮으로 일을 했다.

여자들은 새벽 조, 주간 조, 야간 조까지 삼교대로 굴려졌다. 170분 일하고 10분 쉬고, 매 식사 시간 40분, 조별 교대 시간마다 자리 정리 시간 20분이 정확히 그려진 시간표가 공장 벽에 크게 붙여져 있었다.

그 시간표를 바득바득 지키게 하려고 각 작업대의 십장들은 눈깔을 칼같이 갈고 여공들을 감시했다.

홍등가에서 여자들을 감시하는 깡패 새끼들에 비하면 아

무렵 양반으로 보였다.

옷을 벗으란 말도, 몸을 팔라는 억지도 부리지 않았으며 무엇보다 때리지를 않았다. 그것만으로 살 것 같았다.

하는 일도 그다지 어렵지 않았다.

기계가 열두 달의 화초가 그려진 그림을 찍어 내면, 몇몇은 인쇄된 그림을 검수했고, 몇몇은 날카로운 화투 모서리를 사포질했다. 그걸 순서대로 모아 손바닥만 한 상자에 담으면 완성이었다.

매화와 난초, 홍싸리의 눈 돌아가게 울긋불긋한 색깔을 넘어다보며 나는 공장 한 귀퉁이에서 화투를 담을 상자를 접었다.

가장 말단인 나는 화투짝에 손끝조차 대지 못했다. 지난 열흘간 상자만 접었다.

"상자에 피 묻힌 년 누구야?"

십장이 기다란 나무 막대로 접은 상자를 툭툭 치며 눈을 부라렸다. 나는 슬쩍 내 손을 뒤집어 봤다.

"저요."

"야, 눈깔이 없어? 피를 묻혔으면 알아서 빼야 할 것 아냐?"

"피 나는지 몰랐어요."

"시끄럽고. 몇 개인지나 똑바로 세. 네 봉급에서 뺄 거야.

알아들어?"

나는 고분고분 대답하고 자리에서 일어나 상자를 옮길 때 쓰는 장갑을 꼈다. 그리곤 피 묻은 상자를 정리했다.

딱 열 개였다. 200원. 우유 한 팩 값이다.

아직 받지도 않은 봉급 5만 원에서 떼어 가는 게 뭐 이리 많아?

작업복이며 기숙사 생활비니, 식비니 명목을 달아 뗀 것만 벌써 반이 넘었다.

작업대에 앉아 장갑을 벗는데, 그새 피가 굳어 장갑에 엉겨 붙었는지 지직, 하는 소리와 함께 손이 빠졌다.

손끝이 쓰렸다. 상자가 하도 두꺼워 손끝으로 꾹꾹 누르지 않으면 제대로 각이 잡히질 않았다.

연탄재에 짓무른 손바닥도 낫지를 않아 계속 쓰라렸는데, 그보다도 손끝이 훨씬 아프고 욱신거렸다. 한낱 상자가 사람을 아프게 할 수도 있다는 게 어이없었다.

"상자 조, 오늘 왜 이렇게 더뎌! 이딴 식으로 해 봐? 오늘 쉬는 시간 아예 없을 줄 알아."

십장이 내 옆에 앉은 여자애를 향해 고래고래 소리를 질렀다.

"목소리만 커 가지고. 내가 잘못했는데 왜 너한테 지랄이야."

십장의 납작한 뒤통수를 노려보며 내뱉듯 말했다. 옆자리
애가 내 팔을 툭 쳤다. 그러지 말란 거였다.

✛   ⚜   ✛

옆자리 애는 내가 훔치려던 옷의 주인이었다.

속옷에 돕바만 걸치고 발이 터질 때까지 달려 닿은 곳이
이 공장이었다.

뒤뜰 빨랫줄에 옷가지를 잔뜩 널어놨기에 망설일 것도 없
이 담을 넘었다. 빨랫줄에서 아무 옷이나 잡아당겼다. 냄새
빼려고 널어놓은 작업복인지 버석버석 잘 마른 천이 손에 감
겼다.

펄럭이는 수십 벌의 작업복 사이로 여자애 하나가 나를 쳐
다보고 있었다. 여드름 자국이 덕지덕지 남은 얼굴로 조심스
럽게.

나는 그 애가 소리라도 질러 사람을 부를까 싶어 가만 서
서 눈치를 봤다.

그 애도 말없이 서 있기만 했다. 내가 주춤대며 뒷걸음질
치자 그 애가 손을 까딱였다. 따라오라는 것 같았다.

공장 담벼락에 구인 광고가 붙어 있었다.

을지 산업사 여사원 모집

숙식 제공(기숙사)

반쯤 뜯어져 너덜거리는 종이에 글씨 두 줄이 매달려 있었다.

여자애가 손가락으로 공장을 한 번 가리키고는 다시 저를 가리켰다. 손으로 어설프게 화투짝 섞는 시늉을 하더니 곧 수저질로 밥 먹는 시늉을 했다.

그 애는 말을 못 하는 애였다. 양손을 포개 지 귀에 대고 자는 시늉까지 하자 피식 헛웃음이 났다.

"그래서 어쩌라고."

"……."

그 애는 여전히 가만가만 서 있었다.

"이 꼴로는 아무 데도 못 가."

피딱지 잔뜩 진 얼굴로는 어딜 가도 문전 박대 당할 것이 틀림없었다. 아무리 눈치가 없는 인간이래도 적선조차 안 할 거다. 괜히 골치 아플 일을 만들고 싶지는 않을 테니까.

그런데 이 애는 내 손목을 붙잡고 공장 옆 3층짜리 건물로 들어갔다.

세면실에서 비누로 손과 얼굴을 씻겨 주고 손바닥엔 연고를 발라 반창고를 붙여 주었다. 흰 양말도 주고 털 달린 신발도 주었다. 화장실 칸 안에 나를 밀어 넣고는 절대 나오지 말라며 고개를 저었다.

나는 비좁은 화장실 칸 안에서 그 애를 기다렸다.

생판 모르는 남이었고, 생전 처음 받아보는 호의였다. 왜 나를 도와주는지 이해할 수 없었다.

그러나 거절할 수 없었다. 거절은 가진 자가 할 수 있는 것이고, 나는 못 가지다 못해 처참했다.

잠시 후, 그 애가 돌아와 종이를 내밀었다.

십장한테 소개료로 매달 월급을 떼어 주면 여기 취직해서 먹고살 수 있어. 내가 십장한테 말해 줄게. 너 여기서 일하고 싶다고.

그 애가 종이 끄트머리에 급하게 뒷말을 적었다.

싫으면 그냥 가도 돼.

나는 그냥 갈 수 없는 사람이었고, 그날부터 화투 공장에 취직했다.

"이름."

"이춘희요."

십장 중에 가장 오래됐다는 여자는 위아래로 나를 훑어보더니만, 머리는 왜 그 모양이냐고 물었다. 미아장에서 손님을 받기 싫어 마구잡이로 가위질한 머리는 끈으로 동여매도 비죽비죽 삐져나와 볼품없었다.

변명하지 않았다. 고분고분 눈을 내리깔고 있자 십장이 별것도 아니라는 듯 피식 웃었다.

"너 같은 년들 여기 많아. 사고 치지 말고 곱게 있어라. 조금이라도 탈 나게 하면 네 돈 다 내 거 되는 거야. 알아들어?"

시끄러운 기계 소리 때문에 듣는 귀가 먹었는지 십장은 쓸데없이 소리를 높였다. 그게 꼴 보기 싫어서 나는 일부러 대답을 안 했다.

"거기 오늘 날짜랑 이름 쓰고, 오늘부터 기숙사에서 자려면 자. 근데 일 안 한 년한테 밥은 없다."

작업 명부에 85년이라고 써 놓고 보니 날짜를 몰랐다.

"오늘 며칠이에요?"

십장이 고개를 까닥였다. 벽에 걸린 일일 달력에 아주 큰 글씨로 적혀 있었다.

12월 20일.

내가 태어난 날이었다. 그래 봐야 별 의미도 없는 날 중 하나였다.

그 애가 석식을 먹으러 간 동안 기숙사 1층 식당 앞에서 그 애를 기다렸다.

들어간 지 얼마 안 되어 나온 그 애는 작업복 주머니에서 김밥을 꺼내 내밀었다. 뻣뻣한 김에 맨밥과 김치를 싼 것이었다.

다 식은 밥과 쉬어 빠진 김치를 씹고 또 씹었다. 아껴 먹느라. 며칠 만에 밥인지 몰랐다.

그날 밤, 그 애는 옆에 누운 나에게 종이를 또 내밀었다.

나도 너랑 똑같아. 나도 도망쳤어.

아니. 너는 나를 모른다.

내가 어디에서 살다 어디로 끌려가 어떻게 도망쳤는지 너는 상상도 하지 못한다.

그 애의 마음 씀씀이로 알 수 있었다. 그 애는 누구에게 짓밟힌 적도, 누굴 짓밟은 적도 없는 애라고. 가진 것이 없어 거지처럼 살았을망정 결코 쓰레기처럼 살진 않았을 거라고.

나는 쓰레기였다. 쓰레기 더미에서 태어나 쓰레기로 살아왔다.

몸 파는 여자들의 심부름을 해 주고 심부름 값에 웃돈을 얹었고, 그 여자들을 사는 남자들이 술에 취해 자빠져 자면 호주머니를 털었다.

오늘 그 애가 내게 해 준 모든 것들이 내가 살아온 시간 전부를 돌아보게 했다.

나는 그 밤, 한숨도 자지 못했다. 내가 너무 한심스럽고 천박했다.

누가 시킨 것도 아닌데 나는 그 애 대신 일을 더 했고, 그 애한테 내 밥을 더 주었다. 그 애는 손사래를 쳤지만, 나는 억지를 부렸다. 그 애는 내 억지조차 받아 주었다.

상자 하나 각 잡아 접는 것도 남들보다 잘하진 못했지만 열심히는 했다.

내가 못하면 십장이 그 애한테 눈치를 줬다. 그래서 십장 앞에서는 눈치를 보고, 쉬는 시간이면 나서서 심부름도 해 주며 비위를 맞췄다.

그렇게 딱 열흘이 지나 오늘이었다.

"상자 조. 빨리빨리 정리하고 교대해라! 꾸물대지 말고!"

✛　　　✛　　　✛

공장 기숙사는 20명이 한방을 쓰게 돼 있었다. 징하게도 많다. 그래도 기숙사 옆옆의 벌집으로 밀려나 피 같은 사글세를 내는 것보다는 쌌다.

밥은 세 끼 준다고 들었는데 말뿐이었다. 주간 조는 아침과 점심만 줬다. 야간 조는 점심 저녁을, 새벽 조는 저녁 아침을 줬다. 어떻게든 두 끼만 주려고 개수작을 부리는 거였다.

여공들은 기를 쓰고 밥을 입에 처넣었다. 먹을 수 있을 때 먹지 않으면 배고파서 일을 할 수도, 잠을 잘 수도 없었다. 매점이 있었지만, 매점 주인이 가게보다 웃돈을 얹고 장사해서 여공 봉급으로는 쉽게 갈 수가 없었다.

여공들은 돈이 없었고, 잘 곳이 없었다. 그리고 자존심도 없었다. 가진 게 없어서 뺏길 것도, 지킬 것도 없었다. 나도 똑같았다. 아니. 그중 내가 최고였다.

"소등해라! 시끄럽게 떠들 생각하기만 해! 몰래 소주 마시는 년들, 화투 치는 년들 걸리면 다 뒤진다."

기숙사장까지 겸하고 있는 우리 조 십장이 내 옆을 지나가며 은근히 눈을 맞춰 왔다. 오늘 밤에 화투판을 연다는 뜻이었다.

"여기 10원짜리, 그리고 은하수 한 보루. 잔돈은 제가 가져요."

새벽마다 십장이 여는 창고 화투판에 가 심부름을 해 주었다. 돈도 바꿔다 주고, 소주나 오징어, 담배도 사다 주고, 재떨이도 갈아 주었다.

주로 하는 일은 화투판이 열리는 창고 앞을 돌며 망을 보는 거였다. 정 추우면 들어가서 잠깐 난롯불을 쐬었다.

"이춘희. 치고 싶음 껴. 막판이야."

고개를 젓고 밖으로 다시 나갔다. 화투 칠 맘도 없었고, 걸 돈도 없었다. 나는 순전히 돈을 벌려고 망을 봐주는 거였다.

공장에 들어간 지 얼마 안 돼, 십장이 화투판을 벌이는 걸 나한테 들킨 일이 있었다.

"앞으로 안 들키게 망봐 줄게요. 심부름 값 좀 챙겨 줘요, 언니. 그럼 아무한테도 말 안 할게."

"얼씨구. 언니? 이게 어디서 감어?"

"매달 봉급서 떼어 가는 수수료도 좀 줄여 주고. 네?"

"허이고, 이년이 아주 장사 해 처먹네."

"싫음 말고요."

말은 그렇게 하면서도 십장은 내가 밉지 않은 눈치였다. 심부름꾼으로 삼기에 나 정도면 적당하지. 정도껏 약았으니.

창고 밖으로 사람이 다 나오고 난롯불이 꺼진 것까지 확인하고 나면 심부름도 끝이었다.

기숙사로 돌아가는 새벽이면 공장을 기웃대며 냄새를 맡았다. 손에 밴 종이 누린내는 오줌 지린내 같았고, 창고에서 나는 종이 곰팡내는 시큼했다.

좋았다. 우리 집에서 났던, 미아 홍등가에서 났던 악취와 크게 다르지 않았지만 그래도 좋았다. 공장이 좋아서는 아니었다. 평생 있었던 지옥을 벗어났다는 사실에 눈물이 날 것 같았다.

하지만 어디든 그곳만의 지옥은 있었다.

공장 휴게실에서 어스름한 불빛과 신음이 새어 나왔다. 남자와 여자의 소리였다.

"반장님. 아파요."

"가만히 좀 있어 봐. 아직 다 넣지도 않았어."

십장을 관리하는 작업반장은 대부분 남자였는데, 새로 들어온 여공들을 후리려고 들었다.

돈 없고, 집 없고, 자존심도 없는 여공들은 후리려는 새끼들에게 몸을 쉽게 내주었다. 그러면 일할 때 대충해도 봐줬다.

"병신 같은 새끼들, 쓰레기 같은 새끼들."

끌려가지 않으려고 버티는 여자애들도 있었지만, 대부분 편하게 일하고 싶어서 치마를 들어 올렸다.

미아 홍등가를 벗어나면 저런 년들은 결코 없을 줄 알았다.

"병신 같은 년들."

나는 창녀들이 사는 쪽방촌에서 살다 빚 때문에 창녀촌에 팔려 간 여자처럼 보이지 않으려고 발버둥이었는데, 별 정신 없는 년들이 다 있는가 싶었다.

그래도 나보다는 나았다.

적어도 저 여자들은 창녀촌이 뭔지는 모르고 살 것이었다. 평생을.

✠　　　✠　　　✠

아침이 되면 공용 세면실은 전쟁터였다. 법으로 정한 것도 아니었지만, 5분 안에 씻지 않으면 뒤에서 욕을 해 댔다.

특히 나처럼 들어온 지 얼마 안 된 애들이 머리를 감는 건 있을 수도 없는 일이었다.

"야! 맨 앞, 빨리 끝내!"

예민을 떨어 대고 자빠졌네. 이제 얼굴에 물 묻혔다.

허리까지 내려오는 긴 머리를 감는 것도 아니고, 그래 봤자 비누 거품 내서 얼굴이랑 목만 씻는 정도인데 뭐 그리 지랄인지.

군기 잡는다고 하는 뻔한 헛짓거리들이었다.

나는 누가 뭐라고 하거나 말거나 꿋꿋이 씻었다. 공장에서 일할 때는 눈치껏 굴어도 기숙사에서는 규칙만 어기지 않으면 굳이 눈치를 볼 필요가 없었다. 십장들 비위만 잘 맞추면 그만이었다.

내가 비누질을 하고 있을 때, 한 여자가 기어코 내 머리채를 잡았다.

"이년아! 네가 여기 세냈냐?"

목소리만 들어도 누군지 알았다. 내 뒤로 줄 선 이들 중 가장 짬밥이 오래된 여자였다.

"놔."

"어린년이 아주 겁나는 게 없다?"

"겁나는 거 많아도 아줌마는 하나도 겁 안 나네. 경고하는데, 놔. 어디 하나 부러지기 전에."

그래도 놓지 않는 여자의 허리춤으로 왈칵 달려들었다.

세면실 바닥에 나자빠진 여자가 낑낑대는 동안 나는 벌떡 일어나 그 여자의 손을 발로 쾅쾅 짓밟았다. 세면실의 여자들이 저마다 소리를 질렀다.

"여기선 손이나 팔 부러지면 바로 잘린다매? 아줌마, 잘릴 자신 있나 보지?"

세숫대야를 집어 들어 그 여자한테 내던졌다. 대야에 차 있던 비눗물이 여자를 적셨다.

빈 대야가 덜그럭거리며 바닥을 굴렀다. 세면실이 조용하게 얼어붙었다. 비누 거품에 눈이 타들어 가는 것처럼 따가웠지만 티 내지 않았다.

"한 번만 더 씻는 거 가지고 지랄들 해 봐!"

나는 수도꼭지를 열어 얼굴을 대충 닦고는 세면실을 나섰다.

"아침부터 잡치게, 씨발."

조식 시간 내내 십장은 깔깔대며 아침 일을 얘기했다. 내가 밟은 여자를 원래 마음에 안 들어 했었다.

"십장도 못 단 게 유세 떨다 제대로 당했네."

그 여자는 공장에 있은 지가 우리 조 십장만큼 오래됐는데, 아직 십장을 못 달아 질투를 한다고 했다. 새로 들어온 애들을 일부러 쥐 잡듯 잡는다고. 하여간 꼰대였다.

"이춘희 저년은 아무튼 골 때려."

밥을 다 먹고 나서는 길에 십장이 내 어깨를 툭 쳤다.

"애, 너 오늘부터 사포 할래?"

"언니. 경숙이도 같이 하게 해 주심 안 되나."

십장에게 담배를 물리고 불을 붙여 주며 눈치껏 말을 꺼냈다.

경숙이? 십장이 되물었다.

"내 옆자리에……."

"아, 그 말 못 하는 년?"

네 맘대로 해라, 하고는 십장이 담배 연기를 훅 내뱉었다.

경숙이한테 눈을 찡긋거리자, 경숙이가 조용히 웃었다.

사포질을 하면 봉급이 조금 오른다. 경숙이한테 빚을 조금이라도 갚은 느낌이었다.

✤   ✤   ✤

화투짝을 만진다고 설레던 기분도 금방 식었다. 화투짝 모퉁이가 부드럽게 갈리는 만큼 내 손도 갈려 나갔다.

손끝이 아려 잠 못 들고 뒤척이던 밤, 문득 여관에 두고 온 시집 생각이 났다.

태어나 처음 읽어 본, 처음 가져 본 책이었다. 쪽방촌에 살던 시인이 쓴 것이었다.

"시를 써서는 돈은 벌 수 없어. 돈은 날 죽게 해. 시는 내 영혼을 살게 하지. 돈은 날 죽게 해."

영 알아먹지 못할 소리를 한다고, 모두가 그 여자를 싫어했다. 하지만 난 그 여자를 좋아했다. 내 이름을 불러 주는 단 한 사람이었다.

"춘희야. 네 이름이 난 참 좋다. 언제 불러도 봄만 같다, 꼭."

"이모 이름은 뭔데?"

"이름은 불려야 사는 것. 내 이름은 불리지 못해 죽었다."

이모는 종종 저가 쓴 시로 대화했다.

"이름은 죽어서 없어. 시인이라고 불러 줘."

나는 종종 궁금한 것을 물었다.

죽고 싶다는 게 무슨 뜻이야?

"글쎄. 죽음은 아무 뜻도 없는데."

꽃이 흐드러진 어느 봄밤, 시인은 목을 매달아 죽었다.

내가 열다섯이 되던 해였다.

엄마는 짜증을 냈다.

"빚도 못 갚은 년이 뭔 놈의 유서를 쓰고 물건을 남겨. 가지가
지 한다, 진짜. 어휴, 재수 없어! 저년 장례를 왜 내가 치러 줘야
하는데?"

가진 물건은 전부 나에게 준다는 편지 한 장이 전부였다.

물건은 두 개.

시인이 젊었을 적 낸 시집 한 권과 시를 적은 공책.

그 물건은 내 전부가 되었다. 나는 가진 돈 전부를 털어 엄마 몰래 시인의 장례를 치러 주었다.

시인의 시집에 쓰여 있었다.

내 죽음은 아무 뜻도 없다.

살아도 죽은 자들은 죽음으로 해방되지 않으므로.

거짓말.

시인의 죽음은 적어도 나에게는 뜻이 있었다. 내 이름을 불러 주는 사람이 더는 없으므로.

나는 항상 시집을 끼고 다니며 모든 문장을 달달 외웠다. 여관으로 팔려 갈 때조차 손에 꼭 쥐고 있었다.

"너 같은 년이 뭔 놈의 시집. 아주 꼴값을 떨어 대고 자빠졌네."

미아 홍등가에서 시는 꼴값으로밖엔 안 보이는 것이었다.

그럴 만했다. 빚 때문에 팔려 와 속옷만 입은 여자가 쥐고 있는 시집은 돈 한 푼 되지 않았다.

시집과 공책을 빼앗기고 내가 지랄 발광을 해 대자 내 뺨을 사납게 친 깡패 새끼가 나를 창고로 끌고 갔다.

"야, 똑바로 봐. 저기 있지. 우리 형님이 돌려주시란다. 네년이 빚 다 갚으면."

빼앗긴 시집과 공책은 여관 창고 바닥에 붙어 있었다. 내 평생 돌려받을 일이 없을 거란 사실은 그때부터 알고 있었다.

내가 도망쳤으니 진즉에 쓰레기통에 버려졌을지도 모른다. 아니, 어쩌면 그대로 잊혀 창고에 처박혀 있을지도.

결심했다.

시집과 공책을 가져와야지.

나는 해가 뜨기 직전, 여관이 여자 장사를 접을 시간을 노리기로 했다.

자리에서 일어나는 나를 경숙이가 붙잡았다.

"도망가는 거 아니야. 어디 좀 갔다 올게. 교대 전에 올 수 있어."

속삭이는 내게 경숙이는 고개를 세차게 저었다. 부들부들 떨리는 손으로 사물함에서 종이 쪼가리를 찾아 글씨를 적으려 했다.

어둠 속에 쓴 글씨를 비춰 볼 빛도 없었고, 여유도 없었기에 나는 빠르게 속삭였다.

"놓고 온 게 있어서 그래. 나 그거 없으면 안 돼."

돌아서는데 다리가 잡혔다.

죽으러 가는 길도 아닌데 경숙이는 내 다리를 붙들고 가지 말라고 입을 벙긋댔다.

"바로 올 거야. 작업복 입고 가면 안 들켜."

알아들은 건지 아닌지. 울먹이는 경숙이를 두고 일어났다. 컴컴한 어둠이었고, 곧 시퍼런 새벽이 올 것이었다.

✤　　✤　　✤

여관은 이상하게 조용했다. 말일이라 장사가 잘될 때인데, 뭔가 이상했다.

나는 고양이처럼 발뒤꿈치를 살살 들고 여관 뒤뜰 창고로 다가갔다.

창고 자물쇠를 열려고 요 앞 연탄 가게에서 몰래 부지깽이를 들고 온 것이 쓸모없게 창고는 이미 열려 있었다. 부지깽이로 문을 툭툭 두드려 봐도 삐걱거리며 열리는 문 말고는 기척이 없었다.

저만치 구석에 놓인 십여 개의 보따리들이 보였다. 그 사이에 내 물건이 있기만 하다면 금방 찾을 것 같았다. 창고 바닥은 축축했지만 상관없었다. 젖어도, 찢겨져도 시집은 시집이었다.

바닥을 손으로 더듬대며 컴컴한 창고 깊숙이 들어갔다. 쪼그리고 앉아 짐을 뒤졌다. 손끝에 무언가가 걸렸다. 책이다. 손바닥 면적보다 조금 크고, 새끼손톱보다 얇은 종이 묶음은 내가 찾던 시집이 맞다. 곧바로 꺼내 쥐고 공책을 찾으려 다시 안으로 넣었을 때, 깡패들 목소리가 들렸다.

"형님부터 지켜!"

허겁지겁 달려가 창고 문을 닫았다.

깡패들 치고받는 소리가 연이어 들려왔다. 주먹으로 갈기고, 칼로 베고, 피가 튀기는 소리임이 틀림없었다. 여자들의 비명이 귀를 찢을 듯 섞였다.

나는 덜덜 떨리는 손으로 입을 틀어막고 그대로 주저앉았다. 이토록 컴컴한 곳에선 눈을 가리지 않아도 보이는 것이 없으니 그나마 다행이었다.

얼마나 시간이 지났을까.

한창 싸움 끝에 다시 고요해졌다. 망설이다 창고 문을 손톱만큼 열었다.

보이는 게 없어 조금 더 열자 뒷걸음질 치는 남자가 보였다.

"니 이래 내 제낀다고 큰행님이 니 믿을 것 같나?"

말을 하던 남자가 소리를 내지르며 바닥에 쓰러져 몸부림 쳤다. 나도 아는 얼굴이었다. 여관을 관리하던 깡패들의 대장, 포주 놈이었다. 팔이 붙어 있어야 할 자리에서 피가 솟구쳐 나오고 있었다.

"아아악! 이, 이 개 같은 배신자 새끼!"

"배신자는 너지. 그래서 나한테 죽는 거고."

몸부림치는 포주의 몸 위로 길고 커다란 인영이 날렵하게 올라탔다. 위압적으로 등판이 크고 넓었다. 남자에게 포주의 입이 틀어 막혔다.

"큰형님도 그렇게 아실 거고."

남자는 끊임없이 버둥대는 포주를 힘으로 찍어 누르며 손에 쥔 칼을 고쳐 쥐었다.

칼 손잡이가 위로 솟는가 싶더니 순식간에 아래로 내리꽂혔다. 피가 온 사방으로 튀었다. 부르르 떨리던 포주의 발이 멎었다.

시뻘건 피를 뒤집어쓴 남자가 일어났을 때, 바람에 창고 문이 삐걱거렸다. 남자가 고개를 돌리기도 전에 얼굴을 푹 숨겼다.

온몸에 소름이 쭈뼛 돋았다. 딱딱, 긴장으로 부딪히는 이를 멈추려 턱에 힘을 바짝 주었다.

그냥 가라. 제발 그냥 가.

그러나 지금껏 내 인생이 나를 들쑤셨듯 이번에도 내 바람은 이루어지지 않았다.

저벅저벅, 소리를 내며 긴 그림자가 다가왔다. 내 발끝까지 다가오더니 뚝 멈췄다.

"왜 또 왔어."

목소리는 깊었으나 말투는 가벼웠다. 어디서 들은 적이 있는 것도 같았다.

"왜 또."

왜 또 왔냐고? 날 알아?

고개를 들려는 내 코에 칼끝이 닿을 듯 가까웠다. 비릿한 피 냄새가 역겨워 눈물이 핑 돌았다.

눈동자를 가리는 물기 탓인지 칼 너머 남자의 얼굴이 제대로 보이지 않았다.

"눈깔 간수 잘해야지. 음?"

"……"

"네가 나 봐서 어쩌게."

"하, 하나도 안 보여요. 진짜 아무것도 못 봤어요! 살려 주세요!"

눈을 꾹 감고 빌었다. 맺혀 있던 눈물이 줄줄 볼을 타고 흘렀다.

"열까지 세고 나가서 절까지 전력 질주."

나는 온몸을 부들부들 떨며 땅에 박힌 듯 있었다. 떨림을 멈추질 못해 시집과 공책을 꾹 쥐었다.

피 묻은 칼을 내 뺨에 닦아 내며 남자가 내게로 몸을 기울였다. 귓가에 음울한 목소리가 다시 들려왔다. 눅눅한 습기를 머금은 목소리가 끈적하게 달라붙었다.

"열까지 못 세는 건 아니지?"

"아, 아아……."

아니라는 말도 못 하는 나를 대신해 남자가 수를 세기 시작했다.

하나, 둘, 셋…….

송곳으로 귓속을 후벼 파는 목소리에 눈도 뜨지 못하고 내달렸다. 어딘가에 대가리를 박는다고 해도 눈을 뜨는 것보다 나았다.

"다시 보지 말자. 시집."

시집. 여관방 깡패 새끼들이 날 부르는 말이었다.

남자는 나를 알았다.

나는 남자를 몰랐다.

누구지? 누구면 나 까짓 게 어쩌게.

잡생각들을 물리치려 속도를 높이다가 웬 덩어리에 발이 채어 넘어졌다.

눈이 번쩍 뜨였다. 걸려 넘어진 것은 사람이다. 하나가 아니다. 여관 마당에 깡패들이 널브러져 있었다. 온통 피 천지였다.

나, 나는 아무것도 못 봤어. 못 본 거야.

고철 덩어리처럼 무거워진 몸을 겨우 일으켜 도망치려는데 바람 소리보다 작은 목소리가 나를 불렀다.

"살려…… 줘."

여관 계단에 주저앉은 여자였다. 얼굴만 아는 애였다. 벌벌 떨며 울고 있었고, 뺨과 몸에 피가 엉겨 붙어 있었다. 나는 계단으로 되돌아갔다.

"다쳤어?"

여자애는 고개를 저었다.

"안에 사람은?"

여자애가 또다시 고개를 저었다.

나는 부리나케 여관으로 들어가 계산대의 전화를 들고 119를 눌렀다.

"여기 미아장인데 칼 맞고 사람 죽어요!"

수화기 너머에서 뭐라고 하든 말든 내 할 말만 내던지고 계단의 여자애를 끌고 달렸다. 얼마 가지도 않아 걔가 몸을 뒤로 뺐다.

"멍청아! 여기 있음 너도 죽어!"

손목을 고쳐 쥐고 달리려는데, 사이렌 소리와 함께 경찰차가 골목으로 들어왔다.

여자애는 그 자리에서 정신을 잃고 바닥에 쓰러졌다.

나는 곧바로 경찰서로 끌려갔다.

해가 뜨기 직전 시퍼런 새벽이었다.

✝   ✤   ✝

나쁜 짓으로 평생 먹고살았어도 경찰서는 처음이었다.

제 신분을 먼저 밝힌 형사는 나에게 이름, 나이, 주민 번호 따위를 묻고는 여관에서 무얼 봤는지 전부 말하라고 했다. 네모반듯하고 어두침침한 공간에 날 밀어 넣고 겁을 줬다.

"아가씨. 지금 얘기 안 하면 큰일 나요. 본 대로 말해요, 딱 본 대로."

"깡패들이 지들끼리 싸웠는데 왜 나한테 큰일이 나요? 여관 앞에 지나가다 피 묻은 여자 보고 신고했다고요."

"그니깐 거긴 왜 지나갔는데? 자기 얼굴에 피는 뭐고?"

"아까 말했잖아요!"

똑같은 질문을 반복하자 슬슬 짜증이 올라왔다. 아침 교대 시간까지는 겨우 40분이 남아 있었다.

"갈래요. 바빠요. 출근 안 하면 잘리는데 아저씨가 책임질

거예요?"

"하이고, 거 성질. 나도 윗전한테 아가씨 나가게 해 달라고 허락받아야 하니까 좀만 있으쇼."

형사가 나가고 나는 돕바에 욱여넣은 시집을 꺼냈다. 귀퉁이가 벌써 구겨져 있었다.

앞장은 그을리고 얇게 구멍까지 나 있었다. 탄 자국을 보면 담뱃재가 분명했다. 어떤 미친 새끼가 재떨이로 쓴 모양이었다.

"별꼴이네, 진짜."

시인님. 나 시인님 때문에 오늘 뒤질 뻔했다. 알아?

속으로 괜히 시인님 탓을 하고 있을 때, 철문이 벌컥 열렸다.

안으로 젊은 남자가 들어왔다. 군인처럼 짧게 깎은 머리가 문에 닿을 것만 같아 나도 모르게 고개를 움츠렸다.

남자는 춥지도 않은지 반팔을 입고 있었다.

아까 그 형사가 말한 윗전인가? 그러기엔 그 말을 한 형사보다 젊어 보였다.

경계를 풀지 않고 노려보는데 남자가 대뜸 물어 왔다.

"뭡니까, 그거."

"……시집이요."

"좀 봅시다."

"……."

대답 없는 날 보며 남자가 눈을 늘어트리며 웃었다. 쭉 찢어진 눈이 더 독해 보였다.

"부탁하는 겁니다. 태어나 시집을 처음 봐서."

내가 시집을 책상 위에 내려놓자 남자가 팔을 뻗어 집어갔다.

커다란 손이었다. 마디가 길고 날렵한 손가락 사이사이 나무의 나이테처럼 오래된 흉터들이 가득했다. 그것만 없었다면 더 고왔을 것을.

남자는 등을 의자에 푹 젖히고는 시집을 슬슬 넘겨봤다. 나는 남자의 손에서 얼굴로 시선을 올렸다.

눈을 뗄 수 없었다. 내리깐 속눈썹 아래 진 그림자가 유독 짙어서인지, 올라간 입꼬리가 답지 않게 붉은 것이 신기해서인지, 이유는 몰랐다.

"거기서 몸 팔았습니까."

"아뇨!"

"무서운데 왜 도망 안 가고."

그런 나를 쳐다보지도 않고 남자가 느긋하게 물었다.

"가려고 했는데."

"했는데."

열만 세고 가란 남자의 목소리가 불쑥 생각났다. 뺨을 스치던 선득한 칼날의 감각. 동시에 칼날에 배어 있던 비릿한 피 냄새도 떠올랐다.

손이 떨렸다. 목덜미로 돋아나는 한기에 돕바를 추켰다.

"혼자 도망갈 수 있었잖아요. 근데 이춘희 씨, 용감하게 신고까지 하고."

남자가 시집을 접고는 천진하게 웃었다. 천진한 탈 너머로 눈이 번뜩였다.

"칼 맞은 사람이랑 어떻게 아는 사입니까?"

"······."

남자가 담배를 꺼내 입에 물고는 내게도 권했다. 받지 않았다. 대답도 않았다. 칼 맞은 깡패가 어디 한둘일까? 뭐라도 걸려들게 하려는 수작이었다.

"그냥 아는 사이? 오며 가며?"

그 포주 새끼를, 내가 오며 가며 아는 사이라고 해야 하나. 아니, 애초에 칼에 찔린 포주에 대해 말해도 되는 걸까.

"둘이 무슨 사이인지 이제 와서 뭐 안 중요하지. 죽은 사람은 죽은 사람이고, 찌른 놈이 더 중요하니까. 그러니까 좀 도와줍시다."

남자의 말투는 묘하게 위압적이었다.

왜 나한테 그러는 건데. 내가 뭘 어쨌다고!

"저 같은 게 뭘 어떻게 돕는다고요."

"저희한테는 귀한 분이죠. 유일하게 신고를 하셨는데."

남자가 책상에 두 팔을 얹고 몸을 기울였다.

"그리고 찌른 놈이 아직 안 잡혔거든. 제일 나쁜 놈인데. 그죠?"

가까워진 눈을 피해 시선을 내리깔았다. 형사라고 해 봤자 여관에서 보던 깡패 새끼들하고 별다른 것도 없다. 그러나 고분고분하고 싶지 않은 마음과 별개로 이 남자 앞에서는 어쩐지 침을 삼키기조차 어려웠다.

내 쪽으로 기울인 남자의 상체 때문에 머리 위로 그림자가 졌다. 어깨부터 팔까지 불뚝 돋아난 시퍼런 힘줄만 노려보았다.

"혹시 그놈이 춘희 씨 봤습니까."

"……."

대답 없는 내 반응을 긍정으로 알아들은 남자가 몸을 물리고 의자를 끌어 앉았다. 책상 아래에서 무언가를 툭툭 만지더니 내게 속삭였다.

"말해 봐요. 녹음기 껐으니까. 지금 말해야 내가 도와줄 수 있습니다."

침묵이 통하는 건 여기까지다. 직감적으로 그랬다.

이 남자 앞에서 뭐라도 말을 해야 여기서 나갈 수 있을 것만 같은 느낌, 그리고 뭐라도 말을 했다간 죽을 것 같은 느낌이 동시에 들었다.

그러나 입이 열리질 않는다. 진실도, 거짓도 말할 수 없다. 앞뒤 맞춰 거짓말을 지어낼 만큼 똑똑지는 않고, 그렇다고 본 걸 냉큼 털어놓을 만큼 멍청하지도 않다.

이 남자를 믿을 수도, 믿지 않을 수도 없다.

이러지도 저러지도 못하는 사이, 남자가 문 담배가 짧아져 갔다.

"그놈이 춘희 씨를 찾아내면. 어떻게 될 것 같습니까."

죽겠지. 놈은 날 죽일 거다.

"그놈한테서 도망칠 수 있을 것 같습니까."

아니. 난 도망갈 수 없을 거다. 그리고 그때 가서는 모든 게 늦어 버릴 거다. 진실을 말하는 것도, 거짓을 말하는 것도.

"……본 건 하나도 없어요. 목소리만 들었는데, 근데 이상한 건 그 남자가."

"왜 또 왔어. 왜 또."

포주를 찌른 놈이 나를 알고 있었다. 그게 아무래도 이상했다.

"어디가 이상했습니까."

입을 열어 놓고 말을 아끼는 나를 남자가 차분히 채근했다.

"기억이 정확히 안 나면 생각나는 대로 말해 봐요. 애쓰지 말고. 음?"

"눈깔 간수 잘해야지. 음?"

동굴처럼 음울한 목소리. 들뜬 것 같은 말투.

앞에 앉은 남자의 손등이 보였다.

시집을 반쯤 말아 쥔 커다란 손이.

"난 이미 널 알고 있어."

오늘 새벽, 피 묻은 칼날을 내 뺨에 얄궂게 문지르던 손등 위에는 긴 흉터가 있었다.

"도망가도 찾아낼 거야. 그러니 허튼짓하면 없애 버릴 거다."

지금 내 앞에 앉아 있는 남자처럼.

"뭐, 그따위 협박을 하던가요?"

뱀이 기어가는 것 같은 흉터가.

"그런 놈들 입버릇입니다. 겁먹을 거 없어요."

"……아니에요. 그런 게 아니라, 말하는 것만 들어서는 둘 다 같은 패거리 같았어요. 서로 배신자라고 했거든요."

나는 애써 말을 끄집어냈다.

"그게 답니까."

"네."

끝났다. 이대로 된 거다. 아무 문제 없다.

나도 모르게 안도의 한숨을 내쉬었다.

남자가 내내 손에 쥐고 있던 시집을 건넸다.

"이건 왜 들고 다닙니까. 시집."

"다시 보지 말자. 시집."

그 목소리에, 그 울림에 나는 숨을 멈추었다.

눈앞의 남자가 표정 없는 얼굴로 물끄러미 나를 내려다보고 있었다.

"친구가, 친구가 빌려줬어요. 그래서 빨리 읽고 주려고."

"그래요. 생각나는 게 있거든 또 봅시다."

남자가 내게 시집을 한 번 더 내밀었다. 나는 시집을 받아들었다.

"이춘희 씨."

남자는 내 이름을 알았다. 나는 남자의 이름을 몰랐다.

시집을 돕바 주머니에 넣고 단단한 철문 앞에 섰을 때, 그 위로 그림자가 졌다.

돌아보지 않아도 알 수 있었다.

"왜 또 왔어."

나는 여기서 나갈 수 없다.

2. 칼판

나는 이름 없이 자랐다. 또래 애들보다 말이 한참 늦됐던 나는 늘 이름 대신 말 모래기라 불렸다.

누나는 내가 벙어리라 불려도 도무지 걱정을 안 했다. 걱정은 개뿔. 글을 읽는 법도, 수를 세는 법도 가르칠 생각이 없었다.

외지에서 굴러들어 온 우리는 섬사람들에게 별난 사람들이었고, 특히 누나는 좋게 말해서 별나지, 이상한 여자였다. 종일 소주를 마시고, 술이 없으면 나를 때렸다.

어느 새벽, 맞다 기절한 나는 누나에게 질질 끌려가 방파제에서 떠밀려 바다로 떨어졌다. 목구멍으로 짠 물이 벌컥벌컥 밀려들어 왔다. 무서워서 숨이 컥 막혔다.

험한 파도에 갇혀 이리저리 흔들리는 동안 귀에서는 철썩철썩 소리가 났다. 누나한테 뺨 맞을 때 나는 소리. 그 소리로 들끓는 바다가 싫었다.

사방이 컴컴해 뭍에서 얼마나 멀어졌는지도 몰랐다. 파도 소리가 들리지 않을 때쯤 몸에 힘이 빠져 바닷속으로 기울었다. 눈도 안 떠졌다.

누나한테 맞을 때와 꼭 같았다. 손으로 맞고 발로 짓밟히다가 울면 운다고, 안 울면 안 운다고 정신없이 후들겨 맞다 보면 마당 돌무덤에 엎어지기도 했고, 더러운 변소 벽에 부딪히기도 했다. 그러면 눈도 못 뜰 지경이 됐다.

나는 멍청해서 피하는 법을 몰랐다. 맞지 않는 법도 몰랐다. 누나를 밀치고 도망칠 수 있다는 것도 몰랐다. 나는 아는 게 없었다. 그렇지만 알았다. 죽는다는 게 뭔지는 몰라도 어떻게든 살아야 한다는 건.

두 팔로 바다를 밀쳐 내고 두 다리로는 바다를 짓밟았다. 얼굴이 파도 위로 솟구치자 막혔던 숨이 터졌다.

방파제로 기어 올라가서 누웠다. 새벽은 사정없이 시퍼렇고, 금방 시뻘건 해가 떠올랐다. 손발이 부들거렸다. 눈은 여전히 제대로 떠지지 않았다. 방파제에서 떨어질 때 부딪쳐 찢어진 탓이었다.

나는 집으로 돌아갔다. 누나는 술에 취해 자고 있었다.

그날, 두 가지를 배웠다.

바다 수영. 이 여자가 내 누나일 리 없다는 것.

그 후부터 나는 매일 바다로 나갔다. 그것 말고는 할 줄 아는 게 없었다. 여전히 이름 석 자도 못 쓰는 주제에.

쓸 줄만 모르는 게 아니었다. 나는 내 이름도, 내가 몇 살인지도 몰랐다. 내가 사는 섬의 이름도.

대신 죽기 직전에 내가 어떤 재능이 있는지 배웠다. 나는 저절로 물에 떴고, 땅에서 걷고 달릴 때보다 헤엄치는 게 편했다. 엎드린 채로 팔을 저어도, 뒤로 누워 발을 굴러도 어떻게 해도 앞으로 나아갔다.

눈 뜨면 나가 바다에 뛰어들었고, 덥거나 춥거나 헤엄쳤다. 비가 오거나 바람이 드센 날에도 파도에 떠밀리지 않고 쉽게 뭍으로 올라왔다. 볕에 잘 그을리지도 않았다. 땅을 딛지 않는 사이, 키는 부쩍 자라 섬에서 나보다 큰 사람이 없었다.

시간이 지나면서 나는 돈 벌 일을 찾기 시작했다. 바다에서 팔 만한 걸 캤다. 그걸로 먹고살 만큼 벌었다. 그래서 누나는 학교 대신 바다에 가는 걸로 날 나무라지 않았다.

나는 열다섯이 되고도 말이 느려 누나에게 걸핏하면 뺨과 머리를 언어맞았는데, 바다에 가서 전복만 캐 오면 그날은 대답을 느리게 해도 맞지 않았다. 전복 덕에 살 만하다고 느꼈다. 전복이 없었으면 진즉 맞아 죽었을 거다.

누나는 시장에 전복을 내다 팔 때면 꼭 따라 나왔다. 돈을 챙기기 위해서였다.

"울 애아방이 갈캐 줬간디. 말 모래기 핏덩일 즉에 망태기에서 걷어 왔다 허여라."

"아, 그걸 말 모래기가 몰르쿠게?"

누나는 사람들 뒷말을 싫어해서 도리어 당당했다.

"딱 봐도 안 닮았는데, 왜 몰라? 내 동생 아닌 거 지도 알 걸."

시장 사람들이 깜짝 놀라 내 눈치를 봤다. 나는 아무 말도 않고 전복을 내밀었다.

"벙어리 백치 새끼가 여태 키워 준 게 고마운지 전복 잡아 오잖아. 아줌마들 잘 못 잡는 거. 알면 값이나 빨리 쳐 줘요."

"촘말로 돌았수다. 저 지집아는. 말 모래기 어찌 사우."

사람들의 동정은 필요하지 않았다. 어차피 내가 맞을 때 도와준 이는 아무도 없었다.

"너 정말 몰랐니? 친동생이었으면 바다에 던지지도 않았겠지. 세상 어떤 미친년이 그래. 너 혹시 네 애비 궁금해도 나한테 묻지 마라. 혈압 오르니까."

나는 궁금한 게 없었다. 아침에 눈 떴을 때의 바다 상태가 내가 가장 궁금한 거였다. 그것보다 중요한 게 없었다.

"네 애비 같은 새끼도 정신 빠진 년이랑 결혼을 해서 너 같은 걸 낳는다. 그래 놓곤 쓸모가 없어서 버렸지. 허, 말도 못 하는 병신 새끼. 근데 나라고 너 잘 키워야 할 이유 있어? 안 버린 걸 감사히 여기고. 내가 어쩌건 원망도 말어."

취해서 떠벌떠벌거리는 게 누나의 술주정이었다.

내가 이만큼 크고 나서는 힘으로는 안 되는 걸 알고 주둥이로 괴롭혀 댔다. 주로 쌍욕을 하거나 제 분을 못 이겨 나도, 지도 버리고 간 연놈을 욕했다.

내 아버지는 눈이 맞은 다방 레지에게 딸이 있는 걸 알자 자기에게도 아들이 있다며 살림을 합치자고 했고, 레지는 다 큰 제 딸에게 모든 걸 떠넘기자고 남자를 설득했다.

결국 두 연놈은 도망쳤다.

졸지에 빚과 나까지 떠안은 것이 누나였다. 빚이나 애새끼나 시간이 지나면서 불어나는 건 같았다.

싫기는 내가 더 싫었을 거다. 빚은 모른 척할 수나 있지. 눈앞에 있는 나는 하루하루 커 가는 걸 보는 게 고역이었을 거다. 누나와 나, 누가 더 불쌍한 건지 모를 일이었다.

"죽어 버렸으면 너나 나나 편한데 네놈 명이 질겨서 하는 수 없이 키운다. 이런 내 사정도 네가 알아야지 않겠니?"

"왜 안 죽였어?"

사실 내가 궁금한 건 따로 있었다.

"말 모래기 핏덩일 즉에 망태기에서 걷어 왔다 허여라."

어떻게 누나가 날 죽이려던 걸 온 동네 사람들이 알고 있는지.

분명히 혼자 방파제를 기어 올라왔는데.

"죽였지! 죽이려고 했지! 바다에 집어던졌는데! 배추 망에 걸려 올라오고, 방파제 돌부리에 던져도 안 죽고! 징그러운 새끼."

기억도 못 하는 시절, 갓난애였던 나는 파도에 던져졌다가 짠 내 범벅인 채로 뭍으로 떠밀려 올라왔다.

헤엄도 못 치는 갓난쟁이가 모래사장으로 거슬러 올라올 수 있었던 건 우습게도 김장용 배추 망 덕이었다. 섬사람들이 바닷물에 절이려고 던져 놓은 김장용 배추 망에 걸려 파도에 떠밀려 가지 않았던 거였다.

섬사람들은 단번에 알았다. 아이를 버린 사람이 누구인지.

누나에게 떠밀려 바다로 버려진 것은 두 번이었다.

"걔가 동생이에요. 가진 건 걔뿐이니 알아서들 해요. 죽이든지 살리든지."

그리고 처음으로 날 동생이라 부른 날, 깡패 새끼들에게 끌려 난생처음으로 섬 밖으로 나갈 처지가 됐다.

끌려가는 이유를 알게 된 것은 뭍으로 가는 배에 오를 때에서였다.

"허이구, 바당에 던진 불쌍한 새끼를, 전복만 캐 오라고 굴리우수 이제는 빚 갚는 데 쓰간디? 그러고도 사람이간? 독한 년! 벼락 맞아 되싸질 년!"

나는 죽지 못한 죄로 누나 대신 끌려가 음식 쓰레기를 먹으며 죽도록 일했다.

다시는 바다로 돌아가지 못했다.

다시는 파도를 껴안지 못했다.

세상 바다가 말라 없어지길 바라며 살았다.

토악질 나는 짠 내.

동대문 시장 안에 있는 중국집은 늘 바퀴벌레가 들끓었다. 바퀴 소굴에서 하루에 16시간을 배달하고 설거지하며 버려진 음식을 먹었다. 그마저도 하루에 한 끼였는데, 음식 쓰레기라도 목 끝까지 차도록 먹지 않으면 다음 날 종일 속이 쓰렸다.

배달 일을 하다 음식 쓰레기를 치우고, 설거지를 하다 양
파 껍질도 까고, 장도 보게 됐다. 그렇게 3년을 일하고 나니
칼판을 달았다.

칼판. 그때부터 그게 내 이름이었다.

섬사람들은 나를 말 모래기라 불렀고, 육지 사람들은 나를
칼판이라 불렀다.

누구도 내 진짜 이름을 궁금해하지 않았다. 섬을 떠날 때
누나가 쥐여 준 종이 쪼가리에 내 이름 석 자가 적혀 있었지
만 읽을 줄도 몰랐다. 나조차 내 이름을 불러 본 적 없다.

어쨌거나 나는 이제 칼질을 하게 되었다. 봉급 올라 봤자
빚잔치라 달라지는 건 없었지만, 대단한 승진이었다.

"잘 배워 봐. 칼 잡고 나면 불판 잡는 것도 금방이다."

주방장은 군말 없이 일만 하는 나를 예뻐했다.

섬에서 팔려 온 무식한 거지새끼 뭐라도 가르쳐 보자 싶었
을까. 쌍욕 한마디 안 하고 가르치길래 나도 하란 대로 곱게
배웠다.

양파는 세모썰기로 심부터 빼고, 볶음밥 파는 깍둑썰기,
짬뽕 파는 통썰기. 모든 채소는 칼질 한 번으로. 칼이 두 번
들어가면 채소는 무른다.

스치기만 해도 잘리도록 칼을 날카롭게 갈아 둘 것. 눈치
껏 살아서 뭘 제대로 배우는 건 처음이었고, 칼질은 배달보

다 재밌었다.

주방장은 내게 칼질 말고도 가르친 게 있었다. 아무리 칼질로 벌어 먹고산다 해도 일자무식이면 사기당하기 딱 좋다며, 애기들이나 볼 법한 한글 공부 책 하나를 툭 던져 주었다.

쪽팔렸다. 그러나 쪽팔리다고 아는 척을 하면, 나중에는 더 크게 쪽팔릴 것 같았다.

낮이면 팔이 얼얼할 정도로 채소를 썰고, 밤이면 그 얼얼한 팔로 기역, 니은, 디귿을 썼다. 자음과 모음을 다 외웠을 때, 베개 아래 꿍쳐 놓은 종이 쪼가리를 꺼냈다.

"김……용범."

나는 나를 불러 보았다.

김용범. 내게도 이름이 있었다.

다시 배달 일을 하게 된 것은 그로부터 얼마 지나지 않아서였다.

"일수 방 가서 주고만 와. 네놈 인상이 더러워서 아무것도 안 물어볼 거니까 걱정 말고."

이게 뭔데요? 왜 해야 하는데요?

그딴 질문은 하지 않았다. 색 바란 달력에 돌돌 싼 것은 돈뭉치였고, 이것은 시장을 굴리는 일수 방 놈에게 바치는 상납금임을 눈치로 알고 있었다.

철가방에 돈뭉치와 자장 둘, 탕수육 하나를 차례차례 넣고 골목으로 나섰다.

일수 방은 세 골목 건너. 걸음으로는 얼마 안 되지만, 골목 커피 장사꾼들, 지게 배달꾼들 사이를 헤치고 가려면 시간이 더 든다. 거리는 조금 더 돼도 상가 안으로 빠져 질러가는 게 빠르다. 상가는 장사를 접는 시간이다.

상가 안 장사꾼들이 저마다 긴 장대를 들고 까만 천막으로 가게 모서리를 두르는 동안, 혼자 상가 골목을 빠르게 지나쳤다.

등 뒤로 하나둘 불이 꺼졌다. 어디선가 트로트가 들렸다. 쿵짜작, 쿵짝. 느린 박자였다. 나는 그보다 빨리 걸었다.

쥐어 터진 얼굴을 한 깡패 하나가 일수 방 문을 열었다. 배달 오가면서 종종 본 놈이었다.

깡패들은 일이 없으면 일수 방 안에 들어앉아 고스톱을 치면서 자장면을 먹곤 했다. 그런데 오늘은 다르다.

안으로 들어서는데 화투짝 맞는 소리가 안 난다. 대신 탁상에 다리를 쩍 벌리고 앉은 남자가 담배를 뻑뻑 피워 대고 있었다.

이 동네에서 처음 보는데, 인상이 재수 없어서 언제 어디서 다시 봐도 바로 알아볼 수 있을 것 같았다. 후줄근한 양복 바지에 꼬질꼬질한 운동화. 꼰대 같은 인상. 딱 봐도 깡패는 아니었다.

긴 탁상 앞에 무릎을 꿇고 철가방을 열었다. 자장, 탕수육, 다꽝, 양파 하나씩을 꺼내 놓고 있는데, 손 하나가 철가방으로 불쑥 들어왔다.

"너넨 아직도 이 짓거리 못 그만뒀냐."

눈치껏 철가방에서 꺼내지 않고 있던 돈뭉치를 남자가 귀신같이 끄집어냈다.

남자는 일수 방 놈보다 상석에 앉아 있었는데, 그래서인지 놈도 남자를 어쩌질 못했다. 벌떡 일어서서 상납금을 챙기려고 눈치껏 종종거릴 뿐이었다.

"아이 또 왜 그러십니까. 다 같이 먹고살려고 그러는 건데."

"너, 이름이 뭐냐. 깡패 상판은 아닌데."

남자는 시야를 가리는 일수 방 놈 얼굴을 밀어내고 내게 물었다. 바닥에 꿇은 무릎 앞으로 남자가 턴 담뱃재가 스르륵 떨어졌다.

철가방 뚜껑을 턱 내려 닫고 일어났다. 남 이름은 알아 뭣하게. 너 따위에게 알려 줄 이름은 없다.

내가 무시하자 일수 방 놈이 대신 답했다.

"저딴 거 이름을 왜 물으십니까, 반장님. 그냥 중국집 짱깨인데요."

반장이란 놈은 형사였다. 형사 반장. 예고도 없이 불쑥불쑥 남의 영업장에 들이닥쳐서 꼬투리 잡아 처넣을 거 없나 감시하는 족속들. 형사라고 하니 그래도 폼은 났다.

"짱깨보다 깡패가 더 잘 났냐? 놀고들 있다."

"깡패도 능력이 있어야 하죠. 저 새끼 도박 빚 받으려고 섬에서 지 누나란 년한테 직접 업어 온 놈인데, 짱깨 하다 영영 눌러앉았어요."

한때 누나라 불렀던 이는 어쩌고 있을까. 피 한 방울 안 섞인 동생 놈 섬 밖으로 내던져 놓고 앓던 이 빠진 사람처럼 좋아서 실실거리고 있을까.

"성깔 있게는 생겼는데 어떻게 참고 빚을 갚았을까. 도망도 안 가고?"

궁금한 것도 더럽게 많네.

"갚으라니까 갚았는데요."

"아, 그러니까 왜."

"말하면 아저씨가 빚 까 줍니까."

"새끼야! 이분이 누구신지 알고!"

"냅둬 봐. 웃기네, 이놈."

내가 암말 없이 보고만 있는 사이, 형사 반장이 철가방에 담배를 비벼 껐다.

"빚 얼마냐. 이자 말고 원금."

"알면 까 주실 거냐고요."

"까치야. 이 새끼 자꾸 말대꾸하는데, 원금 말해 보자. 나 손찌검 끊어야 하잖니."

"아유, 이자 장사인데 어떻게 원금 얘길 하십니까. 반장 님."

"좆밥이 자꾸 여러 말 하게 해."

형사 반장은 일수 방 사장 놈이 비비던 자장을 발로 차 버리고는 싱글거렸다.

우리 반장님, 성질머리 진짜.

제비 똥처럼 이마 위에 들러붙은 자장 건더기를 손으로 털어 내면서도 일수 방 사장 놈은 웃었다. 중국집 짱깨 새끼 앞에서 병신 취급을 당해도 웃어야 하는 상대였던 거다.

반장이 그렇게 끗발이 있나.

"원금은 거의 다 깠습니다."

나는 일수 방 사장에게 재차 확인했다.

"다 깠잖아요, 저."

형사 반장이 자리에서 일어나며 상납금 뭉치로 일수 방 사장 어깨를 두드렸다.

벽돌처럼 쿵쿵 제 어깨를 찧는 돈뭉치를 일수 방 놈이 얼른 받아 들었다.

"얘 남은 이자, 여기서 알아서 까 봐."

"예? 아, 여기서 왜. 이건⋯⋯."

"싫으냐. 그럼 본래 주인에게 전부 돌려주고."

형사 반장이 돈뭉치를 거두어 가려 하자, 일수 방 놈이 앓는 소리를 내며 돈을 쥔 손에 힘을 준다.

웃기는 놈들. 지들 돈도 아니면서.

"돈, 제가 갚습니다."

내가 끼어들자 형사 반장이 내 뺨을 갈겼다. 그러곤 껄껄 웃었다.

"너 돈 많냐?"

"보시다시피 거진데, 이 이상 빚지기 싫어서요. 아저씨가 누군지 알고 또 빚을 집니까?"

"대가리랑 주둥이 쓰는 건 맘에 드는데 딴 것도 쓸 만한지 함 보자. 따라와."

나는 그렇게 음식 쓰레기를 먹는 빚쟁이가 아니라 형사가 되었다. 그리고 형사가 되자마자 깡패 소굴로 기어들어 가 그 일원이 되었다.

"언제는 깡패 상판 아니라며."

"상판대로만 살면 칼판 솜씨가 아깝지."

형사 반장이 얼렀다.

칼판. 그림자 형사. 미아파 두목의 오른팔 칼잡이.

그게 나였다.

나는 늘 그랬다. 닥치는 대로 살았다.

맞기 싫어서 사람을 때리고, 죽지 않으려고 칼을 휘둘렀다.

바다에 버려져 파도에 휩쓸리다 헤엄을 배우듯.

✛   ✛   ✛

"칼판아. 의심스러버가 데리고 있기 찝찝한 아가 있으믄 우짜노?"

다짜고짜 두목이 물었다.

"누군지 알려만 주시면 제가 알아서 처리하겠습니다."

"의심받는 아가 니면 우짤낀데?"

"칼판에 제 모가지 올려야죠."

나는 주춤하는 기색 없이 즉답했다. 담배를 뻑뻑 피워 대고 있던 두목은 두툼한 손으로 연기를 밀어내며 그 사이로 가만히 나를 봤다.

유독 동공이 작아 뱀 같은 눈이 나를 지켜본다. 피하지 않고 마주했다. 적당히 순종적이고, 정도껏 반항적인 기색을 담았다.

"니, 짜바리라 카대."

형사라고 해 봐야 그림자처럼 실체도 보이지 않는 위치다.

반장님 말고 서에서 내 존재를 아는 사람은 없었다.

그런데 두목이 어디서 냄새를 맡았을까.

"누가 그딴 소리를 한답니까."

"둘째가. 내 아우가 그렇다 카믄 내도 점점 믿어지지 않긋나."

둘째. 입이 가벼워 제일 만만하게 봤던 미아장 포주 새끼 짓이었다.

하던 일이나 잘 붙들고 있을 것이지, 쓸데없이 들쑤시네.

놈은 무서운 기세로 치고 올라선 나를 내내 탐탁지 않아 했다. 두목의 신뢰를 받는 내가 눈꼴 셨겠지. 그래서 싹부터 도려내시겠다?

멍청할 정도로 의도가 뻔했다. 짜바리니 뭐니 지어낸 소리 겠지. 제까짓 게 뭘 알고 지껄였을 리 없다. 쫄 거 없다. 밝혀 진 건 아무것도 없으니까.

"제가 어떻게 해야 믿어 주시겠습니까."

"낸 딱 한 놈만 믿는대이. 한 놈만."

나든 그놈이든 한 놈만 살아야 했다. 살려면 죽여야 했다. 형사임을 숨기기 위해서 형사임을 포기해야 하는 때가 수도 없이 많았다.

어쩐지 이번에도 다시는 돌아가지 못할 것 같았다. 섬으로 든, 중국집으로든, 몇 번 가 보지도 못했지만 경찰서로든.

✝   ⛭   ✝

"내놓으라고! 이 깡패 새끼들아! 그거 내 거라고!"

시집.

미아장에 팔려 오던 날, 속옷 차림으로 덤비던 계집애를 모두가 그렇게 불렀었다.

"그 시집 갖다 버리면 다 뒈질 줄 알아! 그게 어떤 건 줄이나 알아? 무식한 깡패 새끼들이!"

목소리는 얼마나 큰지, 하도 골이 울려서 대충 아랫놈들을 시켜 입을 막고 가뒀다.

갚을 빚만 가득한 계집애가 들고 온 물건이라고 해 봤자지 몸뚱이밖에 더 있을까 싶다가, 문득 그놈의 시집이 뭔지 알고 싶어졌다.

꼬질꼬질 손때가 묻은 시집.

나는 시집을 봤다. 보기만 했다. 그다지 넘겨보고 싶지는 않았다.

"지가 썼대?"

"뭐 그런 걸 신경 쓰십니까, 형님."

아랫놈들이 낄낄댔다. 웃긴가?

"치우겠습니다."

"뭐."

"예?"

멀어지려는 시집을 담배 쥔 손으로 꾹 눌렀다. 담배 끝에 겨우 붙어 있던 재가 눈처럼 시집 위에 가라앉았다.

"나 뒤질까. 그 계집애한테."

후, 하고 재를 불자 그을린 자국이 남았다. 꼬소한 탄내는 덤이었다.

"버리면 뒤진다는데, 태워 먹었잖아."

담뱃재로 태웠다 그러면 뭐라고 지랄을 떨지 궁금했다.

시집은 그을린 채로 창고에 곱게 던져졌고, 시집이라고 불리는 계집애는 속옷 차림으로 미아장에 갇혔다. 그리고 그때부터 갖가지로 꼴통 짓을 떨어 댔다.

빚 때문에 팔려 온 주제에 미아장에서 유일하게 몸을 팔지 않은 창녀.

칼 든 깡패 새끼들한테 바락바락 대들다 여관방 창문을 열고 뛰어내리고, 기회만 생겼다 하면 어설프게 도망치다 걸려 밟히고, 그렇게 맞고 발가벗긴 채로 양손이 묶여도 지독한 겨울밤을 맨발로 도망치는 꼴통.

그 꼴로 절에 숨어 자는 걸 보고는 인정하지 않을 수가 없었다.

미련도 너 정도면 인정해야 하는 거 아닐까.

눈물과 콧물, 피로 범벅이 된 시집의 얼굴이 꽁꽁 얼어붙어 있었다. 제 무릎을 꽉 끌어안은 손은 시퍼렇게 변해 있었고, 무릎 아래 종아리는 피멍으로 얼룩덜룩했다. 헐벗은 등에는 담배로 지진 자국이 남아 있었다. 그래도 숨은 쉬고 있었다.

형사 반장을 만나러 미아사에 온 참이었다. 미아파의 내부 정황을 고하고, 서에 밤말을 몰래 듣는 쥐새끼가 있다면 잡아 족을 쳐야지 않겠냐며 토로했다.

말하자면 밀회의 현장이었다. 시집은 이 고즈넉한 절간이 밀회의 장소인 걸 몰랐을 테지만.

팔자만 구질구질한 게 아니라 운도 더럽게 없는 시집.

기껏 죽을 듯이 도망 온 곳에서도 꼬리를 밟히고 만다.

불쌍하다 여긴 적 없다. 동정은 수고로울 뿐이다. 그래도 발길이 떨어지지 않았다.

죽은 듯 온몸을 웅크린 시집에게 입고 있던 돕바를 벗어 떨어트렸다.

담배에 불을 당기는 사이, 칼 같은 추위가 빗처럼 징글징글하게 들러붙었다. 불어나는 이자처럼 끝도 없이 바람이 몰아쳤다.

그날 밤만 한 추위는 내가 살아온 동안엔 없었다. 한겨울 전복을 캐러 맨몸으로 바다에 들어갈 때도 그보다 춥지는 않았다.

"이 추위에도 안 얼어 죽으면 그게 네 팔자겠지."

방파제에 부딪히고 바다로 떨어져도 살려면 살아졌다. 음식 쓰레기를 먹고 토를 싸질러도 허기는 채워졌다.

빚 갚으려고 형사가 돼도 쓰레기보다도 못한 깡패로 살아야 겨우 살아남을 수 있었다.

그렇게도 살아는 지는데, 시집이 살지 못할 이유도 없겠지.

궁금했다.

지긋지긋한 창녀촌을 벗어나려는 여자애들은 차라리 깡패 새끼나 손님을 꼬시면 꼬셨지, 너같이 굴진 않는다. 죽어도 이상하지 않을 꼴통 짓거리를 하면서까지 살려고 발악을 하는 이유가 뭘까.

나오는 길에 절 담벼락에 엉겨 붙은 시집의 핏자국 위로 담배를 눌러 껐다. 담뱃재에 핏자국이 사라졌다. 그것으로 시집을 다시 보는 일은 없을 거라 생각했다.

잊었다. 너라는 게 있었다는 사실도.

그동안 미아장 포주 새끼는 차근차근 내 숨통을 조여 왔다. 끈질긴 불씨처럼 잠잠해질라치면 피어오르고 또 타올랐다. 기를 쓰고 내 뒤를 밟으려 똥개처럼 따라붙었다. 더 이상 내버려 둘 수 없는 지경에 이르렀다.

방법은 하나다.

짜바리니, 횡령이니 나한테 뒤집어씌우려는 것들을 모두 놈에게 떠넘긴 뒤에 끝내는 것.

"니 이래 내 제낀다고 큰 행님이 니 믿을 것 같나?"

아랫놈들 방패막이로 깔아두고 정작 지는 컴컴한 뒤뜰에 몸을 숨긴 주제에 큰소리는.

같잖은 놈의 팔부터 도려냈다.

"아아악! 이, 이 개 같은 배신자 새끼!"

비명과 욕을 질러 대는 시끄러운 주둥이가 거슬린다.

바퀴벌레처럼 버둥대는 사지를 힘으로 찍어 누르며 한 손은 주둥이를 가리고, 나머지 한 손은 쥔 칼을 고쳐 쥐었다.

"배신자는 너지. 그래서 나한테 죽는 거고."

죽음의 순간까지도 의심을 거두지 않았던 눈깔이 사정없이 흔들렸다.

나는 숨을 멈추었다. 으스러지도록 이를 악물었다. 생각을 비웠다. 내가 해야 할 것만을 생각했다. 나와 놈 중에 하나만 살아야 한다. 살려면 죽여야 한다.

너는 지금부터 조직의 배신자다. 그림자처럼 조직에 숨어든 짜바리다. 내가 아니라 너다.

턱 아래 끊임없이 발씬대는 놈의 숨구멍으로 단번에 칼을 꽂아 넣었다. 고통은 순간일 것이다. 깨닫는 순간 너는 죽어 있을 것이다.

손바닥을 간질이던 숨이 멎었다. 꿈틀대던 몸이 고무처럼 늘어졌다가 이내 돌처럼 굳는다. 등을 타고 머리 꼭대기까지 전기가 쭈뼛하게 내달린다.

멍청한 새끼. 네가 널 죽인 거다.

피비린내가 진동을 한다. 구역질이 났다. 놈의 피가 튀어 들어간 눈알이 시리다.

턱에 고였다 바닥으로 뚝뚝 떨어지는 핏물을 손등으로 대충 닦아 내며 일어섰다.

참을 수 없이 멍청한 건 그 새끼 하나뿐이 아니었다.

멍청한 계집애.

"왜 또 왔어. 왜 또."

더러운 돕바를 입은 시집이 있었다.

내가 버린 거였다. 그걸 여태껏 처입고 있는 꼬라지를 보니 미아장에서 도망쳐 어떻게 살고 있는지 알 만했다. 그렇게까지 발버둥을 쳤으면 그냥 살지. 왜 다시 기어들어 와 이딴 더러운 창고에 숨어 있느냐고.

"진짜 아무것도 못 봤어요! 살려 주세요!"

뭐가 널 이렇게 살고 싶게 할까. 어떤 대단한 게 너 같은 걸 구제했길래.

설마 이따위 시집이라곤 않겠지. 그 개 같은 추위에 널 구제한 건 배추 망 같은 돕바였고, 그걸 너한테 버린 건 나였고, 이번에도 널 본 건 나니까.

피로 젖은 칼끝을 돌려 칼등을 뺨에 문댔다. 핏방울이 허연 뺨을 따라 뚝뚝 흘러내렸다. 손끝이 희게 질릴 정도로 시집을 쥔 손에 힘이 들어가는 게 보였다. 뺏어 버리고 싶었다.

대단한 시집 때문에 창녀촌에 다시 온 너.

그따위 종이 쪼가리, 담뱃불로 지져서 진즉 쓰레기통에 처박았어야 했는데.

"열까지 세고 나가서 절까지 전력 질주."

다시 보지 말자. 시집.

고작 몇 시간 뒤의 전화였다.

—목격자가 하나 있다.

"근데요."

—서에 와라.

"내가 부르지 말랬죠, 서로는. 나 이제 형사 아니라며, 아저씨가."

—네가 이년을 함 봐야 알 것 아니냐. 이 깡패 새끼야.

경찰 서장이 껄껄 웃고는 제멋대로 전화를 끊었다.

씨팔. 만년 형사 반장이 서장 배지 누구 덕에 달아 놓고. 짜치는 건 하여튼 나한테만 시키지.

일부러 버스만 네 번을 갈아타고 굽이굽이 돌아간 서에서 나는 더 기막힌 걸 봤다. 헛웃음이 터져 나왔다.

"아는 년이야? 목격자 맞아?"

멍청한 계집애.

"목격자 있으면 복잡해진다. 내가 널 살해 용의자로 잡을 수도 없고."

"알아서 할게요."

벌컥 취조실로 들어갔다.

여전히 너의 손에는 그 거지 같은 종이 쪼가리가 들려 있었다.

너는 담뱃재로 검게 그을린 앞장과 구겨진 귀퉁이를 원통해 하며 가느다란 손가락으로 연신 종이를 쓰다듬는다. 어린아이 귀밑머리라도 쓸어 주듯 퍽도 다정한 손놀림이다.

"뭡니까, 그거."

알면서 물었다.

"……시집이요."

그게 네 이름이었다.

"좀 봅시다. 부탁하는 겁니다. 태어나 시집을 처음 봐서."

손바닥 반도 못 가리는 시집을 열자마자 헛웃음이 튀어나올 뻔했다.

　내 죽음은 아무 뜻도 없다.

　살아도 죽은 자들은 죽음으로 해방되지 않으므로.

　좆같네, 진짜.

　이딴 말도 안 되는 개구라를 써 놓고는 시라고. 씨팔. 나도 쓰겠다. 실망이다, 시집. 이딴 걸 주우려고 다시 그 여관엘 기어들었다고.

　대체 이런 꼴통을 내가 뭘 어떻게 해 줘야 해? 이 시집 뺏으면 또 빌려나?

　"좀 도와줍시다."

　아랫놈들한테 말하던 투로 지껄였다.

　"저 같은 게 뭘 어떻게 돕는다고요."

　"저희한테는 귀한 분이죠. 유일하게 신고를 하셨는데."

　난 웃었다. 서장은 내게 웃지 않는 것보다 웃는 게 더 무섭게 보인다고 했다.

　"그리고 찌른 놈이 아직 안 잡혔거든. 제일 나쁜 놈인데. 그죠?"

　겁주고 싶었다. 빌었으면 했다.

　그 뻔뻔한 얼굴로 도와 달라고 살려 달라고, 그렇게 말할 줄 알았다.

"혹시 그놈이 춘희 씨 봤습니까."

"……본 건 하나도 없어요."

구라도 제대로 못 치는 게.

사실은 보진 못했지만 다 들었다고, 도와 달라고, 살려 달라고. 그런 말도 못 했다. 알고 있는 것이었다.

그날, 나는 너를 봤고, 너는 나를 보지 못했다.

그렇지만 너는 알아챘다. 피 묻은 칼을 들고 있던 게 나라는 걸.

"이건 왜 들고 다닙니까. 시집."

내 담뱃재에 그을린 부분을 손끝으로 문지르며 시집을 내밀었다. 가져가고 싶어 죽겠는 얼굴로 경계하며 선뜻 다가서지 못한다.

나는 조금 더 가까이 손을 뻗었다. 잘게 떨리던 손이 낚아채듯 시집을 받아 든다.

"이춘희 씨."

학습을 모르는 멍청이에게 주는 기회는 두 번까지였다.

시집이 경찰서 밖으로 나가게 둘 수 없다.

유일한 목격자. 내 범행을 본. 지금 당장 날 살해 수배범으로 만들 수 있는.

무슨 일이 있어도 데리고 있어야 했다. 사람을 죽인 죗값

이야 치르겠지만, 그게 지금은 아니었다. 시집이 지 입으로 털어놓은 인적 사항과 목격 정황은 이미 갈가리 찢어 없앴다.

뒤돌아선 시집의 손목에 수갑을 걸었다.

"왜 또 왔어."

희롱이라도 당한 것처럼 수갑에 감긴 손목이 부르르 떨렸다.

"너 깡패 새끼야, 형사야?"

나는 웃었다.

"뭐면 어쩌게."

시집은 여태까지 해 왔던 것처럼 굴었다. 소리를 지르고 나에게 주먹질과 발길질을 해 댔다.

별수 없이 입을 막고, 발도 묶었다. 그리곤 지하에 대놓은 경찰차 트렁크에 처넣었다. 그러는 동안에도 시집은 끈질기게 버둥댔다.

저주를 퍼붓는지 읍읍, 소리를 내며 야리는 걸 빤히 내려다보다 머리에 포대를 뒤집어씌우고 트렁크를 닫았다. 어차피 아무도 듣지도, 보지도 못했다.

나는 근처 공중전화에서 아랫놈들한테 전화를 딱 두 통 돌리고, 평소보다 일찍 집으로 향했다. 차에서 담배를 태우며 있다가 해가 지자마자 트렁크에서 시집을 꺼내 어깨에 들춰

메고 집으로 들어갔다.

내려놓자마자 시집은 몸부림을 쳤다. 입에 수건을 물려놨는데도 끈질기게 막힌 신음 소리를 냈다.

"살려 놔도 저 지랄이지."

시집이 덜덜 떨며 허공을 두리번거렸다. 벽에 붙은 옷걸이, 바닥에 재떨이. 볼 것도 없고 볼 수도 없었지만, 늘 그렇듯 시집은 체념을 몰랐다. 무릎으로 기어가더니 금세 벽에 머리를 들이받았다.

망할 놈의 깡패 새끼야! 이거 안 풀어?

더러운 형사 새끼! 죽어 버려!

너 뭐야? 뭔데 나한테 이래!

대부분은 날 아무렇게나 불러 대며 욕하기를 반복했다.

지랄을 하거나 말거나 나는 벽에 등을 대고 앉아 익숙한 어둠에서 담배를 찾아 물었다.

달았다. 달아서 깊게 들이마셨다가 차곡차곡 뱉어 냈다. 어둠 속에 담배 연기가 곰팡이처럼 덕지덕지 퍼져 나갔다. 그 사이로 힘껏 무릎걸음을 하는 시집이 있었다.

"왜 안 죽였어, 쟤?"

서장의 물음을 실컷 비웃어서 다행이었다.

"형사한테 할 말입니까, 그게? 우리 반장님, 서장님 되는 사이 깡패 새끼 다 되셨네."

무릎걸음으로 내 코앞까지 다가온 시집에게 담배를 쥔 손을 내밀었다.

"왜. 피우시게?"

개코셔, 아주.

손끝으로 시집의 이마를 꾹 밀었다. 내 손을 피하려고 고개를 내젓더니만 중심을 잃고 옆으로 픽 쓰러졌다. 그러곤 또 벌떡 일어났다.

쓰러졌다 일어난 자리에 돕바 주머니에서 나온 시집이 있었다.

발로 슬슬 밀었다. 방바닥을 더듬더듬하는 손 옆까지. 무슨 생명 줄이라도 되는 양 움켜쥐는 게 우스웠다.

그러는 사이, 밤은 더 깊어졌다.

저 계집애를 데려오느라 빌린 서장의 차를 원래 있던 자리에 돌려다 놔야 했다.

나쁜 놈들 잡아 태우라고 있는 경찰차에 나쁜 놈들 신고한 선량한 시민을 태웠다. 기분이 더러워 헛웃음이 났다.

남은 담배를 모두 태우고 집을 나섰다. 문을 닫을 때 문

뒤에 누가 있는 게 좀 이상했다.

다시 뒤돌아 집 문을 봤다.

시집은 내 집에 처음 온 사람이었다.

✣   ✤   ✣

"손님 오셨다 카대."

"……."

"거 미아장 말이다."

미아장 손님이라니.

두목의 말투는 평소와 다름이 없었지만, 원래 숙청이라는
건 그런 거였다.

아무 일 없이도 아랫놈을 떠보고, 제대로 말을 못 하면 손
가락을 하나씩 끊었다. 그런 식으로 조직의 위계질서를 잡았
고, 그렇게 쫓겨난 깡패 놈들이 여럿이었다.

나를 등지고 선 두목의 얼굴이 보이지 않았다. 놈 옆으로
한 걸음 다가섰다. 양복 안에 둔 칼집을 손끝으로 눌렀다.

아직 해가 훤했다. 상가 옥상 아래로 개미굴처럼 퍼진 골
목이 샅샅이 보였다.

장사꾼들이 목청 높여 떠들고, 배달꾼들이 좁은 골목 새로
사람들을 헤치고 오갔다.

활짝 열린 일수 방 창문으로 아랫놈들이 보였다. 각자 담배를 물고 떠드는 꼴이 평소대로였다.

한 놈이 느닷없이 손을 휘 흔들었다. 지들이 부른 다방 계집애들에게 알은체를 하는 거였다. 쓸데없는 새끼들.

경계의 태세가 이다지도 없는 걸 보면, 두목이 뭘 알고 날 잡으려는 건 아니었다.

"손님이라면……."

놈이 돌아섰다.

"수사랍시고 와 있는 짜바리들 와 정리 안 하고?"

미아장 손님은 미아장에 진을 친 경찰들을 말하는 거였다.

미아장은 겉보기에는 여자 장사를 하는 후진 여관이었으나 사실은 도박장과 일수 방 등에서 건너온 현금을 관리하는 은행이었다.

두목이 가장 신경 써 관리하는 곳에 경찰들이 와 있으니, 신경이 예민할 수밖에.

"지네 끄나풀이 죽어 나갔으니 그쪽이라고 가만있을 수야 있겠습니까. 구라든 가라든 입 맞춰서 정리는 해야 할 겁니다. 얼마쯤 두시죠."

포주 놈은 조직의 배신자였다. 경찰의 끄나풀이었다. 내가 그렇게 만들었다. 조직의 배신자로 죽었으니 불명예인가. 끄나풀일지언정 경찰로 죽었으니 명예인가. 이보다 하찮고 같잖은 고민도 없을 것이다.

"니는 괜안캤나. 수배 말이다."

포주 놈을 죽였다. 죽고 죽이는 일이야 놀라울 것도 없다. 명분, 그것만 있으면 살인도 그보다 더한 것도 얼마든지 가능한 동네였다.

"신경 쓰실 일 없게 하겠습니다."

나는 조금도 괜찮지 않았지만 괜찮은 척 고개를 숙여 보였다.

흔들림 없는 평온한 눈으로 두목과 마주했다. 꿰뚫을 듯한 뱀눈이 이내 가늘게 접히며 휘어진다. 두툼한 손이 내 어깨를 지그시 눌렀다.

"슬 정리되면, 앞으로 미아장엔 니가 가 보믄 어떻긋나."

승진인가.

"제가, 말입니까."

미아장 포주가 되란다. 둘째 형님이라 부르던 놈이 관리하던 곳을, 그것도 아무한테나 안 맡기는 은행을 맡겼으니 이제 내가 둘째라는 뜻이었다.

"빨리 정리해야제. 짜바리 끄나풀 쳐냈드만 아랫새끼들이 와 이리 지랄들이고? 오해는 개뿔. 니같이 확실한 놈이 오해할 일이가?"

"죄송합니다. 조용히 처리할 일을."

"배신자 새끼를 누가 조용히 처리하라 카대? 이랄 때 니가 딱 잡아 주면 된다. 거긴 계집아들도 사나버서 그 와중에 도망간 년도 있다 안 카나? 암튼 되는대로 빨리 정리해 봐라."

도망간 그 계집애는 내가 제일 잘 알지.

"맡겨 주셔서 감사합니다."

깡패 새끼들은 아직 아무것도 몰랐다. 내가 지들이 짜바리라고 부르는 형사라는 것도, 포주 놈의 죽음을 본 목격자를 숨기고 있다는 것도.

나는 두목이 시킨 대로 직접 미아장에 갔다. 아랫놈들은 이미 여자들을 데리고 철수한 상태였고, 숙박만 운영 중이었다. 당연히 손님은 없었다. 말만 여관이지 한눈에 봐도 여자들 사고파는 창녀촌인데, 영업 정지를 먹지 않은 게 우스웠다.

단순 사건 현장이 아니라 동네 터줏대감 같은 깡패 새끼가 살해된 현장이라고, 아직까지 지키고 선 순경들이 있긴 했다.

거리를 두고 순경들을 천천히 훑으며 여관 밖을 한 바퀴 돌았다.

뒤뜰 한편에 알루미늄 문으로 꽉 닫힌 창고를 보았다. 시집이 숨어 있던 곳이었다. 도망쳤던 지옥 불에 제 발로 기어들어 오는 건 세상천지에 그 계집애밖엔 없을 것이다.

시집이 우리 집에 있은 건 이제 딱 사흘째다.

입이고 손발이고 풀어 주면 성깔대로 지랄을 할 것 같아서 일부러 그대로 내버려 뒀다.

그 성질머리에 혹시 벽에 머리를 들이받거나 혀를 깨물까 싶어 아침저녁으로 들어가서 숨은 제대로 쉬는지 확인만 했다. 이 정도 곯았으면 힘이 없어서라도 지랄은 못 하겠지.

원래 때리고 굶기고 가두면 제풀에 지치는 게 인간이다. 깡패 무리에 낄 때 당해 봤다.

수금하는 놈들 따라다닐 때였다. 돈이 비었는데 범인으로 몰려서 복날 개처럼 두들겨 맞고 여관 지하에 갇혔다.

잠들만 하면 와서 물을 뿌리고 때리기를 딱 닷새째, 이제는 하루만 더 굶기면 형사라는 것마저도 불 수 있을 것 같았다.

그걸 버티고 나니 수금을 시켜 줬다.

나중에야 알았다. 처음부터 돈은 빈 적이 없었고, 내가 당한 짓거리가 아랫놈들을 잡을 때 으레 하는 신고식이었다는 것을.

피곤해서 골이 울렸다. 제대로 못 잔 게 며칠째인지. 시집을 집에 가둬 놓고 나서부터 좀처럼 잠을 잘 수 없었다.

집에 가면 자다가도 벌떡 일어나 소리를 지르는 시집이 있다. 별스러운 계집애.

오늘도 똑같겠지. 문을 연다. 컴컴하다. 그런데 조용하다.

잠이 든 건지, 정신을 잃은 건지 시집은 바닥에 모로 누워 머리를 대고 있었다.

얼굴 가까이 가 보니 숨소리가 고른 것이 자는 모양새였다.

"팔자가 아주 늘어졌네."

집주인은 잠을 못 자고 이 지경인데.

이게 얼마나 팔자가 좋은 건지, 시집은 모른다. 내가 때리기를 했나, 잠을 안 재웠나. 힘 빼려고 며칠 밥 좀 굶긴 것 빼고는 특별히 한 것도 없다.

그간 눈치껏 기어서 온 집 안을 휘젓고 다니는 것 같더니, 오늘만큼은 조용했다.

그래. 나도 닷새 동안 겨우 버텼는데, 이 정도면 뻗고도 남는다.

차가운 벽에 등을 세우고 앉아 담배에 불을 붙였다. 반쯤 태우고 있으려니 시집이 부스스 일어났다.

바닥을 짚은 손이 모래성처럼 무너지더니, 바닥에 풀썩 쓰러진 몸이 이내 축 늘어졌다.

답지 않게 다시 일어나려고 들질 않기에 머리에 씌워 놓은 포대를 벗겨 주었다. 입을 틀어막은 수건도 빼냈다.

시체처럼 눈이 꽉 닫혀 있었다. 수세미처럼 잔뜩 엉킨 머리카락 사이로 입술이 움직였다.

"……왜."

귀신같은 계집애가 눈을 뜨고,

"왜 날 잡아 왔어."

지치지도 않고 물어 왔다.

3. 시집

"왜 날 잡아 왔어."

왜 내가 이런 꼴을 당해야 하는지 알고 싶었다.

살인 사건 목격자라서?

그럼 경찰서로 데려갈 일이지.

창녀촌에서 빚 안 갚고 도망쳐서?

그럼 미아장에 도로 끌고 가면 그만일 텐데.

며칠이 지났는지도, 여기가 어디인지도 몰랐다. 다만, 한 가지는 알았다.

저놈은 나를 죽이려는 것이다. 장기라도 떼어다 팔려는 것이다. 그런 게 아니라면 도무지 이해가 가질 않았으니까.

깡패 새끼는 내 머리에 뒤집어씌워 놓은 포대와 입에 물린 걸레를 빼 주었다. 며칠 만에 벗은 건데도 눈이 부시질 않았다.

눈앞은 여전히 시꺼멨다. 앞에 있는 깡패 새끼가 입은 옷도 시꺼멨다. 온통 시꺼먼 와중에 막아 둔 창문 틈새를 파고든 희끄무레한 달빛 한 줌이 간신히 눈앞을 비췄다.

"잡혀 온 이유 알면은. 네가 어쩌게."

없다. 내 평생 이딴 식의 일 중에 내가 어쩔 수 있는 일은 단 하나도 없었다.

"괜히 힘 빼지 마라."

"……."

"배고프지."

말만 들어도 침이 꿀떡 넘어갔다. 목구멍에 무어라도 넘길 수 있다면, 그게 뭐든 좋을 것 같았다.

깡패 새끼는 부엌으로 가더니 국그릇에 수돗물을 담아 왔다. 겨우 물그릇 들고 퍽 대단한 호의라도 베푸는 얼굴을 후려치고 싶었다. 손톱을 세워 할퀴고 싶었다.

그럴 힘은커녕 대꾸할 힘도 없다. 저승사자처럼 시꺼먼 깡패 새끼를 가만히 올려다보았다.

놈은 그릇째로 내 입에 물을 쏟아 냈다. 입안 잔뜩 머금었다가 면상에 뱉어 줄까 했지만, 바짝 마른 입안을 적시는 물이 미치게 달았다. 애초에 짐승같이 커다란 손바닥이 뒤통수를 누르고 있어 얼굴을 돌릴 수도 없었겠지만.

허겁지겁 물을 들이켰다. 반은 내 목구멍으로 들어갔고, 반은 턱을 타고 줄줄 흘렀다. 기어이 담긴 물을 모두 비우고서야 그릇이 떨어져 나갔다.

그러나 물로 배를 채워도 물이다. 볼록하게 당겨진 뱃가죽만 아플 뿐 우글거리는 배 속을 잠재울 수는 없었다.

"지금이 새벽 1시. 너 굶은 지는 한, 사흘."

"······."

"밥도 준다. 아침까지 잘 있으면."

동굴 같은 목소리가 온 방에 울렸다.

깡패 새끼는 날 두고 나갔고, 나는 도통 잠을 잘 수가 없었다. 무서워서가 아니라 배가 고파서였다. 징그럽다. 당장 죽게 생겨도 배는 고프다는 게.

숨이 꼴딱꼴딱 넘어가는데도 손가락 하나 까딱할 수가 없다. 누운 채로 집 안을 찬찬히 봤다. 사람 흔적이라곤 벽에 튀어나온 옷걸이 몇 개와 재떨이뿐이다. 창문이라고 하나 있는 것은 판자때기로 막혀 있다.

달빛 새어 드는 그 작은 틈이 유일한 위로였다. 집이 아니라 창고 같았다. 밖에는 사람 오가는 소리 하나 들리질 않았다.

시간은 지겹게도 흘렀다. 문 열리는 소리와 함께 깡패 새끼가 들이닥쳤다.

다시 눈을 감았다. 밥 같은 거, 줄 리가 없었다.

"일어나."

일어나. 일어나.

똑같은 말이 반복됐다. 몇 번이나 날 불렀을까. 목소리가 점점 뚜렷해졌다. 눈을 뜰 기력도 없다고 생각했을 때 눈이 번쩍 뜨였다. 밥 냄새가 났다.

"눈 떴으면 앉아."

내 앞에는 밥상이 있었다.

멀건 죽 한 그릇, 흰쌀밥 한 그릇, 맑은 콩나물국 한 사발에 계란찜, 하얗게 무친 무나물.

내가 받아 본 밥상 중 이렇게 거한 게 있었나.

"뭘 보고 앉았어."

내가 보고만 있자니 답답했는지 목소리에 짜증이 잔뜩 섞여 있었다.

"그래. 말아라."

"먹어. 먹는다고!"

깡패 새끼 성깔하고는.

잠시도 못 기다리고 물리려는 상을 잡았다. 어디에 이런 힘이 남아 있었나 싶을 정도로 상 모서리를 꽉 쥐었다. 눈이 돌아갔다. 오래 비워진 배 속이 뒤틀려 밥상에서 눈을 떼지 못했다.

수저를 쌀밥에 꽂아 넣자마자 혀 차는 소리가 들렸다.

"죽."

순순히 밥그릇에서 뺀 수저를 옆에 놓인 죽 그릇에 쑤셔 넣었다. 뽀얗게 김이 올라오고 있었다. 정성이 뻗쳐서 도망쳤다 잡혀 온 창녀 배탈 날까 밥까지 끓여 바치다니. 별스러운 새끼가 다 있다.

생각은 찰나였다. 고소한 죽이 목구멍으로 한번 넘어가고부터는 생각하는 시간조차 아까웠다. 순식간에 죽을 비우고 밥을 집어 들었다.

"안 뺏어. 너 먹던 거."

성깔 더러운 새끼가 꼴리는 대로 줬다 뺏을지 어떻게 알아. 쉴 새 없이 밥과 반찬을 입으로 퍼 나르고, 씹고, 삼켰다. 깡패 새끼가 밥은 뭐 이렇게 잘해.

그릇들을 싹싹 비워 내고 나서야 눈앞의 얼굴이 보였다. 담배를 문 입술 끝이 비뚜름히 올라가 있는 것이 여간 재수 없는 게 아니었다.

피우지도 않을 거면서 똥폼은.

나는 깡패 새끼의 눈을 쏘아보며 물을 벌컥벌컥 들이켰다.

"우욱!"

트림이 올라오는가 싶더니, 기를 쓰고 집어삼킨 음식물들이 딸려 나오기 시작했다.

엉겁결에 손바닥으로 입을 막다가 알았다. 손목의 수갑이 풀어져 있다는 것을. 다리에 뱀처럼 감겨 있던 줄이 없다는 것을.

그리고 빛이 있었다.

이딴 창고 같은 집에 불도 있었어?

어쨌든 차가운 형광등 빛에 깡패 새끼의 얼굴도 볼 수 있었고, 깡패 새끼가 차린 밥상도 볼 수 있었다. 어둠에 길든 눈이 쑤시는 것처럼 아팠다. 먹는데 정신이 팔려 모르고 있었다.

"가지가지 한다."

물고 있던 담배를 내뱉은 깡패 새끼가 벌떡 일어났다. 그 바람에 다 비운 밥상이 바닥에 나뒹굴었다.

나오는 토를 꾸역꾸역 눌러 막는데 억울해 눈물이 핑 돌았다.

씨발. 아까워. 어떻게 먹은 건데 이걸 토해.

어떻게든 막아 보려는 손을 깡패 새끼가 잡아챈다.

"입 틀어막고 뒤지시게?"

왜 소리는 지르고 지랄이야.

골이 울렸다. 엎어진 밥그릇 옆으로 너저분하게 바닥을 더

럽힌 토사물이 흐릿하게 보였다. 윽박지르는 말도 두꺼운 이
불 속에서 듣는 것처럼 점점 먹먹하게 들려온다.

천천히 눈을 감았다 떴다. 토해 낸 멀건 죽이 코앞으로 가
까워진다 싶을 때쯤 어깨가 획 들렸다. 그대로 질질 끌려갔
다. 무게 나가는 포대 자루처럼 그야말로 질질 벽까지.

단단한 벽에 머리를 대고 깡패 새끼가 하는 양을 봤다. 커
다란 놈이 왔다 갔다 움직일 때마다 그보다 두 배는 큰 그림
자도 같이 어른거렸다.

쓰레받기가 바닥을 싹싹 긁고 지나간 자리를 걸레로 문지
른다. 걸레는 빨아 쓸 생각이 없는지 까만 비닐봉지에 토사
물과 함께 내던져졌다.

바닥은 깨끗해졌는데 시큼한 냄새는 가시질 않는다. 나는
힘없이 눈알만 굴려 둘러보았다. 창문에 저 판자때기만 떼어
내면 좀 나을 텐데. 냄새에 질식할 것 같다.

치익, 탁.

깡패 새끼가 담배에 불을 붙였다. 빨간 불빛 끝에서 하얀
꼬리가 살랑살랑 흔들린다.

피죽도 못 얻어먹은 꼴로 쪽방촌 골목을 어슬렁거리던 개
새끼가 떠올랐다. 그 개새끼도 저만큼 하얀 꼬리는 못 가졌
을지도 모르지만.

쌉싸래한 담배 연기에 쭉 찢어진 눈이 보였다 안 보였다

한다.

아무래도 상관없다. 최대한 깊이 숨을 들이마셨다. 연기를 맡으니 차라리 살 것 같았다. 먹은 것보다 더 게워 내고도 모자라 또 목구멍 아래에서 울컥거리던 토기가 가라앉았다.

"일어나."

다시 시작이다. 두들겨 패도 모자랄 시간에 깡패 새끼는 멀건 죽을 끓여와 내밀었다.

고문인가. 그래도 텅 비어 버린 배에서 요동치는 허기가 속도 없이 죽을 반겼다. 배가 차니 근심도 사라진다.

"야. 어딜 자빠져."

눈꺼풀이 무겁다.

"똑바로 앉아. 트림하고 다시 누워."

대꾸할 힘도 없었다.

"다시 토하기만 해. 전부 입에 처넣을 줄 알아."

그 소리에 몸을 일으켰다. 그저 그런 협박이 아니다. 저 새끼는 진짜 그러고도 남을 것 같아.

소화라도 시켜 줄 모양인지 깡패 새끼는 내 앞을 지키고 앉아 다시 담배를 꺼내 물었다. 내 얼굴 위로 훅 내뱉어진 담배 연기에 콧속이 징 울린다.

진짜, 진짜 재수 없는 새끼.

동시에 끄윽, 하고 목이 울렸다. 반사적으로 입을 막았지만 나오는 건 트림이었다.

픽, 놈의 비웃음을 무시하고 나는 눈을 감았다.

몸을 모로 뉘었다. 까무룩 잠이 들었다.

✛   ✿   ✛

비가 오나 했다. 웅크린 몸으로 눈만 끔벅였다. 추적추적
한 빗소리를 듣는 동안 잠기운은 서서히 달아났다.

주제도 모르고 참 한가롭기도 하다. 일어나야 하는데, 일
어나 뭐라도 해야 하는데. 모처럼 손과 발도 자유로운데 돌
처럼 무거워 몸이 뜻대로 움직이질 않는다.

그때 비가 그쳤다. 아니, 비 같은 물소리가 그쳤다.

화장실 문을 열고 문보다 키가 큰 남자가 머리를 숙이며
나왔다.

툭툭, 바닥에 떨어지는 물 자국을 세다가 벌떡 일어나 몸
을 물렸다. 그래 봐야 등 뒤는 막힌 벽이다. 빨래판에 문대지
는 빨래처럼 몸을 벽에 찰싹 붙여 비비적거리며 고개만 치켜
들었다.

깡패 새끼는 속옷 한 장만 입은 채 나를 힐끗 보았다. 입
은 안 열어도 너 뭐 하냐, 하고 묻는 것이 분명했다. 삐딱한
입술을 확 잡아 비틀어 버리고 싶다.

양아치 새끼.

깡패 새끼.

비아냥거리고 싶어 안달 난 눈으로 놈을 훑었다.

몸은 바늘도 안 들어갈 것같이 딱딱해 보였다. 저런 건 본 적도 없다. 수건으로 푹 젖은 머리를 개처럼 탈탈, 털어 낼 때마다 단단하게 갈라진 근육들이 꿈틀댄다.

옆구리에 큼지막한 거 하나. 팔뚝에는 그보다 작은 것이 서너 개쯤.

공책도 아니고 몸 여기저기에 글씨와 그림을 그려 놓은 폼이 딱 양아치 새끼다웠다. 지도처럼 복잡한 한자를 제까짓 게 읽을 줄이나 아느냔 말이다.

우습다. 우스워서 크게 웃어 주고 싶었다. 속으로만 실컷 비웃어 줬다.

문짝만큼 키가 커서일까. 한참을 보고도 아직도 놈에게서 눈이 떨어지지 않았다.

좁아진 허리 아래로 딱 달라붙은 천 쪼가리와 그 안에서 불룩하게 올라온 모양새에 닿았을 때는 입도 반쯤 벌렸을지 모른다.

세상에, 저게 다 뭐야.

"눈깔 못 떼는 꼴 좀 봐라."

또 그놈의 시꺼먼 티셔츠에 머리를 꿰어 넣던 깡패 새끼가 수건을 내 머리 위로 휙 던진다. 다 젖어 축축한 수건을 얼굴에서 뜯어내 바닥에 팽개쳤다.

"네 꼴이 하도 우스워서 봤다. 억지로 꾸겨 넣은 꼴 좀 보라지. 터질 것 같다. 터질 것 같어!"

목에 건 티셔츠를 끌어 내리던 깡패 새끼가 소리를 질러 대는 나를 돌아본다.

"억지로 넣은 건지 아닌지 보여 줘?"

확인이라도 시켜 주려는지 놈이 속옷을 주욱 잡아당긴다.

그딴 거 보여 주면 누가 쫄 줄 알고!

쫄진 않았지만 눈이 질끈 감겼다. 피식 비웃는 소리에 눈을 떴다. 변태 같은 새끼가 사람을 가지고 놀고 있다.

"쌍!"

"쌍?"

"눈 더럽거든? 몸 파는 년이라고 다 그거에 환장하는 줄 아나!"

"환장할 만한 본새긴 한가 보지."

"네 빤스가 용하다! 그거 다 들어갔는데 안 찢어지는 게."

"계집애가 못 하는 말이 없어."

쫄지 말자 기를 써도, 커다란 발이 바닥에 물기를 찍으며 저벅저벅 다가오자 절로 움츠러드는 것은 어쩔 도리가 없다.

병신 같은 년. 왜 나서서 쓸데없는 말을 했어.

천 쪼가리 속에 뭘 욱여넣었든 말든 보지도 말 것을. 빗소린지 물소린지 알 게 뭔가, 그냥 잠이나 처잘 것을.

"벗어."

이럴 줄 알았다. 남자 새끼들이 다 뻔하지.

"벗으라고."

"……."

"좋게 말할 때 벗어라."

손님 받으라고 하면 얼굴로 벽을 들이받았다. 입안이 죄 터져 핏물이 목구멍으로 꿀떡꿀떡 넘어올 정도로 맞고 또 맞았다. 그래도 안 벗었다.

"밥은 잘만 먹더니. 귀가 막혔나."

그런데 네까짓 게 뭐라고 날 벗겨 먹으려 들어.

"너 같은 거 백날천날 벗고 있어 봐야 하나도 안 꼴리니까 얌전히 벗자."

"왜? 창녀라서?"

"뭐?"

"창녀라 더러워서?"

가뭄에 콩 나듯 있었다. 멸시의 눈으로 쪽방촌을 지나는 남자들이. 창녀 소굴과 그 소굴에 우글거리는 연놈들을 향해 퉤, 가래 섞인 침을 뱉기도 했다.

운이 좋다면 이 깡패 새끼도 그런 눈으로 나를 보고 있을

지 모른다. 그런 이유라면 어떻게든 창녀 행세를 해야 했다. 세상 더러운 몸뚱이인 척 굴어야 했다.

"냄새나잖아. 토악질 내. 벗고 씻으라고."

축축한 수건이 떨어졌던 얼굴로 이번엔 마른 천이 던져졌다. 퀴퀴한 냄새 대신 비누 냄새가 났다.

무식하게 크기만 한 셔츠를 손에 꼭 쥐고 쫓기듯 화장실로 들어갔다. 큰 구멍에 박힌 나사처럼 문고리는 돌려도, 돌려도 잠기질 않았다. 한 손으로 문을 붙잡고 옷을 갈아입을 수는 없다.

개운해 뵈는 깡패 새끼를 보니 씻고 싶기도 했다. 고개를 숙이고 킁킁댔다. 악취가 올라왔다. 속도 없지. 쓰레기 같은 냄새를 떠안은 채로 죽도 먹고 잠도 잘만 잤다.

문에 얼굴을 바짝 대봐도 문밖의 깡패 새끼가 뭘 하고 있는지 알 수 없다. 맘이라도 바꿔 놈이 쳐들어오기 전에 빨리 씻는 게 나았다.

"아, 차가워!"

물이 얼음장이었다.

저 새낀 어떻게 씻은 거야.

나는 불쌍한 척이라도 하는 사람처럼 어깨를 움송그렸다. 수돗물이 자비를 베풀어 줄 리도 없건만. 비누를 집었다가 다시 내려놓았다. 놈이 던져 준 옷에서도 같은 냄새가 났다.

"깡패 새끼."

깡패 짓거릴 하고 다니는 주제에, 경찰인 척 속이고 여자나 납치하는 악질 주제에 이런 선량한 냄새가 나는 옷을 입는 놈이 치가 떨리게 싫었다.

대체 뭐 하는 새끼야.

나는 놈에 대해 되짚어 본다.

미아장에서 포주 놈의 피를 뒤집어쓴 것이 처음, 경찰서에서 아는 걸 다 불라고 윽박지르던 게 그다음이었다.

경찰이라 포주 놈을 죽인 걸까. 아님 깡패 놈이 사람을 죽여 놓고 경찰 행세를 하는 걸까. 경찰이든 아니든, 깡패든 아니든 달라지는 건 없다. 나는 놈 때문에 이곳에 갇혔다.

"뒈져 버리라지."

비누가 놈인 것처럼 발로 찼다. 안 젖게 하려고 멀찌감치 걸어 놓은 놈의 옷도 화장실 바닥에 내팽개쳐 발로 퍽퍽 밟았다. 내가 아는 온갖 욕들이 튀어나왔다. 그래도 쌌다.

그때 쾅 소리가 났다. 잘못한 것도 없는데 심장이 뛰었다. 화장실 문고리를 두 손으로 꽉 붙들고 있다가 문을 열고 고개만 빼꼼 내밀었다.

놈은 나가고 없었다.

그런데도 다리에 힘이 풀려 한참 동안 쪼그리고 앉아 있어야 했다.

✛　　✤　　✛

손이 덜덜 떨릴 정도로 시린 물에 내 옷을 빡빡 빨았다. 왼 가슴팍에 이춘희라고 적힌 공장 작업복은 질기디질긴 싸구려 천으로 만든 거라 손으로 치댈 때마다 손톱이 뽑혀 나갈 것 같았다.

사람은 참으로 간사하다. 입 막히고 눈 가리고 손발 묶여 있을 때는 죽을까 봐 무서워서 몰랐던 게, 배부르고 정신 들고 보니 온몸이 군실댄다.

빨래까지 해 가며 깔끔을 떨어 대는 와중에도 깡패 새끼 비누만큼은 쓰고 싶지 않다. 이제 와 우스운 자존심이다.

화장실에 속옷 차림으로 쭈그리고 앉아 한참을 시멘트 바닥에 옷을 치대고 있자니, 고작 며칠 전에 공장 기숙사에서 싸웠던 게 생각났다.

하얀 타일을 바른 화장실에서 뜨뜻한 물에 조금이라도 더 담가 보겠다고 서로 욕질을 해 대고 머리채를 잡았었다. 별 아름다운 추억이라고 꺼내 든 것에 헛웃음이 났다.

추억은 무슨 놈의 추억.

그런 단어를 갖다 붙일 만큼 긴 시간 겪은 일도, 오래 간직한 일도 아니다. 그래서 지난주의 일이 아니라 꼭 전생만 같다.

하지만 경숙이를 생각하자 왈칵 눈물이 났다. 경숙이가 가지 말라고 할 때 가지 말걸. 그 애 말을 들을걸.

"이춘희, 이 멍청한 년. 멍청한 년……."

금세 눈물을 집어삼키고 벌떡 일어났다.

우는 건 내 일인 적이 없다.

내가 어떤 년인데.

나는 늘 어떻게 해서든 살았다. 욕먹고 맞으면 우는 대신 더한 욕과 침을 뱉었다. 돈 받고 몸 파는 여자들과, 그 여자들을 돈 주고 사는 남자들을 등쳐 먹었다. 깡패 새끼들한테 맞으면 성한 눈깔에 지글지글 끓는 연탄재를 처넣어서라도 병신을 만들었다.

내가 살면서 만난 모든 인간들을 보면 알지. 쓰레기는 쉽게 죽는 법이 없다.

그렇게 잘만 살아 놓고 이제 와서 나 죽여 봐라, 하고 순순할 수는 없어. 죽을 때 죽더라도 경숙이한테 진 빚은 갚아야지.

깡패들 빚은 안 갚아도 경숙이한테는 뭔 짓을 해서라도 갚아야 한다. 걘 나한테 그만한 고마움을, 사는 동안 처음으로 느끼게 해 준 애였다.

깡패 새끼가 손발도 풀어 주고 밥도 먹인 걸로 봐선 당장 오늘 끌고 가서 장기를 파낼 것 같지는 않다. 내 경험상 팔려고 하면 진작 팔아 버리고 끝났을 일이었다.

창녀가 됐든 시체가 됐든 이렇게 가둬 두진 않는다. 내가 깡패 놈들 소굴에서도 도망 나간 년인데, 이렇게는 못 있지.

화장실에서 나와 한 발 딛자 찬물에 퉁퉁 불어 터진 발가락이 찌르르 시렸다. 이놈의 집은 연탄도 안 때고 난로도 없는지 온 집이 얼음장이었다.

입김이 나오는 부엌을 구석구석 뒤져 한 구짜리 가스 불을 찾아냈다.

불을 끝까지 세게 올리고 그 앞에 서서 깨질 것 같은 손을 덥혔다. 그러곤 작업복을 팍팍 털었다. 이래서 이걸 언제 다 말려.

하도 시려서 발가락이 자꾸만 안으로 말려들었다. 왼발로 섰다 오른발로 섰다 하며 동동 구르다 보니 미닫이문 앞에 쓰레빠가 하나 보였다.

한 짝에 발 두 개가 다 들어갈 만큼 커다랬다. 미아장에서 도망 나와 절에 숨었던 날 꽁꽁 언 귀 두 짝과 발가락이 아직도 간질거렸지만, 동상이 걸렸음 걸렸지 그깟 놈 쓰레빠에 발을 밀어 넣긴 싫었다.

가스 불 앞에서 옷을 말리는 동안 주변을 두리번댔다. 일주일은 붙잡혀 있었으면서 이제야 이 거지 같은 소굴이 어떻게 생겨 먹었는지가 눈에 들어왔다.

좁아터진 방구석. 발로 뻥 차면 그대로 나가떨어질 것 같은 미닫이문. 그 너머 방구석보다 더 좁은 부엌. 연탄재 같은 시멘트 바닥에, 한겨울에도 얼음장 같은 물만 쏟아 내는 화장실.

구색만 갖췄을 뿐이지, 어느 한구석 멀쩡하지 않아 마음 둘 곳 없는 감옥 같았다.

"뭔 놈의 집이 이래."

냉장고도 없고, 쌀통, 김치 통도 없다. 설거지통에 그릇도 안 보였다.

구들장은 멀쩡히 있는데, 연탄 한 장, 구공탄 한 개가 없다.

이 집구석에는 정말 있는 게 없네.

"지는 여기서 어떻게 산 거야?"

깨금발 들고 부엌을 휘휘 돌았다. 나갈 구멍을 찾아야 했다.

제일 먼저 건든 것은 놈이 드나드는 현관문이었다. 얄팍한 문고리를 잡고 당겼다. 밖으로 밀어도 봤다. 안팎으로 세게 흔들어 보니 철컹철컹 자물쇠 흔들리는 소리가 났다. 밖에서 자물쇠를 달아 놓은 모양이었다.

슬레이트 판때기로 사방을 막아 지은 판잣집 주제에 쓸데없이 단단했다. 발로 차고, 밥상으로 찧고, 별짓을 다 해도 덜컹거리는 소리만 요란하지 끄떡없었다.

창문을 막아 놓은 판때기를 떼려고 들러붙다 그나마도 볼품없는 손톱만 다 뜯겼다.

"거지 같은!"

성질에 못 이겨 현관문을 냅다 찼다. 아픈 것도 나였고, 만에 하나 집이 무너지면 뒤지는 것도 나였다.

그때, 쾅! 하고 내가 문을 찬 것보다 더 큰 소리가 났다. 자물쇠 풀리는 소리 다음으로 현관문이 밖으로 열렸다. 앞으로 그림자가 밀려들었다.

컴컴한 집 안보다 더 검은 그림자. 그놈이다.

한 걸음 내디뎌 안으로 들어온 그놈이 꼼짝없이 선 나를 내려 본다.

"뭐 하냐."

"……."

"안 비켜?"

놈의 목소리가 머리 꼭대기에 꽂히듯 떨어졌다.

주춤주춤, 물러서자 그놈이 문을 닫고 한 걸음 더 안으로 들어섰다. 바깥에서 밀려든 찬 기운에 몸이 절로 부르르 떨렸다. 우스워 보일까 입을 꾹 다물고 참았다.

"옷 입어라."

속옷 바람인 걸 그제야 알았다.

"……누군 벗고 싶어서 벗은 줄 알아? 옷 안 말라서 어쩔 수 없이."

"저기 있는 건 옷 아냐?"

내 말을 끊고 지 말만 한다, 지 말만.

"네놈 새끼 옷을 누가 입어? 담배 냄새나거든?"

놈의 옷에선 비누 냄새가 났다.

그건 선량한 사람들의 냄새라 찌든 담배 냄새보다 더 지독해서 견디기 어려웠다.

나를 스쳐 지나 성큼성큼 안으로 들어간 깡패 새끼가 내 얼굴로 옷을 집어 던졌다.

아니, 근데 이 새끼는 왜 자꾸 지 옷이고 수건이고 내 얼굴에 던지는 건데!

화가 뻗쳤다. 어디 한번 똑같이 당해 봐라.

놈의 얼굴에 옷을 던지려는데, 순식간에 앞에 선 놈이 옷을 잡아채 내 머리에 뒤집어씌웠다.

"안 입어! 네 건 안 입는다고!"

놈은 두말하지 않았고, 나는 소리를 질렀다. 뒤집어씌우면 벗어 던지고, 던지려는 걸 잡아 다시 뒤집어씌우는 환장이 몇 번이고 반복됐다.

이긴 건 당연히 나다. 바닥에 널브러진 그놈 옷을 보고 있자니 속이 다 시원했다. 발로 뻥 차 버린 옷이 놈의 구둣발 위에 올라앉았다.

"허."

그걸 보는 지도 어이가 없는지 픽 웃는다. 그 꼴이 꼭 그때 같았다.

경찰서에 끌려갔던 날, 시집을 달라던, 좀 도와 달라던, 부탁하는 말을 하며 쪼개던 얼굴.

날 같잖아 하는 그 웃음.

"뭘 처웃어? 깡패 새끼야."

"몰라 물어?"

웃는 입가에 담배가 걸렸다.

지금. 지금이야. 도망갈 수 있어.

칙 소리와 동시에 라이터 불에 얼굴이 비쳤다. 일렁이는 불을 보며 나는 라이터 쥔 손을 그놈 얼굴로 있는 힘껏 밀쳤다.

놈은 조금도 밀리지 않았지만, 나는 포기하지 않고 문을 발로 찼다.

문이 밖으로 휙 열린 순간, 놈이 내 목덜미를 한 손에 쥐었다.

"악!"

뒤로 끌려가 내던져졌다. 엉덩방아를 찧자마자 발목이 잡혀 단번에 끌려갔다. 무릎을 굽혀 앉은 놈의 얼굴이 코에 닿을 듯 가까웠다. 그놈 입에서 흘러나온 담배 연기가 내 얼굴에 부딪혔다.

모든 게 순식간이었다.

"알았어."

알았다니? 뭐가 알았다는 거야.

아무 말도 나오질 않았다. 숨도 겨우 쉬어졌다.

"기회 한 번 줄게."

놈이 손을 한 번 까딱였다. 망설이다 바닥에 두 손을 짚고 천천히 일어났다. 내 몸뚱이 하날 일으키는 게 억겁 같았다.

비스듬히 선 놈의 너머로 열린 문밖 풍경이 보였다. 똑같이 생긴 집들이 골목을 따라 늘어서 있다. 골목 사이사이로 눈발이 휘날렸다. 추위가 드셌다.

"나가 봐. 뒈지고 싶으면."

"······."

"이 문 나가서 뒈지고 나면 후회도 늦지. 그래도 해 보고 싶으면 해 봐."

바람 소리만이 집 안을 울렸다. 놈과 내 사이로 눈발이 하염없이 들이닥쳤다.

한 걸음 앞으로, 또 한 걸음 앞으로 천천히 나아갔다. 사실은 안다. 이 모든 게 쓸모없는 짓거리라는 걸. 또 한 번 놈에게 뒷덜미를 붙잡혀 끌려 들어가거나, 놈 말대로 나가서 뒤 지거나.

놈 옆을 지나는 동안 두 다리가 부들거렸다. 온몸이 추위 와 두려움으로 범벅이었다.

"지금까지 네가 독해서, 대단해서 도망친 거라고 생각하 지. 음?"

고개가 절로 들렸다.

"그날 절에서. 그 창녀촌에서."

눈바람에 문이 덜컹거렸다.

"그때 안 얼어 죽은 걸 감사히 생각해."

"······그게 무슨 개소리야."

"그 돕바, 내가 버린 거니까."

그 개 같은 적선이 너였다고.

지금까지 날 살게 한 게 너였다고.

"운이 어디까진지 한번 보자."

놈이 내 등을 밀었다. 등을 떠미는 손만이 유일한 온기였 다.

"이번에는 딱 스물까지. 내가 센다."

등에서 손을 떼어 내며 놈이 덧붙였다.

넌 달려. 난 걷는다.

눈바람 사이로 뛰어나갔다. 나가서 달리다 전봇대에 대가리를 박고 죽더라도 난 뛰어야 했다.

얼어붙은 발바닥이 땅바닥에 갈려도 멈추지 않았다. 뺨 위로 눈물이 후두두 터져 내렸다. 우는 건 내 일인 적이 없다.

"사는 건 매일이 배신이야. 내가 날 몰라. 날 못 믿어. 아무것도 믿을 게 없어. 그게 좆같지."

시인님의 말이 귓가에서 흔들린다. 얼굴에 닿은 눈이 눈물에 섞여 순식간에 녹았다.

달리고 또 달렸다. 아직 눈이 쌓이지 않는 내리막길에 무릎이 힘없이 굽혀지고, 억지로 펴지기를 반복했다. 그러다 굽은 무릎 그대로 앞으로 굴렀다. 그럴 거라 생각했다. 눈을 감아 버렸을 때 팔뚝이 붙잡혔다.

"운은 직싸게 좋아. 그치?"

놈의 어깨에 빨래처럼 엎혔다. 소용없다는 걸 알면서도 발버둥을 쳤다.

"야, 이 새끼야! 내가 대체 뭘 그렇게 잘못했는데, 왜 잡아왔는데!"

억울했다. 욕을 하고 마구 주먹질했다. 놈의 걸음은 느려지지도, 빨라지지도 않았다. 내가 있는 힘껏 달려 내려온 길은 끝나지도 않을 바다처럼 길었는데, 놈의 걸음으로는 스무 걸음이면 끝이었다.

거꾸러진 눈앞에서 문이 쾅 닫혔다.

✢   ❖   ✢

"하지 마, 개새끼야."

온갖 욕이 총동원됐다.

놈은 아랑곳없이 내 몸에 제 옷을 입혔다. 발버둥 치고 손
끝을 세워 할퀴어도 기어이 입혀지고 말았다.

인형 놀이 하냐고, 미친 새끼.

그나마 놈의 면상에 한 줄기나마 해를 입혔다는 것이 수확
이라면 수확이었다.

따끔하기는 한지 미간을 찡그리고 눈 밑에 피를 훔치며 놈
이 말했다.

"나한테 아직 안 맞아 봐서 이러나 본데. 너 정말 이러고
도 안 맞을 것 같지?"

"때리는 건 지면서 왜 나한테 물어? 때릴 거면 그냥 때
려!"

깡패 새끼를 노려보며 커서 줄줄 흘러내리는 옷을 이로 물
었다.

질긴 고기처럼 옷을 물어뜯었다. 기를 쓰고 뜯으니 옷감의

결 방향대로 죽죽 조각이 났다.

놈이 준 첫 번째 옷은 화장실 바닥에 던져 놓고 자근자근 밟아 버렸고, 놈이 준 두 번째 옷은 조각조각을 냈다.

미친년 보듯 나를 보던 놈이 잘린 천 조각을 내게 집어던졌다.

"바느질 고대로 해 놔."

더는 무섭지도 않았다. 될 대로 되라지.

"그딴 거 할 줄 몰라."

"갖다 팔아 버리기 전에."

그 말만 남기고 나가려던 놈이 갑자기 우뚝 자리에 섰다.

직감적으로 알았다. 뭐 때문에 저러는지. 부엌에 틈이란 틈은 다 열리나 쑤셔 보고 문을 열어 보려고도 해 봤다. 그걸 저 귀신같은 게 안 거다.

놈이 칼을 꺼내 들었다. 내 손이 닿지 않은 찬장 높은 곳에 있었다.

씨발, 저기 있었다. 저기 있었어. 저딴 데 두니까 찾질 못하지.

놈의 손에 들린 건 과도 같은 게 아니었다. 끝이 뾰족하고 기다란, 흉측한 칼이었다. 그 칼을 들고 내 앞으로 천천히 걸어왔다.

"또 나가고 싶으셨어."

나는 부러 눈을 부릅뜨고 놈을 꼬나봤다.

인제 와서 죽기밖에 더 해, 쌍.

죽음은 상상으로는 세상 제일 무섭다가도 막상 눈앞까지 오면 그렇지가 않다.

죽기 직전까지 맞아 보고, 굶어 죽기 직전까지 굶어 보고, 얼어 죽겠지 싶을 추위에 홀딱 벗고 자 보면 안다. 나처럼 남한테 빼앗길 것도, 남이 탐낼 만한 것도 가져 본 적 없는 년한테 죽음은 더는 무서움이 되지 못한다.

"나 죽여서 뭐에 쓰게."

"그러게. 뭐에 쓸까."

"쓸데도 없잖아. 어차피 죽이지도 않을 거면서."

"꿈도 크다."

"죽이려면 벌써 죽이고도 남았지. 내 말이 틀려?"

칼끝이 순식간에 내 쪽으로 기울었다. 내가 눈을 깜빡이지도 못할 만큼 순식간이어서 나는 악 소리도 지르질 못했다.

주먹을 쥔 채로 고개를 겨우 돌려 내 허벅지를 봤다. 놈이 휘두른 칼이 바지를 뚫고 들어와 방바닥에 깊게 꽂혀 있었다.

바지와 함께 나도 방바닥에 꽂혀 버렸다. 꼼짝할 수가 없었다.

"왜. 더 까불지 않고. 해 봐, 더."

"······."

먹잇감 다 잡아 놓고 재미로 겁을 주는 맹수처럼 놈은 나를 가지고 놀았다. 나는 생사가 달렸는데, 놈은 재미로 이딴 짓을 하는 것이었다.

나는 시퍼런 칼날에서 눈을 떼지 않았다. 조금만 스쳐도 회처럼 살점이 떠질 것이다.

놈은 내 앞에 커다란 덩치를 숙이고 앉아 나를 보았다. 내 턱을 제멋대로 쥐고 돌려 칼에 닿아 있던 눈으로 저를 보게 했다.

짐승처럼 시꺼먼 눈동자 속에 내가 비쳤다. 온몸을 바들바들 떨어 대면서도 앙칼지게 쏘아보는 내가.

비참했다.

내가 할 수 있는 거라곤 놈의 얼굴을 할퀴어 별거 아닌 상처를 내는 것 정도다. 얼굴 가죽을 뜯어 버렸어야 했는데.

"너는 이게 제일 무섭지?"

벽에 걸린 작업복 주머니에서 불쑥 뭔가를 꺼내 드나 했더니 시집이었다.

생각할 겨를도 없이 손을 뻗었다. 낚아채려는 나를 가볍게 피한 놈은 미닫이문에 기대앉아 담배를 빼어 물었다.

"죽을까 겁내지도 않는 거한테는 매도 약이 못 되고."

불도 붙이지 않은 담배를 불량스럽게 질겅질겅 물며 놈이

118

시집을 함부로 후루룩 넘겼다.

"대체 이게 뭔데."

나를 업신여겨도 시집을 업신여겨선 안 된다. 네까짓 게 그래선 안 되는 거다.

"너 같은 깡패 새끼보다 대단한 거야."

"네가 썼어?"

"앞으로 쓸 거다! 너 같은 게 시를 아냐? 무식한 새끼."

"시가 뭔데. 넌 알고?"

"너보다 알아!"

"뭐 죽음에 뜻이 있네 없네. 해방이 되네 마네. 뜬구름 잡는 소리 아냐. 남들 못 알아먹는 소리 좀 씨불여 놓으면 대단한 예술인 줄 알고. 무슨 헛바람이 들어서 이 지랄인지 모르겠는데 정신 차려라. 이춘희."

놈의 입에서 이름 석 자 불리는 게 소름 돋을 만큼 싫었다.

더럽다.

더러운 입에서 불리니 나까지 더러워지는 기분이었다.

"야! 너 내 이름 부르지 마! 한 번만 더 부르면 죽여 버린다!"

"이름은 불려야 사는 것."

말문이 막혔다.

"여기 쓰여 있다. 이춘희. 불리지 못하면 돌아가신단다."

놈은 시집을 편 채로 팔랑였다. 돌아온 이를 향해 흔들리는 손수건처럼 시집이 팔랑팔랑 흔들렸다. 그것에 맞춰 내 눈도 같이 흔들렸다.

픽, 재수 없는 웃음소리에 신경이 다시 놈에게 집중되었다.

놈은 그제야 담배에 불을 붙이고 볼이 패도록 깊게 숨을 들이켰다. 담배 연기가 덩어리째 뿜어졌다.

콜록콜록 기침을 해 대는 나를 보고 만족했는지 시집을 방 구석에 던져 놓고는 다시 미닫이문에 등을 기댄다. 눈을 감는 놈의 얼굴에 음영이 더욱 짙게 드리워졌다.

"너 이거 안 치워? 빨리 치워!"

"그게 그 칼이야. 그때 미아장 포주 새끼 죽인 칼."

"……."

"해 봐, 너도. 그 칼 뽑아서 내 모가지 썰고, 여기 나갈 수 있으면 그래 보라고."

물론 할 수만 있다면 그럴 것이다. 네놈이 말하는 대로 해 줄 것이다. 그러나 방바닥에 깊숙이도 박힌 칼은 도통 빠지질 않았다. 산 채로 박제된 곤충 표본처럼 그 채로 밤을 새웠다.

밤이 갔는지 아침이 왔는지. 꽉 막힌 창문에 알 턱이 없다.

얼마나 시간이 흘렀는지도 모른다. 그러나 포기하지 않았다. 어차피 할 거라곤 이거밖에 없으니 여기에 기력을 모두 쓴다 하더라도 무슨 상관일까.

"참 별스러운 게 다 있다. 포기를 몰라."

옆에서 잘만 자던 놈이 몸을 일으켰다. 꼴에 출근 준비랍 시고 화장실을 들락날락하던 놈이 성큼성큼 다가왔다.

나는 칼 손잡이를 두 손으로 쥐고 놈을 노려보았다. 한여름 파리 치우듯 손등으로 내 손을 툭툭 친 놈이 손잡이를 잡고 쑥 뽑아냈다. 칼을 쥐고 집 안을 둘러보더니만 그대로 들고 나가 버렸다.

열렸다 닫히는 문틈으로 새로운 하루가 시작되었다는 걸 알았다.

나는, 다시 혼자가 되었다.

✤   ✤   ✤

놈은 이틀을 꼬박 들어오지 않았고, 나는 뭐라도 해 먹어야 했다.

밥을 하고 계란을 깨서 나름대로 한 상을 차려 앉았을 때 그놈이 돌아왔다. 밥그릇에 수북한 밥을 손으로 집더니만 하는 소리가 썼다.

"모래 퍼다 했냐? 밥도 할 줄 몰라?"

"누가 너 먹으래?"

"내 쌀. 내 계란. 내 밥그릇에, 이건 내 숟가락이지."

치사하고 더럽다. 애초에 이딴 곳에 가둬 두지만 않았으면 네놈 것 따위 더러워서 쓸 일도 없다.

"이딴 걸 어떻게 먹으려고. 이게 밥이냐?"

"……"

"굶고만 살았나. 간이 어떻게 된 게."

먹으라는 소리도 안 했는데, 멋대로 밥이고 계란찜이고 퍼먹고는 저런다.

저 안 먹을 거면 그냥 둘 것이지 밥상까지 덜렁 들고 부엌으로 가 버리는 놈의 뒤통수를 세게 후려치고 싶었다.

개새끼야, 나는 배고프다고.

"누가 제깟 거를 찬모 하라고 데려다 놓은 줄 아나. 남 살림에 손을 대."

"너 주려고 한 거 아니라고. 나 배고파서 한 거지! 이렇게 많이 하려고 한 것도 아니고."

"알 만하다. 나 오기 전에 혼자 다 처먹으려고 했겠지. 밥물도 못 맞추는 게 쌀 양은 알았겠냐."

놈은 쌀독에서 새로 퍼 올린 쌀을 씻고 있었다. 흘끗 보니 툭탁툭탁 거칠긴 해도 허투루 놀리는 동작이 없다. 나 혼자

서 있기도 좁아터진 부엌에서 두 배는 큰 놈이 요령도 좋게 움직였다.

정말 순식간이었다. 고슬고슬한 밥과 반찬, 찌개까지 그럴 싸한 밥상이 내 앞에 놓였다. 밥도 두 그릇, 심지어 계란후라 이도 두 개다. 돼지 발톱만 한 양심은 있는지 먹을 거엔 인색 하지 않았다.

아니, 처음 며칠은 쫄쫄 굶겼으니 다 맞는 말은 아니다. 지 도 배고프니까 했겠지. 뭐 내가 예뻐서 밥을 해다 바치겠어?

"앞으로 이 안에서 아무것도 손대지 마."

"그럼 네가 밥을 재깍재깍 해다 바치든가."

뜨신 밥을 입안에 욱여넣으며 잔소리에 답했다.

"시끄럽고. 쌀도 씻지 말라고 너는. 아까우니까."

이렇게까지 욕먹을 일인가.

"너 쌀뜨물도 버렸지?"

잔소리가 한나절이라 무슨 일이 있어도 밥은 안 해야겠단 생각만 들었다.

여자들 팔아넘기기나 하는 깡패 양아치 새끼 주제에 어디 서 훈계질이야.

"너 인신매매단이지?"

흘끗 쳐다보던 놈은 밥을 크게 한술 뜨고는 대꾸도 없다.

"그래서 이렇게 먹이는 거지? 잘 먹이고 살찌워서 팔아 버리려고."

"곱게 먹어라."

곱게 굴기가 싫어서 단번에 숟가락을 입에서 빼냈다. 그래
봐야 벌써 한 공기 뚝딱 비운 뒤의 행동이라 씨알이나 먹힐
지 모르겠지만, 저놈이 하는 말은 무조건 반대로 하고 싶었
다.

"먹기 싫음 버려. 하수구에."

"……."

얼른 안 버리고 뭐 하냐는 재촉이 이어졌다.

언제 또 밥을 먹을 수 있을지 모른다. 변덕 심한 놈은 이
대로 나가 사흘이고 나흘이고 돌아오지 않을 수도 있었다.
그러니 먹을 수 있을 때 먹어 둬야 했다. 맹세컨대 절대로 놈
의 말을 고분고분 들어주기 위해서는 아니었다.

두 공기까지 다 비워 내자 놈은 다시 덜렁 밥상을 들고 부
엌으로 나가 버렸다. 밥을 차릴 때만큼 치우는 것도 금방이
다. 날쌘 짐승처럼 뭐든 빨랐다.

"너는 집에서 테레비도 안 보냐?"

대화를 할 수 있는 상대는 놈뿐이고, 대화라고 치기엔 놈
은 윽박지르고, 나는 악을 쓰는 게 전부다. 슬슬 지겨웠다.

"재밌게 모시려고 여기 둔 줄 아나. 집에 테레비 없으면
뭐 어쩔 건데."

"책도 안 보냐? 신문도 안 봐?"

"한자 읽을 줄은 알고?"

"너나 못 읽겠지, 너나."

"시집은 어떻게 읽냐."

주춤했다. 놈의 말마따나 나는 한자 볼 줄을 몰랐다. 시인 님이 읽어 주는 걸 하도 들어서 다 외우고 있을 뿐이었다. 못 읽는 티를 낼 필요는 굳이 없었다.

"지가 무식한 걸 왜 괜히 나한테 지랄이야. 깡패 새끼가 무식하게."

"너 팔자 폈다. 밥 먹여 주고 말동무도 해 주니까 내가 만만한가 보지? 맞기 전에 시끄럽게 하지 말고 조용히 자라."

밤이 왔는지는 모르겠지만, 놈이 처자는 걸 보니 밤인 모양이다.

도대체 왜 나를 여기에 가둔 거야?

밥까지 해다 바치는 걸 보면 역시 장기를 내다 팔 생각일까?

이춘희, 생각해 내. 여기에서 나갈 방법을 생각해 내야 한다.

살금살금 깨금발로 움직이기만 해도 귀신같은 게 잠귀는 밝아서 어둠 속에 눈을 빛낸다.

"누워라."

아니. 너의 말 따위 곱게 들어주지 않을 거다.

속 시끄러워서 잠도 안 오는데 놈만 편히 자게 둘 순 없으니 노래를 불렀다.

목청껏 소리를 질렀다. 시도 읊었다. 외우고 있는 시인님의 시는 전부 읊었다.

"입 안 다물지."

나는 멈추지 않았고, 놈은 두말하지 않았다. 커다란 손에 입이 막혔다.

손바닥이 커서 코도 같이 막혔다. 머리를 힘껏 비틀어도 꼼짝없이 얼굴을 막은 손 때문에 딱 죽게 생겼다.

틈 사이로 기를 쓰고 입을 벌렸다 꽉 다물었다. 이 사이로 놈의 살이 씹혔다. 손은 금방 떨어져 나갔고, 비릿한 쇠 향만이 남았다.

놈의 피가 묻은 입술을 보란 듯이 핥았다. 지금 이 순간만큼은 내가 사냥에서 성공한 포식자였다.

놈은 피가 뚝뚝 떨어지는 손바닥을 꾹 주먹 쥐고는 밖으로 나가 버렸다. 자물쇠 채워지는 소리를 들으며 나는 바닥에 대 자로 누웠다.

"병신."

키득키득 웃음이 났다.

한참이 지나 돌아온 놈의 손에 작은 백과사전 같은 게 들려 있었다.

비슷한 걸 본 적이 있다.

저건 라디오다.

4. 칼판

처마 끝에 매달린 풍경이 바람에 흔들렸다. 법당 안에 피워 놓은 향불이 마당까지 퍼져 은은했다. 토악질 냄새와 오줌 냄새가 없고, 신음 소리도, 욕지기도 없는 유일한 곳. 홍등가에서 오직 미아사뿐이다.

썩어 빠진 인간들의 소굴에 세워진 절은 무슨 팔자로 여기 있을까.

어쩌다 절터가 될 수 없는 이따위 땅에 지어졌을까.

절터에도 전생이 있다면 이 땅에선 질기고 더러운 사연만이 있을 거다. 어쩌면 그 업보로 절이 꿋꿋이 버티고 있는 걸지도 모른다.

나는 무슨 죄로 여기에 있을까.

애초에 세상에 잘못 나온 죄일까. 잘못 태어나 놓고도 고분고분 죽지 않고 끈질기게 살아온 죄일까. 그 죄로 여기까지 오게 된 거라면, 사람을 죽인 죄는 얼마나 긴 세월을 고통으로 살아야 용서받을 수 있는 걸까.

모처럼 담배도 잊고 시간을 보냈다. 마당 한쪽에 쓸어 놓은 눈이 녹지 않은 채로 쌓여 있었다.

마당에도, 법당에도 드나드는 사람은 없다. 보름에 한 번 서장과 만나는 오후에는 불자가 드나들지 못한다.

작게 난 문 사이로 서장이 나타났다. 꼬질꼬질한 잠바 주머니 양쪽에 소주병을 하나씩 넣고 온 게 가관이었다.

"무슨 서장씩이나 돼서 주머니에 소주병을 꽂고 다니십니까. 모양 빠지게."

"깡패 새끼 승진 축하하려고 들고 왔다."

"여기 절이거든요."

소주 뚜껑을 이로 따서 나에게 내밀었다.

"너, 나 만나고 승진 빠른 거 아니냐. 한턱 쏴야지."

서장이 내민 소주병을 들고 병째로 맞부딪쳤다. 성의 없는 건배에 흐른 소주가 손을 적셨지만 닦을 생각도 없이 단번에 들이켰다.

"빨라 봤자 깡패 새낍니다. 그러는 서장님은 저 만나고 서장 배지 다셨잖아요. 한턱 쏘셨습니까."

마루에 잠깐 엉덩이를 붙이고 앉아 소주를 마시다가 일어 났다. 입이 아리다. 얼얼한 기운이 남은 입에 담배를 끼워 물 고 마당에 섰다.

색을 앗아 간 겨울 풍경은 삭막하기만 했다. 바람이 드세 풍경이 끈질기게 울렸다. 질긴 게 꼭 그 계집애 같았다.

"계집앤 어쩌고 있어. 보통 억센 물건이 아니더만."

꺾으면 기어이 부러져 뒤질 계집애였다. 말 한마딜 안 지 고, 고집이 어찌나 센지. 칼을 휘둘러도 기도 죽지 않는다. 태어나 처음 보는 별스러운 물건이었다.

"깡패 새끼 소리 안 억울할 때 되니까 인신매매꾼 소리도 들어 봅니다, 제가."

"너더러 인신매매꾼이래?"

서장이 껄껄 웃으며 잘 모셔 보라 덧붙였다. 나는 입안에 서 굴리던 연기를 후 내뱉으며 고개만 까딱했다.

잘 모시고 있습죠.

끼니마다 밥 차려 대령해, 먹은 밥 바닥에 토해 내면 치우 고, 겁도 없이 속옷만 입고 벌거벗은 몸뚱이에 옷도 입혀 주 고. 이보다 더 잘 모실 수가 있나.

"그 정도로 모시고 살면, 때아닌 신혼이겠다?"

"할 말입니까."

능글거리는 서장의 농에 인상을 썼다. 하여튼 경찰이든 깡패든 사내놈들은 다 똑같았다.

"하이고, 고고하시다. 우리 칼판. 다방, 술집 애들도 안 끼고."

그깟 게 대수라고. 그런 계집애들이라면 보기만 해도 지긋지긋했다.

"생긴 건 옆구리에 여자 두셋 끼고 돌아도 모자랄 놈이. 너 혹시 거시기에 문제 있는 건 아니고?"

아랫도리를 툭 치는 서장의 손을 쳐냈다.

"어유, 무섭다 무서워. 넌 인마, 그런 얼굴하고 있을 때마다 깡패 소굴에 자알 넣었다 싶어진다니까."

담배 맛이 뚝 떨어진다. 소주병 끄트머리에 담배를 비벼 끌 때였다.

"참, 화투 공장에서 말 못 하는 애가 하나 찾아왔다던데."

화투 공장…….

계속 얘기해 보라고 쳐다봤다.

"걔가 이춘희를 찾더라고."

이춘희, 너 하나쯤은 이대로 사라져도 누구 하나 기다리는 사람 없겠다. 그렇게 그 계집애를 얼마쯤은 가여워했었던가. 나와 비슷하다 생각했던가.

그런데 아니었다. 인생 헛살진 않았는지 적어도 한 명쯤은 널 찾는다.

"누구랍디까."

"친인척은 아니고, 공장서 같이 일하면서 제법 친했던 모양이더라. 이춘희 좀 찾아 달라 신고하길래 접수는 받아 뒀다."

다 마신 소주병을 밀어 두며 서장은 담배로 입가심을 했다. 끄윽, 트림 소리를 듣는데 시집은 뭐라도 찾아 먹고 있을까 싶었다. 굶어 뒤지지 않으려면 어련히 알아서 먹겠지.

"하여간 계집애 간수 잘하고 알아서 조심해라. 최측근 제치고 승진했으니 보는 눈 넘칠 거다."

대충 고개를 끄덕이는 내가 영 걸렸는지 서장이 가만 본다.

"너 또 딴생각하지?"

"딴생각 뭐요."

"내가 말했지. 포주 새끼 네가 처리 안 했어도 잡히면 종신형 아니면 사형이라고. 그럴 바엔 깔끔하게 제치고 미아파에 확실히 자리 잡자고."

그래야 그 새끼보다 더 악질인 새끼들 잡을 수 있으니까.

서장이 몇 번이고 한 말이다.

"그 새낀 인간 아니다. 쓰레기 하나 치웠다고 죄책감 같은 거 가지지 마라. 시간 아깝다."

서장이 먼저 절을 떠나는 걸 보고 천천히 움직였다.

저녁 장사 전에 미아장으로 가 아랫놈들을 한 번씩 살피고 동대문으로 건너간다. 미아장으로 건너오는 돈 중 대개가 동대문 일수 방을 거치기 때문에 하루에 두 번씩 매일을 꼬박꼬박 직접 장부를 봐야 했다.

장사를 접고 나서 한 번 시재를 맞추고, 장사를 시작하기 전에 다시 한번 맞춘다. 상황이 이러니 일주일치 씩 몰아 볼 일이 아니었다.

소파에 널브러져 자장면이나 먹던 아랫놈들이 일어나 꾸벅 인사를 했다. 자리를 만들고 내 식사를 묻는다. 고개를 젓고 장부부터 확인했다.

유행가를 뱉는 라디오가 끊임없이 지직거렸다. 시끄럽고 성가신 것만 보면 시집이 생각난다. 한시도 안 쉬고 조잘거리는 고 입. 참다 참다 이제는 그냥 청 테이프로 막아 버리고 싶은 지경이었다.

나는 깡패 새끼가 아니다. 목격자는 신변에 문제가 생기지 않도록 최대한 잘 보호한다.

경찰 수칙을 계속 생각하며 다짐한다. 그래야 계집애를 데리고 있을 수 있다.

"라디오. 끄든가 바꾸든가."

내 말끝에 라디오 지직대는 소리가 엉겨 붙었다. 손끝으로 안테나를 반듯이 세워 봐도 지직대는 소리가 이어졌다.

유행가를 듣고 싶어서가 아니라 세상 돌아가는 소식이라도 듣자고 둔 거였다. 이거라도 없으면 아랫놈들이 다방 계집애들을 사무실에 들여다 놓을 판이었다.

사내놈들 관심사라곤 순 계집애들 가랑이 사이뿐. 이까짓 라디오가 그놈의 가랑이보다 더 좋을 수야 없겠지만 적적한 사무실에 없는 것보단 나았다.

"예. 새로 사 두겠습니다. 그럼 이건 그냥 버릴까요, 형님?"

꼿꼿이 세워 둔 안테나가 옆으로 기울어 내렸다.

집에 텔레비전도 없냐고, 그럼 나는 종일 뭐 하고 있냐고. 잡혀 있는 주제도 모르고 심심하다고 발광을 해 대는 시집에게 가져다주면. 오늘은 좀 조용해지려나.

"형님?"

"뭐."

"창밖에 별들도 외로워 노래 부르는 밤, 다정스러운 그대와 얘기 나누고 싶어요. 이문세의 별이 빛나는 밤에."

내가 틀렸다.

라디오라도 들려주면 입을 다물 줄 알았는데, 이문세보다도 말이 더 많았다.

말하고 돈 받는 건 이문센데, 왜 지가 정성이 뻗쳐서 야단인지.

"그냥 좀 듣지. 음?"

"내 입 가지고 말도 못 해?"

하여간 한마디를 안 지지.

시집은 이문세랑 거의 대화를 했다. 누가 보면 라디오를 듣는 게 아니라 전화통을 붙들고 있는 줄 알 거다.

"입 좀 다물어."

"네가 나가. 시끄러우면."

해 주고도 욕먹는 법은 없는 건데.

"야, 시집."

안테나를 붙잡고 시집이 노려본다.

"너같이 뻔뻔하려면 어떻게 태어나야 되냐."

"지는 어디 출신 좋은 부잣집 도련님인가 보지."

비아냥대며 코웃음을 치는 꼴이라니. 몸을 일으켜 꼬나봐도 이젠 쫄지도 않았다.

"저게 진짜 말끝마다, 씨."

"씨 뭐? 내가 욕은 너보다 잘해. 너 창녀한테 욕 들어봤어?"

지겨웠다. 이딴 말싸움을 왜 해야 하는 건데, 내가 너랑.

"너 창녀가 뭔 줄이나 알아?"

"내가 창년데 왜 몰라?"

"너 같은 게 무슨 창녀야."

시집은 미아장의 골칫거리이자 제일가는 꼴통이었다.

팔려 온 주제에 뻣뻣하다 못해 사람 환장하게 만드는 데에 큰 재주가 있었다. 몸 안 판다고 벽에 머리를 들이받지 않나, 뛰어내리지를 않나. 그 지랄을 떨 때는 언제고, 지가 창녀라고?

"창녀 되면 어디서 금메달 걸어 주고 표창장 줘? 멍청한 게. 허세를 부려도 꼭."

"야. 내가 너 같은 깡패 새끼보단 똑똑하거든?"

근데 왜 너는 모를까. 국민학교도 안 다닌 나도 아는 거를.

"넌 창녀 못 돼. 그게 아무나 하는 건 줄 알아? 하고 싶어서 손들면 누가 시켜 주기나 한대? 속옷만 입고 창녀촌 앞에 좀 서 있었다고 누가 널 창녀라고 부른다던? 돈에 눈멀고, 사내새끼 아랫도리에 미쳐서 자식 같은 건 다 버리고 아랫도리 쫓아 가 버리는 거. 그런 게 창녀야. 뭘 알고나 말해. 알지도 못하는 게."

"야!"

꽉 눌러 주고 돌아서는데 뒤에서 벼락같이 소리를 지른다.

소리도 지르고 물건도 집어 던진다.

내 등짝에 맞고 바닥에 떨어진 건 라디오였다. 뽑혀 버린 콘센트 때문에 그나마 지직대던 소리도 묻혀 조용했다.

"제자리에 곱게 갖다 놔라."

안테나가 부러진 뼈처럼 너덜거렸으니 제자리에 갖다 꽂아 놓는다고 기능이나 할지 모르겠다.

"너 빚 때문에 팔려 봤어?"

"팔다리 풀어 놓고 밥 좀 먹여 주니까 네가 아주 살판났지?"

"팔려서 여관 앞에 홀딱 벗고 서 있어 봤냐고! 몸 안 판다고 깡패 새끼한테 맞아 봤어?"

악을 쓰며 몸도 제대로 못 가누고 바들바들 떤다.

시집은, 이춘희는 비리비리했다. 얼굴도 손도 발도. 제대로 힘주어 잡으면 부러질 것 같은 주제에 겁도 없고, 자존심만 더럽게 셌다.

아니, 스스로 창녀입네 소리소리 지르는 걸 자존심 세다 할 수 있을까.

도무지 이춘희를 이해할 수가 없다. 너를 모르겠다.

"창녀 소리 들어 봤냐고, 네가!"

"엄마가. 나 말고."

엄마란 말에 이춘희는 하는 수 없이 입을 다문다.

"몸 팔다 나 낳고, 몸 팔려고 나 버렸어."

엄마는 몸을 팔다 나를 낳았다. 재수가 없었다. 손님이었던 아버지는 지 처자식을 건사할 생각이라곤 가져 본 적도 없는 건달이었다.

둘 모두에게 갓난쟁이는 짐일 뿐이었고, 건달과 창녀 사이에서 시한폭탄처럼 오가던 끝에 나는 건달에게 떠넘겨졌다. 몸을 팔아야 애 키울 돈이 나오니, 데리고 가 있으면 때마다 돈을 보내겠다고. 그런 되도 않는 거래를 했다고 했다. 물론 돈을 보낸 적은 단 한 번도 없었다.

아버지란 건달 놈이 꾀어낸 새 여자의 딸이, 날 죽이려던 누나가 그렇게 말해 줬다. 창녀와 건달을 있는 힘껏 비웃으면서.

그 세 사람이 돌아가며 버렸던 나다.

그들이 갚지 않은 빚에 팔려 갔던 것이, 내가 살아온 중 가장 쓸모 있던 순간이었다.

문득 쓸모라는 말이 우습다. 태어나고 싶어서 태어난 것도 아닌데, 무슨 쓸모가 있어야 할까. 빚에 떠밀려 여기까지 왔으니, 그 빚만큼은 값어치를 한다고 쳐야 하나.

빚에 팔린 인생이라면 너나 나나 같을 텐데, 너는 어쩌다 여기까지 오게 된 거냐. 이춘희. 어떻게 구르다 내 앞까지 온 거냐고.

난 너를 모르고, 너는 나를 모른다.

그래도,

"그런 게 창녀지. 아냐, 넌."

내 엄마라는 여자랑 비교하기엔 미안할 지경이니까.

정말로 너는 아니었다.

악에 받쳐 소리치던 시집은 더 이상 대꾸하지 않았다.

5. 시집

12시를 알립니다. 부서진 라디오가 지직거리며 1월 어느 날의 새 밤을 말한다.

중간에서 댕강 구부러진 안테나를 손으로 잡으면 지직거리는 소리가 덜하고, 손을 놓으면 바람 부는 소리만 난다. 손을 놔 버리고 바람 소리를 들으며 벽에 등을 기댔다. 기댄 등이 시렸다.

하품을 하면 입에서 허연 입김이 나온다. 방 안이 하도 컴컴해 입김이 더 잘 보였다. 놈이 나가고 난 뒤로 방에 불도 켜지 않았다. 안테나 잡았다 뗐다 하는 거 말고는 손가락도 까딱하지 않았다.

"제까짓 게 뭐라고, 씨발!"

여전히 분에 겨워 나는 씩씩댔다. 창녀가 이렇고 저렇고 떠들어 대는 게 우스웠다. 그런데 자꾸 그 말을 곱씹게 됐다.

"넌 창녀 못 돼. 그게 아무나 하는 건 줄 알아? 하고 싶어서 손 들면 누가 시켜 주기나 한대? 속옷만 입고 창녀촌 앞에 좀 서 있 었다고 누가 널 창녀라고 부른다던?"

"아냐, 넌."

내가 미아장에서 도망친 걸 안다. 절에 숨은 것도 안다. 돕 바를 준 것도 놈이니 내가 어떻게 살았는지도 알 거다.

놈은 미아장에서 뭘 하고 있었을까. 내가 어쩌고 있을 때 날 봤을까.

"궁금할 것도 없어. 그딴 짜증 나는 놈."

놈은 나가 버렸다. 제까짓 게 무슨 볼일이 있는지 몰라도 놈은 아침에 나갔다 밤에 들어와서 몇 시간 안 돼 또 나가 버 리기를 반복했다.

내가 아무리 멍청해도 놈이 그러는 이유를 전혀 모르진 않 았다. 좁아터진 집구석에 나 같은 걸 두려니 같이 있고 싶진 않겠지.

나야 좋았다. 말 한마디를 해도 얄밉고 속이 터져서 말상

141

대라고 해 봤자 싸움밖엔 할 게 없었으니까.

구석에 있는 담뱃갑과 성냥갑을 발로 찼다. 엎어진 성냥갑에서 쏟아져 나온 성냥이 모래알처럼 방바닥에 퍼졌다. 성냥 하나를 주워 슥 그었다. 칙 소리와 동시에 짧은 성냥이 닳는다. 불이 성냥을 쥔 손까지 내려오기 전에 후 불어 끄고, 또 하나를 켠다.

할 일 없는 밤에 하기 딱 좋은 짓거리였다. 담배를 꺼내 끝에 성냥불을 붙였다. 담배에는 불이 붙질 않았다.

"뭐야, 이게."

몇 개 더 붙여 보다 까맣게만 그을리기만 하는 걸 보고 담배 허리를 부러뜨려 던졌다. 나머지 담배도 다 부러뜨려서 조각조각 냈다.

그때 자물쇠 열리는 소리가 났다. 잠이라곤 조금도 오지 않았는데, 나는 엉덩이를 질질 끌어 벽 모서리에 등을 기댔다.

눈을 감았다. 철문이 닫히는 소리, 또다시 잠기는 소리가 차례로 들렸다. 미닫이가 열리고 점점 가까워지던 발소리가 내 앞에서 뚝 멈췄다.

"야무지게도 발겨 놨다."

탓하는 목소리가 낮고 짙다. 미아장 창고에 숨어든 내 뺨에 피 묻은 칼을 닦아 내며 열을 세라던 그 밤처럼.

"일어나."

"……."

대꾸 않는 내 위로 길게 그림자가 졌다. 멱살을 쥐는 손길에 나는 꼼짝도 못 하고 일으켜졌다. 내 뺨을 한 손에 쥐고 억지로 눈을 맞춘다.

컴컴한 어둠 속, 놈한테서 미아장 냄새가 났다. 내가 도망쳤던, 더럽고 역겹고 지긋지긋한 냄새. 숨이 막혔다. 손아귀에서 벗어나려고 고개를 흔들면 날 옭아맨 힘만 억세질 뿐이다.

"주워 와."

"다 찢어놨는데 뭘?"

"지랄할 거면 해. 근데 못 봐줄 것 같다, 오늘은."

나는 항상 이 벽에 기댔고, 놈은 항상 저 바닥에 누웠다. 우리는 딱 그 정도의 거리에서 서로에게 악을 쓰곤 했다. 나는 놈을 보면 성질을 내지 못해 안달이었고, 놈은 그런 나를 봐줄 이유가 없었다.

그동안 하찮게 굴어서 잊고 있었다. 놈은 하찮은 놈이 아니다. 덩치만 큰 머저리가 아니다. 아무렇지도 않게 사람 목덜미에 잘 벼린 칼을 박아 넣을 수 있는 놈이었다.

잊을 만하면 그 모습이 자꾸만 생각났다. 저 목소리가 그 밤공기에 진동하던 피비린내를 불러오는 것만 같아 갑자기

143

긴장이 됐다.

"주워 와. 밥 대신 저거 먹고 싶은 거 아니면."

놈이 턱짓하는 곳에 떨어진 담배들을 급하게 헤집었다.

"제일 긴 걸로."

긴 거. 제일 긴 거. 씨발.

이걸 왜 이렇게 찢어발겨 놔서는. 멀쩡한 게 없잖아.

형태라도 그나마 멀쩡한 담배를 주워 올렸다.

"물려."

벌어진 입술 틈으로 담배를 물리는 손이 덜덜 떨렸다. 쪽
팔렸다. 겁준다고 쫄아서 비위를 맞추려고 애쓰는 게 미치게
쪽팔렸다.

밖에서 뭔 일이 있었는지 평소보다 괴팍한 놈의 심기를 거
스를까 두려워 눈치를 살살 살피게 됐다.

지는 손이 없어, 팔이 없어?

왜 이딴 걸 시키는지는 모를 일이다. 하긴 언제는 깡패 새
끼의 행동에 타당한 이유가 있었나.

놈은 은색 라이터를 쥐고 불을 당겼다. 볼이 홀쭉해졌다가
금세 자리로 돌아온다.

벽에 등을 기댄 채 연기를 내쉬었다. 꼭 살 것 같다는 얼
굴로. 손을 대지 않은 채로 몇 번을 내쉬니 담배는 금세 절반
이 닳아 있었다.

"불붙일 줄도 몰라서 이 지랄 쳐 놨지."

방바닥 꼴을 보며 놈이 말했다.

맞기도 하고 틀리기도 했다. 불이 붙지 않아 성질나긴 했지만, 세상에 그런 이유로 이 지랄을 치는 사람은 없을 거다. 종일 어둠 속에 갇혀 있던 미친년이 할 만한 일이므로.

"피워는 봤어?"

"안 피워 봤음 어쩔 건데."

그때, 커다란 손이 내 입을 틀어막듯 다가왔다.

"물어."

놈이 입에 물고 있는 것보단 조금 짧은 담배였다. 놈의 손가락 사이에 끼워진 담배를 입술로 엉금엉금 물었다.

"끝에 불 대면 바로 들이마셔."

라이터 불이 흔들거리며 코앞으로 다가왔다. 들이마시니 담배 끝이 발갛게 빛났다.

"다 마시지 말고."

입안으로 연기가 밀려든 순간 놈의 손이 내 목을 가볍게 쥐었다. 절로 숨이 멈췄다. 심장은 가슴에 있다고 했는데 목에도 하나 더 있는지 잡힌 목덜미가 불뚝불뚝 거세게 뛰었다.

"여기까지 밀어 넣었다가, 반만 뱉어 봐. 천천히."

아이 어르는 것처럼 살살, 놈은 나에게 담배를 가르쳤다.

가르침이 형편없어 나는 미친 듯이 기침을 해 댔다. 반만 뱉기는커녕 목구멍에 들어 있을지도 모르는 심장까지 토할 것 같았다. 그래서 숨을 꾹 참았다.

"누가 숨 참으랬냐."

누군 참고 싶어 참냐고. 눈앞에서 사람 하나 잡아 죽일 눈으로 노려보는데 그럼 날 더러 어쩌라고.

코끝은 시큰하고 눈알은 맵다. 눈물이 핑 돌았지만, 지금 울면 추접스러울 것 같아 기를 쓰고 참았다. 그새 침으로 축축해진 담배를 다시 빨았다. 시키는 대로 간신히 뱉어 낸 연기가 부옇게 허공에 퍼졌다 사라진다.

허무했다. 그래서 한 번 더, 또 한 번 더 들이마셨다가 내뱉었다. 사는데 아무짝에도 쓸모없는 짓거리를 반복했다.

"이딴 거 왜 피워?"

"피우다 보면 없어져서."

"돈지랄하네."

지랄도 돈이 있어야 떨 수 있다. 돈은 빌어먹게도 중요하다. 아홉 살에 깨친 세상의 진리는 여전히 유효했다.

돈 벌어 하고픈 것 많았다.

글을 읽고 싶었다.

시를 쓰고 싶었다.

토악질 비린내와 담배꽁초 탄내 가득한 쪽방촌에서 한 걸음이라도 멀리 도망치고 싶었다.

공장에서 일하다 보면 그럴 수 있을 것 같았다. 처음엔 화투 상자를 접다가, 이제는 화투 모서리를 사포질하게 된 것처럼, 내년엔 열두 달의 화초 그림을 검수하고. 그렇게 점점 더 멀어질 수 있을 거라 생각했다.

그런데 깡패 새끼가 다 망쳐 놓았다.

나는 아침과 밤도 몰랐다. 오늘도 내일도 몰랐다. 남들은 하늘과 땅을 보며 하루를 사는데, 나는 컴컴한 방구석에서 지금만 살았다. 무뎌지고 있던 억울함이 울컥울컥 비어져 나온다.

"이깟 거 가르치려고 가둬 놨냐? 깡패 새끼 아니랄까 봐 하는 짓거리하곤!"

"고분고분하다 했다."

또 저 눈깔이다. 귀찮다는, 지긋지긋하다는 눈깔.

놈은 자리에서 일어섰다.

"내 말 안 끝났거든?"

"자라. 또 쫑알대지 말고."

놈이 들어간 화장실에서 수돗물 소리가 빗소리처럼 났다. 진짜가 없을 땐 가짜가 진짜 같더니, 진짜가 있으니 가짜가 구별된다.

툭, 툭, 투둑. 판때기에 비 떨어지는 소리.

이건 진짜다. 진짜 빗소리.

나는 그 소리에 귀를 기울였다. 방 안이 금세 눅눅해졌다. 여름도 아닌데 꼭 장마 같았다. 그 새벽부터 비가 계속 내렸고, 나는 담배를 계속 피웠다. 긴 건 오래, 짧은 건 짧게 피웠다.

젖은 머리를 털며 나온 놈은 그런 나를 보고 눈을 흘기는가 싶더니만 말리지는 않았다.

꼴초 주제에 누굴 말리겠어. 지가 가르쳐 놓고.

"용썼네. 나 뒤지게 하시려고."

좁은 방구석에 가득 들어찬 연기 사이로 놈의 비웃음이 울렸다.

"네가 먼저일걸."

놈의 말이 맞았다. 놈을 질식시키려던 계획은 수포로 돌아갔다.

하도 기침을 해 목구멍이 아팠다. 눈물 콧물이 멈추지 않았다. 골이 띵했다. 눈앞이 아리까리한 것이 기분이 묘했다. 놈이 질식되기 전에 내가 먼저 딱 죽겠다.

철컹거리며 자물쇠를 걷어 낸 문이 시원스레 열렸다. 놈이 지키고 선 문 사이로 빗소리가 더욱 선명히 들려온다.

담배 냄새가 서서히 빠져나간 자리에 비 냄새가 들어차기 시작한다.

담배가 나 사는데 하등 쓸모없는 짓거리라는 말은 취소다.

덕분에 문이 열렸다.

나는 아주 오랫동안 비 내리는 밤을 보았다.

6. 칼판

　한밤의 미아장은 시뻘건 불로 휘영청 빛났다. 몸을 파는 여자들과 그 여자들을 사는 남자들이 예전만큼 드글드글 모여들었다. 지겨운 꼬락서니였다.

　경찰은 없었다. 현장 수사는 끝이 났다. 엮인 사람은 많되 결정적 목격자라고 나서는 사람이 없어 깡패들 서열 정리 싸움으로 종결됐다.

　개죽음으로 밀려난 포주 놈의 자리는 내 차지가 되었다. 원한 적 없다 해서 하지 않을 수도 없다. 언제는 뭐 바라는 대로 이뤄지던 삶이었던가.

　매일 한 번씩 미아장에 들렀다. 그 밤에 살아남은 아랫놈들은 내가 지날 때 허리는 숙여도 울분을 다 못 삼켰는지 가슴을 작게 들썩이곤 했다.

바위 같은 주먹을 꾹 쥐고 숨소리를 참는 모습에 오히려 안도했다. 놈들이 날 두려워한다는 것만이 이 인간 말종 소굴에서 찾을 수 있는 유일한 사람다움이었다.

"오셨습니까."

"그래."

끝내 형님 소리를 붙이지 않는 놈들을 지나쳐 지하로 내려갔다.

도박장과 일수 방에서 건너온 현금을 관리하는 은행. 미아장에서 내가 할 일은 돈을 확인하는 것이었다. 돈은 지하로 내려가서도 더 깊이, 바닥을 깊게 뚫어 낸 개미굴 같은 창고에 있었다.

몇 겹의 두꺼운 철문을 열고 들어가자 퀴퀴한 냄새가 코를 찌른다. 돈으로 살고 돈으로 죽은 이들이 빚어낸 무덤. 그 썩어 가는 시체 위에 시퍼런 돈뭉치가 쌓여 있다.

더럽고 질리는 풍경을 가만히 보다가 내 할 일을 했다. 지금 이 순간, 생각하는 것만큼 쓸모없는 사치도 없다.

오늘 들어온 돈을 맞추고 뒷마당에서 담배를 물고 있으려니 두목이 왔다. 예정에 없던 방문이었다.

"여 말이다. 목격자가 있다 카이."

목격자라는 말은 깡패 새끼들 중 그 누구의 입에서도 나와
선 안 됐다.

"여 있다 도망친 년이라 카대? 그게 누꼬?"

"누가 그런 말을 합니까?"

"그게 중요하나?"

"아닙니다. 제가 따로 알아보겠습니다."

이런 개 같은. 서에서 정보가 새고 있다.

서장에게 바로 보고를 해야 하는 상황이었지만, 지금 접선
하는 건 위험하다. 섣불리 움직였다간 내가 형사라는 것까지
들킬지도 모른다.

날이 밝도록 미아장을 지켰다. 손님이 나가면 손님 받던
창녀들을 하나씩 앞에 데려다 놓고 도망친 년에 대해 물으라
시켜 뒀다.

그래 봐야 도망친 년은 하나다. 아니, 도망에 성공했다고
는 말할 수 없는 꼴로 내 집에 잡혀 들어왔지.

창녀들 명부를 열어 시집을 찾았다.

이춘희. 스물하나. 해가 지났으니 둘. 나랑 같다.

애비가 진 도박 빚이 2천. 애미가 여자 장사를 하던 옆 골
목 하꼬방을 통째로 넘겼다지만 원금의 발끝도 못 미치고,
남은 것의 이자는 8부로 불어난다. 평생 몸을 팔아도 갚을
수 없는 돈이다. 겨우 그 나이에 이딴 시궁창에 나머지 인생

을 몽땅 저당 잡힌 몸이었다. 죽어서 벗어나는 수밖엔 방법이 없다.

그런 주제에 여기든 거기든 틈만 나면 도망치려는 이춘희를 떠올리니 입이 썼다.

"좆같네."

그 멍청한 계집애도, 밤새워 이깟 창녀촌이나 지키고 있는 나도, 인생 한번 참 좆같다. 차라리 바다에 처박혔던 그때가 살 만했던 걸까.

철썩철썩 멀리서 바다가 파도로 들끓는 소리가 난다. 밤보다 시커면 물속에 갇혀 이리저리 흔들린다. 한 움큼 짠물이 밀려들어 와 목구멍을 막는다.

그걸로 끝이면 좋으련만 나는 바득바득 바다를 기어오른다. 기어이 뭍으로 올라와 입 구멍을 열고 숨을 들이마신다. 피비린내 역한 악취뿐인 세상이 뭐 그리 좋다고 들이마시고 또 들이마신다.

숨이 트이자 귀가 열린다. 사방에서 징그러운 소리들이 달려든다. 신음 소리, 욕지거리, 때리는 소리, 맞는 소리, 그리고 비명 소리. 비명은 늘 여자의 것이다. 이춘희는 이 거지 같은 골목에서 평생을 살았을 거다.

단번에 일어나 여자 울음소리가 나는 방문을 찾아 어깨로 짓이겼다. 어깨로 몇 번 들이받아 버리면 나무 한 장쯤 걸쇠를 걸어도 금세 부서진다.

　여자를 발로 밟는 남자의 머리채를 쥐어 잡았다. 몇 가닥
남지도 않은 게 힘없이 끌려온다. 끄윽끄윽 대는 신음조차
듣기 싫어 얼굴에 주먹을 꽂았다. 겨우 돈 몇 푼 주고 힘없는
여자를 때리는 게 꼴에 손님이라고 유세다. 구둣발로 한 번
더 얼굴을 찍었다. 남자는 힘없이 바닥에 구겨졌고, 여자는
소리 없이 울었다.

　"너."

　웅크린 여자는 추운 것처럼 온몸을 부들부들 떨고 있었다.
날 보는 것도 두려워 이리저리 눈을 돌리던 여자가 겨우 고
개를 들었다. 아무리 맞아도 눈물을 쏟지 않는 이춘희와는
다른 눈이다.

　"당장 도망갈 수 있으면 어쩔래."

　내가 담배 두 대를 다 피울 때까지도 여자는 아무것도 하
지 않았다. 벗은 무릎을 꼭 끌어안고 껍데기처럼 빈 눈으로
담배 연기를 좇다가 슬그머니 옷을 주워 입는 게 다였다.

　"왜 안 가. 보내 준다는데."

　"……."

　그래, 이게 정상이지.

　도망도 희망이 있을 때나 하는 거다. 발악도 정신이 붙어
있을 때나 하는 거다. 맨날 이렇게 맞고도 붙잡을 정신머리

가 남아 있을까.

넌 뭘 믿고 도망을 했을까. 어떤 희망으로. 네가 죽고 못 사는 그 시집 안에 무엇이 있길래.

라디오 디제이의 말을 따라 하는 목소리를 오늘은 들을 수 없겠다. 종일 굶다 입이 미어터지도록 밥을 밀어 넣는 그 꼬라지도 볼 수가 없겠다. 내 입에 못 들어가게 하려고 반찬 하나라도 더 집어넣으려는 오기를, 그 어마어마한 발악을.

그쯤 되면 무시도 할 수 없다. 나라면 벌써 뒤져 버렸을 텐데.

이춘희, 넌 대체 뭐냐.

포기를 몰라 수없이 많은 도망을 시도한 너는, 할 수만 있다면 나를 죽여서라도 그 집을 나가려고 들 너는, 내가 없는 집에서 뭘 하고 있을까. 차갑고 어두운 그 집에서 지금 나처럼 벽에 등을 기대고 앉아 있을까.

새 담배를 물고 방바닥에 아무렇게나 던져 놓은 라이터를 손끝으로 당겼다. 손끝에 닿는 방바닥이 몹시 따뜻하다. 연탄 같은 거 피워 놓고 산 적이 없어서 생각도 못 했다.

이따위 여관에서도 불을 때는데. 이보다 못한 그 집에서 이춘희는 아마도 내 욕을 하고 있을 거다. 하지만 당분간은 그 집으로 갈 수 없다.

나는 방에서 걸어 나왔다. 긴 복도를 걸었다. 짧든 길든,

싫든 좋든 나 역시 도망칠 수 없는 여기다. 어차피 도망칠 곳
도 없었다. 믿을 만한 이도 없다.

"차라리 널 믿지."

오늘도 포기 않을 널.

궁금했다. 넌 어디로 도망하려고 하는지.

7. 시집

부러진 안테나를 고치는 건 당연히 불가능했다. 안 그래도 지직거리던 게 놈에게 한 번 집어 던지고 나서부턴 시름시름 맛이 갔다.

젠장.

이 방구석에서 내가 할 일이라곤 라디오 듣는 것밖에 없었는데, 성질에 못 이겨 던져 놓고 보니 후회가 됐다.

짜증이 일어 너덜너덜한 안테나를 벽에 아무렇게나 기대 놓고 누웠다. 이놈의 집구석은 춥기도 어찌나 추운지. 입에서 입김이 다 나왔다.

이딴 게 집이면 길밖에 나앉아 자는 거랑 뭐가 다르냐고!

욕을, 욕을 해 댔지만 따져 보자면 내가 그간 지내온 곳 중에서 가장 집 같은 집이었다.

창녀들이 손님을 받는 동안 엄마가 가둬 둔 쪽방보다, 손님 안 받는다고 죽을 만치 두드려 패던 미아장보다, 열 명 스무 명씩 팔다리도 못 펴고 포개 잤던 화투 공장 기숙사보다 그럴싸한 집이긴 했다.

화투 공장에서 몇 년을 일하면 이런 집 한 칸을 얻을 수 있을까. 내 평생 이런 곳에 살아는 볼 수 있을까.

슬슬 화가 났다. 놈이 깡패 짓을 얼마나 야무지게 해서 돈을 모았는지는 몰라도 방 한 칸 얻을 정도로는 살았는가 보다 싶어서였다.

생각은 제멋대로 흘러갔다.

죽은 엄마 생각을 하다가, 시인님 생각을 하다가, 경숙이 생각을 하다가, 돈 생각을 하다가, 날 여기 가둔 깡패 새끼 생각을 했다.

나 같은 년 팔고 사는 장사해서 돈 좀 모았으면 집에 불이라도 좀 피울 것이지.

"씨발. 추워."

등이 시려 몸을 벌떡 일으키니 발에 라디오가 채였다.

그때, 희미하게 노랫소리가 들렸다.

"어! 나온다!"

나는 라디오에 바짝 다가가 손으로 안테나를 쥐었다. 살살 움직이다 보니 다시 희미하게, 더 움직여 보니 조금 더 그럴싸하게 노래가 들렸다.

이 각도만 유지하면 된다 이거지.

나는 도망가려는 토끼 귀를 잡아챈 사냥꾼처럼 손으로 안테나를 쥐고 노래를 들었다. 팔이 저리면서부터는 비스듬히 누워 안테나를 발가락 사이에 끼워 보기도 했다.

조금 더 욕심을 부려 볼까 싶어 채널도 돌려 본다.

라디오는 미약한 내 손짓에도 흐려졌다 선명해졌다 갖은 유난을 떨었고, 나는 그놈의 라디오 한번 들어 보겠다고 살살 달래기도 하고 쾅쾅 으박지르기도 하고 별 염병을 다 했다. 이러니저러니 해도 라디오라도 있으면 한결 나았다.

—전국에 한파 주의보가 발령됐습니다. 건강 관리와 수도 계량기 동파 사고 등 유의하시기 바랍니다.

노래도 좋았지만, 사람 목소리는 더 좋았다. 나처럼 세상 돌아가는 거엔 관심도 없는 게 뉴스 같은 걸 찾아 듣고 앉았으니.

평생 사람들로 바글바글한 쪽방촌에서 살아 사람 소리 없는 곳에서 조용히 살아 보는 게 꿈이라면 꿈이었는데, 막상 이렇게 갇히고 보니 조용한 건 또 그것대로 싫었다.

얼굴 봐봐야 악쓰고 싸우기밖에 더 하겠냐만 깡패 새끼가 있으면 덜 심심했다.

"배고파 죽겠는데 왜 안 와."

올 시간이 지났는데 놈이 돌아오질 않는다. 노래도 백곡은 넘게 흘러갔고, 오늘 하루치 세상에 나왔던 잡다한 소식들도 모르는 것 없을 정도로 뉴스를 들었다.

화장실도 서너 번은 들고났다. 더는 빼낼 것도 없는 배가 꾸르륵 울렸다. 그런데도 놈은 오지 않았다.

라디오를 조금 더 듣다 몸을 일으켜 부엌으로 나왔다. 미닫이문도 문이라고 하나 열고 닫는 게 이렇게나 온도가 다르다.

몸을 부르르 떨며 나와 더듬더듬 쌀을 찾았다. 지 살림엔 손도 대지 말라고 했지만, 밥 좀 찾아 먹었다고 때리진 않겠지.

말로는 협박해도 정작 때린 적은 한 번도 없었다. 그 성깔에 참은 게 용했다.

순간 픽 웃음이 터졌다.

배가 아주 불러 터졌다, 이춘희. 그놈 때문에 갇히고도 때리지 않은 걸 감사히 생각하다니.

그딴 생각을 하며 쌀을 찾아 냄비에 넣고, 물을 틀었을 때였다.

"뭐야."

수도꼭지가 헛돌았다. 뱅글뱅글 꼭지는 도는데 물은 조금도 나오지 않는다.

꼭지가 망가졌나, 수도가 끊겼나. 시계 방향으로, 그 반대 방향으로 돌려 봐도 물이 병아리 눈물만큼도 떨어지지 않는 걸 보며 당황했다.

설거지통 바닥에 낀 살얼음을 손가락으로 쓸어 보고야 알았다.

"아, 씨발."

동파. 동파가 난 것이다.

쌀 담은 냄비를 치워 버리고 계란판에 남은 계란을 전부 꺼냈다.

밥도 반찬도 없는데 계란 세 개는 먹어 줘야지.

얼어붙어 제대로 깨지지도 않는 계란을 가스 불에 살살 녹여 후라이 했다. 가스 불을 올려놓고 그 앞에서 익는 족족 입에 처넣었다. 금방 사라졌다. 마지막 한입은 내 배 속에 들어가는 건데도 아깝게 느낄 정도였다.

집 안을 다 헤집어도 나오는 건 없고, 추워서 잠도 오지 않았다. 머리가 지끈지끈하고 아까부터 쉬질 못하고 덜덜 떨리던 온몸 여기저기가 욱신댔다. 벽에 걸린 그놈 옷으로 돌아가는 눈을 다잡았다.

뭣 땜에 지금까지 참았는데, 억울해서라도 저까짓 건 못 입지.

다시 부엌으로 갔다. 가스 불을 올리고 그 앞에서 꽁꽁 언 손을 녹였다. 하다못해 미아장도 방바닥은 항시 미적지근하 게 데워 주었었다.

하기야 방바닥에서 벗고 뒹구는 장사에 그것도 안 하면 손 님들 지랄을 어떻게 감당하려고.

가스가 금방 닳을까 싶어 불을 줄이는데, 판때기 문 틈새 로 시퍼런 빛이 들어온다.

가느다란 한 줄기로 시작했던 햇볕은 부엌 바닥을 가로지 르며 점점 면적을 넓혀 갔다. 가만가만 그걸 보고 있자니 가 스 불은 점점 작아 없어졌다. 나오는 입김도 얼어붙을 지경 이다.

"개새끼! 추워 뒤지라 이거지."

놈이 돌아온 것은 다시 밤이 되어서였다.

종일 떨고 굶었더니 놈을 보는 눈초리가 고울 수가 없었 다. 연탄을 안으로 들이는 깡패 새끼 등에 대고 소리소리를 질렀다.

"하이고야, 빠르다 빨라! 수도는 진즉 얼어 터졌는데."

연탄 넣는 꼬라지를 보고 속이 터져 나갔다.

"그것도 할 줄 몰라? 너 연탄도 안 피워 봤냐?"

놈은 대꾸도 없다. 어설프게 연탄에 불을 피우고서 손을 닦으려는지 물을 트는데 나올 리가 없었다.

"수도 얼었다니까?"

"어쩌라고."

"밥도 못 먹었잖아! 너 때문에!"

"동파가 내 탓이냐?"

"그럼 네 탓이지! 그러게 연탄 진즉 땠으면 좋았잖아!"

빽 소리를 질렀더니 커다란 놈의 등판이 획 돌려진다. 등만 보고 있을 땐 숨어 있던 겁이 놈의 새까만 눈과 마주한 순간 훅 튀어나왔다.

심장이 빠르게 뛰었다. 그렇게 보면 뭐. 뭐 어쩔 건데! 싶으면서도 여기서 한마디 더 지르는 데는 용기가 필요했다.

"너는 추위도 안 타냐?"

가만히 나를 보고 섰던 놈은 연탄불이 어느 정도 타오른다 싶었는지 그대로 몸을 돌려 밖으로 나가 버렸다.

"또 어딜 가는데! 배고프다고!"

춥고 배고프고 서럽다. 거지가 따로 없네.

연탄불 앞에 쪼그려 불을 쬐고 있는데, 다시 문이 열렸다. 내가 지랄을 해 대서 가 버렸다고 생각했는데 금세 다시 돌아온 놈의 손에 까만 비닐봉지가 들려 있었다. 봉지에서 소주도 나오고, 과자랑 빵도 나왔다. 침 넘어가는 소리에 놈보다 내가 더 놀랐다.

"먹어, 말어."

놈이 물었다.

세상 쓸모없는 질문이다.

볼이 미어지도록 빵을 입에 밀어 넣었다. 침에 적신 밀가루가 고소하게 녹아든다.

목구멍이 아플 정도로 꾸역꾸역 삼키고도 아쉬워 또 한입 베어 물었다. 그런 나를 미련하게 보며 놈도 조용히 식사를 마쳤다.

그즈음 아궁이에 밀어 넣은 연탄이 본격적으로 제 몸을 태우는지 방바닥이 뜨뜻해졌다.

오랜만에 느껴 보는 온기였다. 바닥에 살을 붙이는 면적이 느는 것은 당연한 수순이었다. 엉덩이만 대고 있다가 배를 깔고 누우며 슬슬 잠에 빠져들었다.

꿈에서 나는 숲속을 걷고 있었다. 나무가 하도 빽빽해서 나뭇잎에 걸러진 햇빛이 절반도 숲을 통과하지 못하는 그런 숲이었다.

어디로 가야 끝이 나는지도 모르면서 무작정 걸었다. 그 자리에 멈춰서 있을 수 없어서 걸었다.

한참을 걷다 발이 아파 고개를 숙였다. 가시밭을 걷고 있었다. 피투성이가 된 발을 빼내려 앞으로 나아갈수록 길은 더 험악해져 이제는 덤불이 발목까지 감아 오르기 시작했다. 발목에서 종아리로, 허리에서 가슴으로, 마지막엔 목과 얼굴까지.

얽매인 몸을 움직일 수 없었다. 헉헉, 숨이 가쁘다.

"야, 일어나."

바람에 몸이 흔들린다. 사락사락 나뭇잎끼리 부딪치는 소리 저 너머, 놈의 목소리가 섞여 들었다.

"정신 차리라고!"

바람이 점점 더 거세지는 만큼 몸의 흔들림도 거세졌다.

남자의 목소리가 귓가를 때린다. 무거운 눈꺼풀을 깜빡일 때마다 일그러진 남자의 얼굴이 보였다 안 보였다 한다. 발이 둥실 떠오른다. 세상이 뒤집혀 허공 위에 흔들리는 내 발을 보았다.

숲을 나왔다. 끝까지 발에 엉겨 있던 덤불이 그제야 떨어져 나간다. 꽉 막혀 있던 입으로 차가운 숨이 밀려들어 온다. 그게 너무도 기분이 좋아 나는 입을 헤, 벌리고 계속 숨을 들이마셨다. 남자의 얼굴이 점점 선명해진다.

"……깡패 새끼."

코에서 뜨거운 물이 왈칵 흘러내려 손등을 적셨다. 시뻘건 피였다.

"이춘희!"

이름은 불려야 사는 것.

이름이 불리었다.

시야가 까맣게 번졌다.

8. 칼판

"이춘희!"

피라면 지겹게 보았다. 피비린내는 내가 숨 쉬는 곳마다 공기처럼 지긋지긋하게 섞여 들곤 했다.

봐서 좋을 것이야 없겠지만 호들갑 떨 것도 없는 것. 그런데 그 붉은 것이 네 코에서 왈칵 쏟아지자 순간 머릿속이 텅 비어 버렸다.

자꾸만 고개를 들려는 이춘희의 목을 눌렀다. 한 줌도 되지 않는 목이 파들파들 떨렸다. 그대로 잡아 쥐면 숨통이 끊길 것 같은 연약한 생명이 헐떡였다.

무작정 너를 업고 내달렸다. 좁다란 골목길을 달려 내려

오는데 눈앞이 흔들렸다. 서울 시내버스를 처음 탔을 때처럼 멀미가 났다. 머리가 깨질 것 같고 숨이 컥 막혀 왔다. 그래도 달렸다.

"야, 이춘희! 정신 좀 차려 봐!"

등 뒤의 이춘희에게선 아무런 반응이 없다. 어깨 너머로 삐죽이 올라온 팔이 맥없이 흔들린다. 마디가 가는 손이 핏기 없이 하얗다. 죽은 이처럼.

"너 정신 안 차리면 길에다 내다 버린다고!"

덜컥 심장을 조여 오는 기분이 거지 같아 더 고래고래 소리를 질렀다.

축 처진 몸을 버릴 생각은 없었다. 한 번 더 추켜 업고는 속도를 냈다. 해가 닿지 않아 꽝꽝 얼어 있는 바닥에 발이 밀릴 것 같아 다리에 바짝 힘을 주며 뛰었다.

젠장!

부러 큰길가에 대놓은 차가 필요할 땐 천국같이 멀다. 저만치 차의 뒤꽁무니가 보이기 시작했을 때 눈앞이 시꺼멓게 변했다.

굳게 달리던 발목이 꺾였다. 한 팔과 두 무릎으로 바닥을 짚었다. 이춘희를 업은 채 구를 수 없으니 바닥에 몸뚱이를 내리꽂을 수밖에 없었다.

쇠파이프로 두들겨 맞은 것처럼 무릎 양쪽이 아작 난 것 같다.

발발 떨리는 몸을 주체할 수 없다. 눈알에 압박을 느낄 정
도로 눈을 꾹 감았다. 새까만 시야에 불꽃이 튀는 것처럼 번
쩍번쩍 빛이 난다. 여기서 정신을 놓으면 안 돼. 그 말만 속
으로 반복했다.

오가는 사람 없고, 쓰레기 뒤지는 도둑고양이 새끼 하나
없다. 더럽게 못 사는 동네에 택시 따위 다닐 리 없다. 다 놓
고 싶은데 등 뒤에 작은 체온이 놓지를 못하게 한다.

쓰린 두 무릎을 겨우 일으켰다. 이춘희를 뒷좌석에 아무렇
게나 처넣고 차에 올라 운전대를 잡았을 때, '삐' 하고 귀를
찢을 듯한 두통이 밀려왔다.

"씨팔!"

고통에서 벗어나려고 발을 구르고 욕을 짓씹듯이 내뱉었
다.

간신히 눈꺼풀을 들어 올리자 네가 보인다. 룸미러 속에
웅크린 이춘희를 보며 차 키를 꽂아 넣었다.

✛   ⚜   ✛

"여기! 환자요! 환자 좀 봐주십시오!"

응급실로 들어가자마자 간호사와 의사가 동시에 달려 나

와 이춘희를 받았다.

"가스. 연탄가스를 마셔서……."

모자란 숨을 내쉬며 상황을 설명하는 사이, 하얀 침대에 눕혀진 이춘희가 멀어진다.

시체처럼 늘어진 이춘희를 따라가려는 나를 간호사가 붙잡아 세웠다. 가스에는 몇 분이나 노출됐냐, 같은 방에 있었냐 따위의 물음을 밀쳐 내며 이춘희만 따라갔다.

가스 중독으로 죽는 사람이 우습도록 많았다. 그중 하나가 너일까 하는 생각에 덜컥 기분이 이상했다.

"죽는 거 아니죠, 얘."

간호사가 이춘희의 팔을 잡고 흔드는 내 손을 억지로 떼어 냈다.

"보호자분 이러시면 안 돼요! 환자분 진정하셔야 하니까……."

"야! 눈 좀 떠봐! 야!"

뒤로 잡아끄는 간호사를 뿌리치며 소리를 질렀다.

환자분의 진정은 개뿔. 잡아 흔들어도 반응이 없는데 쟤 죽은 거 아니냐고.

"이춘희!"

이름에 답하기라도 하려는 듯 이춘희가 희미하게 눈을 뜬다. 나를 보는지 어디를 보는지 모르겠지만 어쨌든 눈을 뜬 네가 입을 달싹였다.

그걸 듣겠다고 나는 바싹 몸을 숙였다. 말라붙은 코피로 범벅인 입술 위로 귓구멍을 갖다 댔다.

"뭐라고?"

"……나 죽으면 안 된다고."

입술이 느릿느릿 다 죽어 가는 목소리를 짜냈다.

"나 아직 자장면도 못 먹어 봤단 말이야. 오란씨도……."

허. 이 멍청한 계집애가.

기가 막혀 웃음도 안 나왔다. 내가 지금 뭘 들은 거지.

"헛소리 집어치우고 정신 차려라. 병원 왔거든."

저런 말을 할 정신머리가 있으면 뒤지진 않겠다 싶어서 미련 없이 눈을 돌렸다.

간호사 성화에 못 이겨 이춘희 옆 침대에 엉덩이를 붙이고 나서야 내 꼴을 알아차렸다. 양 무릎은 깨지다 못해 찢어져 피범벅이었고, 수전증이라도 온 사람처럼 부르르 떨리는 팔도 정상은 아니었다.

"왼팔은 엑스레이 찍어 보셔야 할 것 같은데요. 뼈에 금이 갔을 수도 있어요. 혹시 의식을 잃으면서 바닥에 쓰러지셨나요?"

짱깨들끼리 헛다툼에서도, 깡패 새끼들 싸움에서도 이렇게 꼴사납게 다쳐 본 역사가 없었다. 누나한테 맞고 산 시절에도 어디가 찢어지거나 피멍 정도 들었지 팔다리가 부러진 적은 없었다.

"넘어졌습니다. 저거 업고 달리다."

나는 이춘희보다 훨씬 긴 응급 처치를 받았다. 팔목에 겹겹이 감은 붕대로 깁스를 대신했다. 의사의 권고가 몇 번이고 이어졌지만, 그거야 내 알 바 아니다. 돌덩이 같은 거 팔에 매달아 봐야 귀찮은 일만 잔뜩이다. 서장한테든 두목한테든 변명거리를 만들어 내야 한다.

새벽 3시의 응급실은 대부분 술에 취해 다친 환자들이었다. 아프다고 소리를 질러 한참 시끄럽게 굴다가 치료가 끝나고 진통제를 맞으면 술에 절어 잠들어 버렸다.

나 역시 두통 때문에 진통제를 맞았지만, 잠이 오진 않았다. 환자들이 응급실을 다 떠나도록 이춘희는 일어나질 않았다.

자기네 집 안방인 것처럼 푹 자는 꼴을 보며 저걸 깨워, 말아 하는 동안 아침이 된 걸 알았다.

기척도 없이 일어나 앉은 눈이 나를 멀거니 바라본다. 퉁퉁 부은 눈두덩이 아래로 새까만 동공이 미동도 없이 나를 응시한다. 쌈닭처럼 달려들 때와 달리 순한 눈망울이라 어쩐지 마주보기 어색했다.

"정신 차렸으면 일어나지. 음?"

"나…… 목말라."

주머니에 다친 왼쪽 팔을 찔러 넣은 채 일어나는데 이춘희
가 중얼거린다.

물시중까지 들라고?

한마디 해 줄까 싶다가도 목구멍에 기스라도 났는지 까끌
거리는 목소리를 들으며 참았다. 물을 떠다 주려 나서는데
이춘희가 나를 불러 세웠다.

"야."

이춘희의 눈은 내가 아니라 맞은편 침대의 환자에게 가 있
었다. 정확히는 환자 옆에 앉은 꼬마였다.

"나 저거."

열 살쯤이나 됐을까. 오란씨 병을 들고 있었다.

"물 말고."

"……."

"뭘 그렇게 봐? 죽다 살아났는데 오란씨도 못 마시냐?"

가스 먹고 정신 나가 헛소리를 하는 줄 알았더니 멀쩡히
깨고 나서도 저 지랄이다.

네 말마따나 죽다 살아나서는 겨우 저딴 오란씨가 눈에 들
어오냐고. 멍청한 계집애. 밑도 끝도 없는 계집애.

도무지 너란 애 머릿속엔 뭐가 있는지 알 수가 없다. 기가
막혀 보기만 하자, 아! 싫음 말고! 빽 소리 지르고는 돌아눕

173

는 것까지가 가관이었다.

"그래, 장하다 아주."

누가 보면 목숨 여럿 구한 줄 알겠네.

이제 막 문을 연 병원 매점에서 오란씨를 샀다. 살아 놓고 오란씨 찾는 너보다, 무릎 손목 다 나가 놓고 사 오란다고 사 가는 내가 더 우스웠다. 왜 자꾸 저 계집애 하는 짓에 말려드는지 모르겠다.

담배가 땡겼다. 이춘희 코앞에 재깍재깍 갖다 바칠 생각 말고 담배나 한 대 피우고 갈까 하다 불쑥 생각이 들었다.

"······이런 씨."

도망가려는 거다. 같잖은 심부름 시켜 놓고 도망가려고 수 쓰는 거다.

"병신같이!"

낮인지 밤인지도 모르는 곳에 갇혀 있다가 콧바람 쐬니 정신이 번쩍 들었겠지.

도망이라면 이골이 날 정도로 많이 쳐댔으니 이런 기회를 놓칠 리가 없다.

무릎뼈가 으깨지는 고통도 무시하고 복도를 달렸다. 응급실로 들어섰다. 침대 위 돌아누운 작은 등을 보고서야 머리에 피가 돌았다. 그제야 가쁜 숨을 몰아쉬었다.

잔뜩 일그러졌을 내 얼굴에 놀란 오란씨 꼬마가 엄마 품으로 고개를 쏙 숨긴다. 꼬마의 엄마도 눈을 피했다. 이럴 땐 험하게 생긴 게 도움이 된다.

그러는 동안에도 이춘희는 여전히 등을 돌린 채였다.

멍청이 같은 게. 기껏 생긴 기회도 놓치고는 아까운 줄도 모른다.

"자지도 않는 게 자는 척은."

탁, 침대 옆에 소리 나게 병을 내려 두자 움칠 떨리던 등이 비척비척 일어나 앉는다. 오란씨 병을 힐끗 내려다보더니 하는 소리가 얄미웠다.

"뭘 두 병이나 사 와? 돈이 썩어 나냐?"

"네 입만 입이냐."

싸우고 싶지 않았다. 도망가지 않았다는 안도가 아직은 더 컸다. 입으로 뚜껑을 따 이춘희에게 한 병을 건네고, 나도 한 병을 마셨다. 죽다 살아난 건 나도 마찬가지였으니까. 입천장이 근질거리도록 달고, 혀가 얼얼하게 시고, 목구멍이 따가웠다.

"더럽게 맛없네."

여전히 겨울이었다. 해는 늦게 뜨고 일찍 졌다.

이춘희는 집으로 다시 들어가지 않으려 바락바락 기를 썼지만, 그래 봐야 한 줌 거리였다.

깡패 새끼가 사람 죽이고 나를 가뒀다고 살려 달라는 말을 믿는 사람은 아무도 없었다. 가스 먹고 정신 나간 계집애가 횡설수설한다 여기겠지. 그나마 뻗쳐 오는 의심스러운 눈길은 내가 내민 경찰 신분증을 보고선 완전히 거둬졌다.

집 안에 가득 찼던 가스를 빼내는 동안 이춘희는 집 대신 차 안에 가둬 두었다. 무릎에 코를 처박고 있다가도 사람만 지나가면 창문을 깨부술 듯이 두들기며 소리쳤다. 귀신 꼴을 해 가지고는 오던 사람만 쫓아내기 일쑤지.

"집 잘 지키고 있어라."

던진 말에 돌아오는 말이 없다.

가스 마시고 실려 갔다 온 이춘희를 두고 나가면서 연탄불을 다시 피워 줄 순 없었다.

애초에 혼자 있을 땐 연탄 한 장 피워 본 적 없이 잘만 지냈는데, 별게 다 거슬렸다. 연탄 잘못 피웠다가 골로 갈 뻔해 보니 더 그랬다.

냉골 바닥에 웅크리고 있는 게 꼴 보기 싫어 솜이불을 두 채나 사서 던져 줬는데도 뭔 골이 났는지 저 모양이다.

"저 꼴통."

무릎 두 쪽은 걸을 때마다 시큰거렸고, 왼팔도 편치 않았

다, 팔목에 감은 붕대야 소매 속에 감추면 된다지만, 거동이
불편한 걸 들키지 않으려다 보니 일을 빨리 끝내게 됐다.

그래도 겨울이라 해는 빨리 떨어졌다. 해가 지면 그나마
미적지근하게 덥히던 옅은 열기도 사그라진다.

굼벵이처럼 기어가는 차들을 앞서가며 몰았다. 어쩐지 마
음이 급했다. 잠이나 자러 들어가는 곳, 빨리 가 봐야 뭣하나
싶어 아랫놈들 다 보내 놓고도 자리 지키던 때도 있었다.

그러던 때가 한참 전도 아닌데, 집에 군식구가 하나 들었
다고 이러는 나를 나도 모르겠다.

언덕을 오를수록 골목도 함께 좁아지는 그 빌어먹을 동네
에 가까워질수록 가슴이 답답해진다.

너를 어떻게 할까.

죽이지도 살리지도 못한다. 보내 주지도, 그렇다고 언제까
지고 내 집 방구석에 가둬 둘 수도 없다. 이춘희만 생각하면
한숨이 났다. 한숨이 자주 났다.

주황빛 가로등 아래 차를 세우고 큰길가를 걷다 다 쓰러져
가는 중국집을 봤다.

짱깨가 철가방을 들고나오자 춘장 냄새가 훅 끼쳤다. 이제
막 볶은 자장이었다. 꼴은 이래도 음식을 막하는 집은 아니
다.

동대문 일수 방에서도, 미아장에서도 끼니때마다 중국집

에서 배달을 시켜 먹지만, 나는 중국집에서 오는 음식은 먹지 않았다. 보기도 싫었다. 쓰레기 꼴로 하도 배를 채웠더니 음식 모양새로 나와도 내키지 않았다.

"별일이다."

자장 냄새에 식욕이 다 돌고.

칼판 달고 주방장한테 자장 짬뽕을 배웠고, 탕수육으로 넘어갈 즈음 그만뒀다.

일은 제법 재밌었고 할 만했다. 문득 동대문 중국집에서 일을 배우던 시절이 생각났다.

그때로 다시 돌아갈 수 있을까.

처음 섬에서 끌려 나올 때는 빚만 갚으면 돌아갈 수 있을 줄 알았다. 이날 이때까지 섬은커녕 바다 냄새도 못 맡았다.

지나온 곳으로는 돌아가지 못하는 게 내 팔자일지도 모른다. 그러기엔 내 인생은 밑바닥부터 꼬여 있었다. 풀 수 없도록 더 꼬아 버린 것은 내 선택이었다.

너무 멀리 와 버렸다. 그러니 나 따위에게 미련 같은 건 사치다.

하기야, 돌아가 봐야 뭣해.

거지 같은 섬.

개 같은 음식 쓰레기.

"그딴 거 뭐가 좋다고."

떨어진 담배를 사러 옆 골목의 가게로 들어갔다.

"한 보루 주십쇼."

"잠깐 기다려, 총각. 안에 들어가서 꺼내 와야 하니까."

기다리는 잠시간 가게를 둘러봤다. 장을 잘 보지 않아서 몰랐는데 작아도 있을 건 제법 다 있다.

진열대에는 유통 기한 질기게도 긴 통조림과 라면, 봉지만 부풀린 과자, 비누 따위가 죽 늘어서 있고, 그 옆으로 음료수도 보였다.

"나 죽으면 안 된다고. 아직 자장면도 못 먹어 봤단 말이야. 오란씨도⋯⋯."

이춘희가 먹지 못해 안달했던 오란씨를 집어 들었다. 픽 웃음이 났다. 처음 목구멍으로 넘겼을 때 기억이 되살아나 입안이 달고 시다.

이딴 걸 맛있다고 아끼고 아껴 가며 먹었었지, 너는.

"담배 한 보루에 오란씨까지⋯⋯."

봉지를 벌리며 가격 매기는 주인 앞으로 오란씨 병을 내려 두며 물었다.

"여기 춘장도 있습니까."

"춘장?"

총각이 요리라도 해 먹게? 하는 눈으로 보던 주인에게 필요한 것을 더 주문했다.

묵직한 검은 봉지를 들고 골목을 오르는 동안, 손톱 모양의 달이 서울 하늘에 흐릿하게 떠올랐다.

9. 시집

　평소보다 일찍 들어온 놈은 오란씨 하나를 방에 툭 던져 놓더니 군말 없이 저녁을 차리기 시작했다.

　한 번 사 달라 했다고 이것만 주면 입 다물고 있을 거라 생각하는 모양이다. 우는 어린애 입에 사탕 물려 주는 것도 아니고.

　도마 위에서 썰고 다지는 소리가 한참이더니 금세 고기 볶는 고소한 냄새가 진동했다.

　침이 절로 넘어가서 뭘 하나 미닫이문 사이로 내다보니, 허연 밀가루 반죽을 길게 잡아 늘이던 놈이 눈만 치켜뜨며 나를 본다.

보면 뭐 어쩌게, 라고 할 게 뻔해서 선수 쳤다.

"하늘에서 별을 따다 하늘에서 달을 따다 두 손에 담아 드려요. 아름다운 날들이여 사랑스러운 눈동자여 오오오오 오란씨!"

오란씨 병을 마이크처럼 꼭 쥐고 라디오에서 줄곧 나오던 주제가를 쉼 없이 불러 댔다.

놈은 시끄러운 걸 싫어했다. 시를 읊거나, 라디오에서 나오는 말을 앵무새처럼 따라 하고 있노라면 신경질적인 눈으로 나를 노려보곤 했다. 놈이 싫어하는 일을 하는 것이 이놈의 집구석에서 내가 할 수 있는 유일한 일이었다.

그렇다면 포기할 수 없지, 내가.

탁탁, 면을 처댈 때마다 도마 위로 얇게 밀가루가 퍼져 나간다. 네 가닥이 여덟 가닥이 되고, 여덟 가닥이 또 그 두 배가 된다. 나도 내 노랫소리에 질릴 무렵, 똑같은 두께로 뽑힌 면발이 팔팔 끓는 물에 담겼다.

"상 펴."

허연 면 위로 까만 양념을 끼얹으며 놈이 말했다.

방 한구석에 접혀 있는 작은 상다리를 펼치면서도 나는 놈이 만든 것에서 눈을 떼지 못했다. 그게 뭔지 알고 있었다.

"뭐야?"

"보면 몰라?"

방으로 들어오지 않고 길쭉한 팔만 뻗은 놈이 상 위에 신문지를 얹고 후라이팬을 통째로 올렸다.

기름기가 흐르는 고깃덩어리와 양파 아래로 반들반들한 면. 내가 그렇게도 먹고 싶었던 자장면이었다. 남들은 국민학교나 중학교를 졸업하면 먹는다는 것을, 나는 국민학교도 못 가 봤으니 여태 먹어 본 일이 없었다.

"그러니까 웬 거냐고, 이게."

네가 뭔데 이걸 나한테 해다 바치냐 이거야.

"비벼."

보고만 있자니 한다는 소리였다.

것도 모를까 봐? 수사 반장에서 봤다.

놈은 김치 종지와 함께 소주를 세 병이나 들고 방 안으로 들어왔다. 부엌 미닫이가 닫힐 때까지도 나는 멀뚱히 선 채였다. 젓가락도 쥐지 않았다. 이게 무슨 얼어 죽을 친절인지 알 수가 없어서였다.

나쁜 놈들만 득시글한 깜빵에서도 죽을 날을 받아 두고는 마지막 한 끼는 진수성찬을 차려 준단 얘기를 들은 적이 있다.

그래서 기름기 번드르르한 자장면을 눈앞에 두니 덜컥 무서워지는 것이었다.

쥐약이라도 넣은 건 아닌지. 죽기 전 마지막 한 끼는 아닌지. 이제 놈도 내가 슬슬 귀찮고 거추장스러워진 것은 아닌지.

"그 요상한 노래라도 계속하든가. 입 꾹 다물고 뭐 하냐, 너."

놈은 답답하다는 듯이 나무젓가락을 뜯어 자장면을 비볐다. 여유롭게 면을 이리저리 들었다 났다 하니 순식간에 허연 면발이 검게 물들었다. 양념에서는 여전히 모락모락 김이 났다.

잘 비빈 면발 위에 젓가락을 꽂아 후라이팬을 내 쪽으로 돌려주고는 놈은 한 가닥 먹어 볼 생각도 없는지 소주를 땄다. 꼴꼴 소리를 내며 소주가 술잔을 가득 채우자마자 낚아채 홀랑 마셔 버렸다.

"씨, 더럽게 쓰네."

목구멍은 쓰고, 콧속은 달았다. 눈은 어쩔 수 없이 자장면에서 떼지 못한 채 꿀꺽, 침을 삼켰다.

놈은 그런 나를 흘낏 보더니 아무 말 없이 잔을 끌어가 채웠다. 나는 냉큼 술잔을 가져가 또 단숨에 마셨다.

"뭔데."

놈이 내 손안의 잔을 가져가려고 해서 손을 뒤로 물렀다.

"너야말로 뭐야."

"뭐가 또."

"이딴 거 왜 해다 바치는데?"

허, 어이없다는 듯 놈이 혀를 찼다.

"발광하려면 먹고 해라. 면 분다."

"자장면도 못 먹어 본 년 불쌍해서 그랬냐? 이 깡패 새끼야!"

"착각이 또 한나절이다, 아주."

너한테 밥상 차려 바치는 게 한두 번이냐 덧붙이며 놈은 소주를 병째로 들이켰다. 길고 굵은 목에 툭 튀어나온 목울대가 꿀떡꿀떡 소주를 넘길 때마다 위아래로 움직였다.

무식한 새끼. 저 쓴 걸.

술잔은 여전히 내 손안에 있었다. 병나발을 부는 놈에게 줄 생각 없이 노려만 보았다.

놈은 마주친 눈을 피하지도 않고 그렇다고 전처럼 잔소리하지도 않았다. 갈구는 것도 지친 건지 목소리를 높이지도 않았다.

"내가 뭔데 널 불쌍해하냐. 너 거지가 거지 불쌍해하는 거 봤어? 미아장 있을 때 옆방 계집애 불쌍하던?"

"……"

말이 안 나온다. 놈의 말이 맞아서였다. 엄마의 쪽방촌 창녀들도, 미아장 창녀들도 불쌍하다고 생각한 적이 단 한 번도 없었다.

누가 누굴. 어차피 다 같이 똥밭에서 구르는데.

"자장면이 동정보다 비싸. 줄 때 먹어라."

머리가 뒤죽박죽이었다.

놈 말마따나 놈이 손수 만들어 준 음식을 여태껏 잘만 먹어 놓고, 이제 와 자장면 하나 만들어 줬다고 갑자기 왜 이러는지 나조차 내 기분을 읽기 어려웠다. 그냥 곱게 처먹을 걸 괜히 지랄을 해 댔다 싶어졌다.

이 와중에도 배는 눈치 없이 요동을 쳤다. 놈이 비웃을까 싶어 슬쩍 눈치를 보다 슬그머니 상 위로 빈 잔을 내려놨다.

"네놈 새끼가 뭐라고 자장면을 할 줄 아는데?"

놈은 대답 대신 잔에 남은 소주를 탈탈 털어 넣었다.

"맛 더럽게 없는 건 아냐? 너 쥐약 탔지? 아님⋯⋯."

"먹을래, 버릴까."

제 할 말만 마친 놈이 소주 한 병을 더 까는 사이에 나는 이를 악물고 젓가락을 쥐었다. 마지막 발버둥까지 끝났다. 더는 참을 수가 없어 마구잡이로 면을 입에 처넣었다.

맛있었다. 볶은 양파와 고깃덩어리를 씹을 때마다 고소한 향이 입안 가득 퍼지고, 부들부들한 면이 혀에 부딪혔다. 쓸데없이 놈에게 개기느라 시간이 지났음에도 면은 저들끼리 엉겨 붙지도 않고 술술 입안으로 미끄러져 들어왔다.

남들은 이 맛있는 걸 한 손엔 졸업장 들고, 한 손엔 꽃다

발 들고 가서 엄마랑 먹었겠지.

우리 엄마는 죽기 전에 자장면 먹어 봤을까.

시인님은 먹어 봤을까.

저 새낀, 내 눈앞에 앉아 소주만 넘겨 대고 있는 저 새끼는 만날 먹었을 거야. 그러니 이런 걸 만들겠지.

먹는 동안 잡다한 생각들이 줄을 이었다. 목구멍에 통째로 걸린 고깃덩어리가 억지로 넘어가고 나자 기침이 났다. 얼굴이 시뻘게지도록 캑캑대는 동안 눈물도 났다. 뚝뚝 눈물을 짜는 얼굴 앞으로 뚜껑 딴 오란씨가 들이밀어졌다.

"아껴 둔 건데 왜 멋대로 따?"

기침이 튀어나오는 와중에도 기어이 따박따박 따졌다.

네가 멋대로 뜯었으니 또 한 병 사 오라고 해야겠다 생각하며 마셨다. 따가운 목구멍이 천천히 달래졌다. 요란하게 튀어나오던 기침도 멈췄다. 눈물은 멈추지 않았다.

"참 가지가지 한다. 음?"

나는 울면서 계속 자장면을 먹었다. 무식하게 입에 욱여넣었던 짓거릴 그만두고 천천히.

그저 살기 위해 씹어 넘길 음식이 아니라는 생각이 들어서였다. 남은 양념까지 싹싹 긁어 먹었다. 한겨울 피죽도 못 얻어먹어 걸신들린 이처럼 보여도 상관없었다.

살면서 누가 나한테 이런 밥상을 줬던가.

계란후라이니, 나물이니, 국이니 그런 게 올라온 밥상은 여기에 갇히기 전까지는 보질 못했었다. 이가 아플 정도로 딱딱하게 눌은밥에 간장만 부어 줘도 다행이었다. 숟가락 모가지에 시래기라도 한 줄기 걸리는 선짓국이면 호강인 삶이었다.

살다 보니 목구멍에 고기가 걸리는 일도 있다. 기침 멈추려고 오란씨를 들이키는 일도 있다.

거짓말 같게도 전부 눈앞의 이 깡패 새끼 집에 갇혀서 생긴 일이었다.

"궁금해서는 아니고, 기가 막혀서 물어보는 건데. 왜 우냐."

"맛있잖아, 씨발!"

"그게 분해?"

"그래! 분해 뒤질 것 같다! 죄는 네놈 새끼가 지어 놓고 나여기 가두더니! 네놈이 연탄 갈 줄 몰라서 나까지 뒤질 뻔했는데, 그래 놓고 이딴 거 해다 바치니까!"

"분할 것도 많다."

놈은 툭 그 말만 던지고 만다.

나 혼자 분에 못 이겨 씩씩거리자니 더 성질이 났다. 줄줄 흘러 턱에 고인 눈물을 손바닥으로 아무렇게나 문질러 닦았다. 닦아도, 닦아도 눈물은 계속 나왔다.

"여기 갇혀서 오늘 죽나, 내일 죽나. 왜 잡혀 왔을까. 나가면 뒈진다고 하면서 밥은 왜 때마다 해 먹일까. 근데 그게 또 맛있어서 짜증 나. 뜨끈한 밥에 김 나는 국, 살면서 먹어 본 적도 없어. 그러니깐 병신같이 무섭다가도 밥 먹으면 또 살 것 같고. 배고파지면 또 왜 갇혀 있나 싶고. 종일 그 생각만 하는데! 안 억울해, 내가?!"

쪽팔려서 징징거리지 않으려고 해도 참을 수가 없었다.

"네가 뭔데!"

이게 다 뭐야. 이딴 게 다 뭔데. 내 발에 채여 오란씨 병이 굴렀다. 빈 병은 데굴데굴 굴러 놈에게까지 갔다.

말없이 내 지랄을 보던 놈이 오란씨 병을 일으켜 세웠다. 바닥을 드러낸 후라이팬 옆에 탁 소리 나게 놓더니만, 종지에 담긴 김치를 손으로 쭉 찢는다. 갑자기 뭐 하는 짓인가 싶었다. 놈은 여러 갈래로 찢은 김치 중 하나를 곱게 말아 입에 넣었다.

"단무지보다 김치가 낫다."

턱관절이 불끈대도록 김치를 씹던 놈이 불쑥 한다는 소리가 저거였다.

"그래서 뭐."

"입가심 몰라?"

여전히 이해가 안 가 놈만 쳐다봤다. 그새 눈물이 말라 더는 턱을 타고 떨어지는 거추장스러운 것이 없었다. 다만 눈물이 마른 자리가 간질거려 손으로 긁적였다.

네놈이 찢어 놓은 김치를 나보고 먹으라고? 그러고 보니 입이 좀 텁텁한 것 같기도 하고.

황당한 와중에 입에 넣고 씹으니 또 칼칼하니 입안이 깔끔해진다. 우걱우걱 씹는 동안 놈은 상을 내놓고 익숙한 손길로 부엌을 정리했다.

달그락거리는 소리 끝에 놈이 방으로 들어왔다. 삶은 계란을 담은 쟁반을 밀어 두고는 벗어 둔 겉옷을 집어 들었다.

쪼그려 앉아 올려다보니 그렇지 않아도 문짝만 한 몸이 더 커 보였다.

"야!"

밖으로 나가는 놈의 등에 냅다 뛰어들어 매달렸다.

"나도 나갈 거야!"

"어딜 가는 줄 알고."

떼어 내려는 걸 악착같이 목을 붙들고 늘어졌다.

"어딜 가든, 나도 나갈 거라고!"

또다. 내가 소, 돼지도 아니고, 먹일 대로 먹여만 두고 또 이렇게 가두려 한다.

지는 낮이고 밤이고 아무 데나 자유롭게 쏘다니면서 나만 이곳에 남겨 두려 한다.

"왜 다들 나를 못 가둬서 안달들인데? 내가 대체 뭘 잘못해서?"

엄마도, 미아장 깡패 새끼들도, 그리고 너도 다 똑같아.

혼자 갇혀 있는 건 지겹다 못해 징그러웠다.

날 단숨에 떼어 놓고 나가려는 놈을 향해 삶은 계란을 던졌다. 비스듬히 돌아선 놈이 제 등에 맞고 떨어진 계란을 본다. 그리고 나를 본다.

"주워."

또 하나를 던졌다. 이번에는 가슴팍에 맞았다.

"주우라고 했다."

또 하나를 던지려는데, 덜컥 붙잡혔다.

"뭘 어쩌라고 이래."

"너도 한 번 갇혀 봐. 그럼 나한테 나가지 말라고 사정할걸?"

"내가 안 나가면. 너랑 뭐 할까, 여기서."

놈이 내 손에서 가져간 계란을 쟁반으로 던졌다.

파직, 껍질 깨지는 소리가 났다.

"계란 던지고 놀까, 정답게?"

"데리고라도 가. 나가게만 해 주면 옆에 죽은 듯이 있을게. 약속해. 응?"

나는 무작정 놈의 다리에 매달렸다. 힘으로는 어차피 안 된다. 그래도 두고 가지 말라 빌며 버텼다. 어디 하나가 부러진대도 버틸 작정이었다.

"놔."

"미아장에서 너, 너 그러는 거 봤다고는 절대 말도 안 할게. 알은체도 안 할게. 나 너네한테 빚 갚아야지. 여기 있느니 나가서 뭐라도 해서 빚 갚으면 되잖아."

놈이 한숨을 내쉬었다. 커다란 손으로 얼굴을 아무렇게나 쓸어올리던 놈과 눈이 마주쳤다. 입이 비뚜름히 웃고 있다.

"네가 그 빚을 어떻게 갚아."

"무슨 짓을 해서라도!"

"못 갚아, 그 빚. 죽어야 끝나. 몰라서 하는 소리야?"

"……그럼, 그럼 나 여기서 못 나가?"

주르륵 무너져 앉았다.

"어떻게 하면 돼? 뭘 해야 나가게 해 줄 거야?"

놈은 빤히 쳐다만 봤다. 담배를 꺼내 무는 입은 이제 웃지 않는다. 무슨 생각을 하는 건지, 알 수가 없다.

"나랑 잘래?"

"이게 진짜."

"남자 새끼들 하고 싶은 게 다 똑같지. 어차피 이러려고 데리고 있던 거 아냐? 너라고 뭐가 달라? 여태 아닌 척한 거겠지. 집구석에 둘만 있는데 백날천날 그 생각만 했겠지!"

입에서 나오는 대로 죄다 내뱉었다.

순식간에 멱살이 잡혀 방바닥에 눕혀졌다.

"까불지 마."

내 몸 위로 무릎을 꿇고, 멱살 잡았던 손으로 턱을 가볍게 쥐고는 제 입술에 꽂혀 있던 담배를 물렸다.

"제발 춘희야. 음?"

퉤, 담배를 뱉었다.

기어이 날 두고 가는 놈에게 달려들었다. 치미는 억울함에 등이고 어깨고 사정없이 때리고 긁었다. 머리털을 잡아 뜯어도 놈은 막을 생각도 없이 나를 내버려 두었다.

그래 봐야 돌덩이처럼 단단한 저 몸은 꿈적도 안 한다. 목에 손톱자국이나 내는 것이 고작이다.

"나 좀……. 나 좀!"

혼자만 발악하고, 혼자만 지쳐 버렸다.

"나 좀…… 나가게 해 줘."

"안 돼."

"왜. 네가 뭔데."

"깡패 새끼잖아."

할 말 없게 만드는 말이다.

"그래서 안 돼. 나 때문에. 아무리 발광을 해도 여기서 너, 못 내보내."

놈이 나간 문엔 다시 자물쇠가 채워졌고, 나는 여전히 이곳에 남아 있다.

한참 눈물을 뺀 뒤라 더는 울지 않았다.

10. 칼판

이춘희가 남긴 흔적 위로 찬 바람이 스치고 지나간다. 따끔한 목덜미를 주무르듯 만지다 손을 뗐다. 묻어나는 피는 없다. 피라면 지긋지긋했지만, 맞아 주기라도 하면 마음이 편했다.

미아장에서 저 홀로 고고한 별종처럼 굴던 이춘희를 안다. 창문에서 뛰어내리고 벽에 얼굴을 처박아 미친년 소리를 들어도 몸 팔지 않으려 기를 쓸 때는 언제고. 자면 내보내 주겠냐고 겁도 없이 달려드는 꼴이 우습다기보단 짠했다.

사실대로 말할까 고민도 했다.

이대로 널 내보내면, 누구 하나 너 세상에 사라진 줄도 모르게 죽을 수도 있다고. 그래서 데리고 있는 거라고. 깡패 행세 그만두고 사람답게 살 때가 되면 너도 풀어 주겠다고.

그러나 그 끝이 언제가 될지는 나도 몰랐다. 그래서 네게 말할 수 없었다. 기약 없는 희망은 절망보다 더 나쁜 거니까. 옆구리에 새긴 뜻 모를 글자처럼 깡패 냄새가 몸속 깊숙이 배어들기 전에 끝이 오길 바랄 뿐이었다.

이춘희 생각을 애써 접으며 꼬불꼬불한 동대문 상가로 들어섰다. 어둠도 밀어낼 정도로 곳곳을 밝히는 주황 불빛이 시커먼 마음을 숨기기엔 오히려 나았다. 복작복작한 소음이 오늘만큼은 싫지 않았다.

눈 감고도 길 잃을 일 없이 뻔한 골목이다. 철가방으로 살려면, 어느 상가 앞 어디 골목 앞에 쭈그리고 앉아 자장면을 시킨 손님이라도 찾아야 했다.

헤매다 퉁퉁 불어 터진 면을 얼굴로 받고, 돈 못 준다 버티는 양아치들 상대하며 수십 번 미쳐 돌 뻔도 했다. 빚잔치 중에 남의 음식값을 물어내지 않으려면 기를 쓰고 길을 외우고 머릿속에 지도를 달달 그려야 했다.

"숙희, 너 빨리 안 올 거니?"

그리울 것도 없는 지난 기억을 되짚다 억센 목소리에 현실로 끌려 나왔다.

문방구 앞에서 실랑이하는 모녀가 보였다.

"너 정말 이렇게 고집부릴 거야?"

"응. 나 샤프 사 주기 전까지 안 가."

숙희라고 불린 여자애는 흐르는 콧물도 못 닦아 꼬질꼬질한 몰골로 고집스레 자리를 지켰다.

엄마한테 팔이 붙들려도 바닥에 두 발을 콕 박아 놓고 버텼다.

"엄마가 나중에 사 준다 그랬지? 가자. 아버지 기다리신다."

"나중에 언제? 언제?"

콩알만 한 게 바락바락 따지고 드는 꼴이 꼭 누구 같다.

"나중이 나중이지. 발에 밟히는 게 연필인데 뭐 한다고 또 사 달래니."

"딴 건 싫어. 내 생일 선물이잖아. 샤프 사 줘. 사 주면 글짓기 대회서 일등 할게. 할 수 있어."

제도 샤프 천 원.

자장면은 두 그릇, 소주는 네 병, 하다못해 서울 시내를 종일 버스 타고 돌아다닐 수 있는 돈이었다.

"너 같은 게 시를 아냐? 무식한 새끼."

"시가 뭔데. 넌 알고?"

"너보다 알아! 앞으로 쓸 거다."

울고불고 떼쓰던 딸내미가 엄마 손에 질질 끌려 사라지도록 나는 그 앞에서 서 있었다.

담뱃불에 그을리고, 모서리가 닳고 닳은 시집.

그게 뭐라고 애지중지하던 네가 자꾸만 눈에 밟혔다.

✣   ✤   ✣

"술주정이 아주 고급이다?"

화장실에서 씻고 나오자, 방구석에 밀어 놨던 샤프랑 공책을 보더니만 한다는 소리였다.

집구석 들어올 때는 휑하니 등 돌리고 얼굴도 안 내비치더니만, 그사이에 저걸 찾아내고는 시비를 털어 온다. 이춘희답다.

"아님 깡패 드글드글한 화투판에서 솔찬히 땄어?"

"그래."

"근데 겨우 이딴 걸 뽀찌라고 주냐?"

뽀찌 같은 소리 한다. 여기가 도박판이길 해, 경마장이길 해. 이겼다고 기분 내려면 오란씨나 사 먹였지, 샤프니 공책이니 이딴 걸 사 왔겠냐고.

대답도 않았다.

198

젖은 머리를 부러 이춘희 쪽으로 털자 또 **빽** 하고 소리를 질러 댄다. 그 모습이 시장 한복판에서 지 엄마한테 바락바락하던 여자애 같아 이번엔 웃음이 터졌다.

"웃어?"

"그래."

"왜 웃어! 뭐가 웃긴데!"

"이래도 지랄, 저래도 지랄. 뭘 해 줘도 지랄인 건 대체 어떻게 해야 하나. 음?"

쬐끄만 주제에 매번 지치지도 않는 체력이 신기했다. 하긴, 잡혀 들어올 걸 알고도, 잡히면 전보다 더 지독하게 굴려지는 걸 알고도 몇 번이고 미아장을 도망쳤던 이춘희다.

그래서였을 거다.

흐릿한 세계에서 너만이 지독히도 선명했다. 모두 죽어 가는 곳에서 너만이 살아 발버둥 쳤다.

"나가겠다고 지랄지랄하니까 이딴 걸로 구슬리려고, 나를?"

"그래."

"야, 이 깡패 새끼야. 네가 나라면 이까짓 걸로 되겠어, 안 되겠어."

이춘희는 짝다리를 집고 팔짱을 꼈다. 양아치도 못 되는 자세로 훈계하려 드는 게 우스웠다. 이번에도 웃으면 난리를 피울 게 뻔해 참았다.

"안 되면."

이춘희는 이제야 조금 얘기가 통한다는 듯이 굳었던 얼굴을 풀었다.

그간 벽이랑 대화하는 기분이었을 거다. 나가게 해 달라 하면 안 된다 했고, 이유를 물으면 알 거 없다 했으니.

"산책 정돈 돼 줘야지. 곱게 있으라는 거면."

"산책?"

"아, 답답하다고! 가스 먹고 나선 집에만 있기 좀 무섭기도 하고, 가슴이 영 갑갑해서 속도 안 좋은 것 같고……."

슬쩍 눈치도 봐 가며 칭얼거리는 요구에 고개를 끄덕여 줬다.

"그래."

"뭐?"

기대 않고 던져 본 말이었는지 지도 놀란 듯 보였다.

"그래. 가."

그놈의 산책.

먼저 일어난 건 나였다.

✠　　　✠　　　✠

우리는 걸었다. 달 없는 밤이었다.

골목엔 사람 하나 없었다. 드문드문 선 가로등 불빛이 얼어붙은 바닥을 비추고 있었다.

"내가 도둑년이야?"

이춘희가 수갑 채워진 손목을 들자 나머지 한쪽 고리를 채운 내 팔이 딸려 올라갔다.

"좀 풀어 봐. 도망 안 간다니까."

"너처럼 기를 쓰고 도망가는 계집앤 본 적이 없다."

"그때랑 지금이랑 같아?"

더 최악이겠지. 적어도 미아장에선 잡혀 들어오는 한이 있어도 도망칠 기회는 있었을 테니까.

지금 도망치면, 넌 죽을지도 모른다.

굳이 내뱉을 필요 없는 말이라 입을 닫았다.

"사람들 보면 이상하게 생각할 거 아냐."

"그래서 이 밤에 나왔잖아."

"너 진짜 짜증 나는 인간이야, 알아?"

"그래."

이춘희는 제 팔목에 짤랑이는 수갑이 내키지 않아도 밖으로 나오니 좋긴 한 모양이었다.

담벼락 사이로 비죽 튀어나온 이름 모를 풀때기며, 전봇대에 보기 싫게 엉켜 있는 전선 따위를 보는 눈이 세상 절경이라도 구경하듯 빛났다.

그러면서도 추운 것은 어쩌지 못하고 발만 동동 구른다. 춥다, 춥다, 노래를 부르는 이춘희의 입에서 허연 입김이 뿜어졌다.

이럴까 봐 나가기 전에 옷 챙겨 입으라 했던 건데. 곧 죽어도 내 돕바는 안 입겠다더니.

"어지간히 말 안 듣지."

"나와 보니 추운 걸 어쩌라고. 이것 좀 봐. 손 다 얼어 터지겠다. 어? 풀어 봐봐. 쫌."

수갑 때문에 어쩌지 못한 이춘희의 손이 밤공기에 쓸려 빨갛게 얼어붙어 있다. 주머니에 손 좀 넣게 풀어 달라고, 그새를 못 참고 또 칭얼댄다.

더 들을 것도 없이 이춘희의 손목을 붙들어 내 겉옷 주머니에 집어넣었다.

어정쩡하게 겹쳐진 손 두 개가 주머니 속에서 구겨졌다. 잠시도 못 견디고 반만 한 손이 내 손바닥 안에서 사납게 휘저어졌다.

"너 이거 당장 안 빼? 어디서 개수작을 떨어 대?!"

"개수작이든 뭐든."

이춘희 앞을 막아섰다. 펄펄 뛰는 손을 주머니 속에서 꼭 붙들고, 나머지 손으로는 입을 막았다.

"둘 중에 골라. 조용히 하든가. 집에 들어가든가."

눈으로 욕이라도 하는 모양이었다. 분해 죽는 얼굴을 가만히 내려다보며 다시 물었다.

"어떻게 할까. 더 떠들고 싶어? 그럼 들어가고."

욕은 퍼붓고 싶고, 모처럼 나온 산책도 계속하고 싶고.

생각이 빤히 들여다보이는 얼굴이다. 고민하는 동안에도 얼굴의 반을 가린 손은 떼지 않았다.

이춘희에게 물어 뜯겼던 손바닥, 딱 그 자리에 또 입술이 닿아 있다. 아문 지 오래인데, 어쩐지 상처가 근질근질해 손에 힘이 빠진다.

그 틈을 타 이춘희가 고개를 틀었다.

"입 막아 놓고 무슨 대답을 하래? 무식한 새끼가."

"들어간다."

"알았다고. 입 다물면 되잖아."

우리는 골목을 돌고 또 돌았다. 도로 표지판마다 지명이 나붙은 큰길로 내려갈 순 없다.

주변만 빙빙 도는 지루할 법한 산책에도 이춘희는 약속대로 조용했다.

이렇게 말 없는 밤이 있었던가.

새벽 2시.

미아장은 장사가 한창이라 시끄러울 시간이었다. 그곳의

추한 소리들과 지겨운 추위를 버텨 이춘희는 여기에 있었다.

여길 버티면 너는 또 어디로 가게 될까.

"넌 왜 그렇게까지 살고 싶은 거냐."

내내 묻고 싶었다.

뭐가 너를 그렇게까지 살게 하냐고.

잠시 걸음을 멈췄던 이춘희는 다시 뚜벅뚜벅 걸어 나갔다.

"대답해 봐."

"죽으려고 안달 난 사람도 있어?"

"……."

없다. 미아장 포주처럼 쓰레기보다 못한 것들도 죽음 앞에
서는 삶을 구걸하니까.

"그러는 넌, 너는 왜 사는데?"

이춘희는 질문에 질문을 되돌렸다. 이딴 깡패 짓거리나 하
면서 무슨 생각으로 살아가는 거냐고 비난하는 것만 같았다.

네가 내 진짜 사정을 아느냐고 억울해할 것도 없다. 나는
깡패인 척하는 형사가 아니라 그냥 깡패였다. 살인자를 잡아
처넣는 게 아니라 살인자가 되었다.

"그래도 넌 무슨 궁리라도 있어서 깡패가 됐을 거 아냐."

어쩌다 이렇게 흘러왔을까. 나는 왜 살아갈까. 뭘 위해 숨
을 쉴까.

그딴 거 생각해 본 적 없었다. 껌껌한 바다에 버려져도 악

착같이 방파제로 기어올랐지만, 그때에도 사는 이유는 찾지 못했었다.

죽는 게 뭔지는 몰라도 살아야 한다는 것만은 알았다. 섬 밖으로 끌려 나와 하루하루 빚만 갚으며 살다 보니 지금이었다.

대답이 꼭 필요한 물음은 아니었는지 이춘희는 제 할 말을 이었다.

"미아장 팔려 갔을 때, 나도 죽을 생각 안 한 거 아냐. 딱 죽어 없어지고 싶었어."

발걸음을 맞추며 이춘희를 돌아보았다.

이춘희는 앞만 보고 걸었다.

"근데 억울해서 죽을 수가 있어야지. 이대로 죽으면 창녀로 죽는 건데. 날 모르는 남도 신문이나 라디오에서는 서울 어디 창녀촌에서 창녀가 죽었다더라 이렇게 들을 거 아냐. 아무것도 못 해 보고 죽는 것도 분한데 그렇게 죽을 수는 없어. 난 그렇겐 안 죽을 거야."

"……."

"우리 엄만 미아장보다도 못한 쪽방에 여자들을 넣어 놓고 팔았어. 그 여자들 상대로 일수도 놓고. 그러다 죽었어. 동네 사람들 다 그 지독한 마담 년이 죽었다고 말하더라. 웃기지. 엄마 딴엔 쪽방 주인이 인생 제일로 대단한 출세였을 텐데."

이춘희가 발을 멈추었다. 나를 향해 돌아섰다.

"난 뭐가 돼서 죽을 거야. 뭐라도 돼서 죽을 거야."

"……"

"화투 공장에서 20년 동안 화투짝만 갈아도 되니깐, 악착같이 돈 벌어서 살 거야. 살아서 뭐라도 될 거야. 뭐라도 돼서, 시 쓰고 죽을 거야. 지금은 못 죽어."

나를 보며 말하지만, 이춘희 스스로에게 하는 말이라는 걸 안다.

울컥하는 마음을 삼키기라도 하듯 질끈 다물린 턱끝이 잘게 떨리고 있었다. 찬 공기를 크게 들이마시고 한참 만에 긴 숨을 내뱉었다.

뿌연 숨이 이춘희를 뒤덮어 얼굴을 가려 주다 흩어졌다. 너는 다시 선명해졌다. 달빛도 들지 않는 이 낡은 골목길에서 유일하게 너만 초라하지 않게 빛났다.

"알아들었어? 그러니까 나 죽으려고 들면 가만 안 있어. 이 깡패 새끼야."

이춘희는 자신을 불쌍해하지 않는다. 그러니 누구라도 자신을 불쌍히 여기는 걸 못 참아 했다.

이 지독한 걸, 이 악착같은 걸 나는 동정이라도 했던가.

내가 감히.

나는 이춘희에게 아무것도 할 수가 없다.

안타깝다 동정할 수도, 대단하다 칭찬할 수도, 악랄하다 나무랄 수도 없다.

나 같은 게 무슨 말을 할 수 있을까. 그런 애한테 나는 지금 뭘 하고 있나. 사람을 죽여 놓고는, 그걸 목격했다고 이 계집애를 가둬 두고 있다.

"야."

이춘희의 부름에 가슴 지끈하게 퍼지는 통증에서 벗어났다.

"아까부터 뭘 그렇게 멍청히 섰어. 이거나 풀라고. 다 왔잖아."

이춘희가 팔을 흔들자 손목에 감긴 수갑이 부딪치는 소리가 철컹였다.

어느덧 집 앞이었다.

너에겐 감옥일 곳이었다.

"아, 빨리. 진짜 춥단 말야."

재촉하는 이춘희를 한참을 들여다봤다. 뭘 보느냐 고개를 홱 돌리고 수갑 찬 손을 사납게 당기자 내 손이 질질 끌려갔다.

문을 열고 집 안으로 들어가 수갑을 풀 때 불쑥 치민 생각은 나조차도 이해할 수 없는 감정이었다.

이대로 이 집을 떠나 어디로든 데려가 널 숨기고 싶다고.

네 소원대로 네가 뭐든, 뭐라도 되었으면 좋겠다고.

내가 그걸 지켜보고 싶다고.

11. 시집

싸우지 않는 날들이 이어졌다. 정확히 말하면 놈이 내 말에 대꾸를 않는 것이었지만.

"뭐 사 왔는데?"

"……."

야, 일어나. 똑바로 앉아. 트림하고 다시 누워. 옷 입어라. 밥은 모래 퍼다 했냐. 밥 먹여 주고 말동무해 주니까 만만한가 보지? 시끄럽게 하지 말고 조용히 자라. 계집애가 못 하는 말이 없어. 이게 진짜. 까불지 마.

때마다 잔소리하는 것도 짜증 났지만, 아무 말도 안 하는 건 그것대로 신경이 쓰였다. 저 얄미운 입을 찢어 놓고 싶다고 생각할 때도 있었는데 대꾸가 없다고 신경이 쓰이다니 이상할 노릇이다.

"배고파."

"……."

"저녁 뭐 할 거야. 나 찌개 먹고 싶은데."

"……."

"야!"

제 할 일만 하는 놈의 뒤통수를 향해 빽 소리를 질렀다.

놈은 움찔하는 시늉도 없이 하던 일을 마저 했다. 까만 봉지에서 담배 한 보루와 소주 두 병을 꺼내고, 나머지는 내 손이 닿지 못할 높은 찬장에 올려 두었다.

없는 사람 취급을 할 거면 차라리 나를 여기 두지 말지. 기껏 잡아 와 어디 나가지도 못하게 묶어 두면서 그까짓 담배랑 소주가 아까워 저따위로 구는 게 꼴사나웠다.

"키 큰 거밖에 잘난 것도 없는 주제에."

"왜 없는데. 네가 다 봤어?"

입꼬리를 비죽 올리고 웃는 꼬락서니를 보는데, 속옷 한 장 꿰입고 앞을 불룩하게 부풀린 채 집 안을 돌아다니던 모습이 떠올랐다.

"……변태 새끼."

"내 거니까 건들 생각 말고."

찬장을 가리키며 하는 소리에 오기가 돋았다.

그렇게 말하면 더 건들고 싶어진다는 걸 왜 모를까.

피울 수 없게 담배 한 개비도 남기지 않고 분질러 놓을 거다.

소주도 먹다가 지치면 수챗구멍에 퍼부어서라도 네놈 입에는 한 방울도 못 들어가게 할 거다.

"쪼잔한 놈도 깡패 시켜 주나 보다."

"쪼잔한 놈한테 밥 얻어먹으려면 입 좀 다물지?"

말을 마친 놈이 쌀을 씻는다.

나는 웅크리고 앉아 이제는 익숙해진 그 등을 바라보았다.

도마에 칼날 부딪치는 소리, 찌개 끓는 소리, 뽀얗게 피어오르는 김, 고소하게 코끝을 건드리는 밥 냄새. 몇 번 움직였을 뿐인데, 상이 뚝딱 차려졌다.

나는 언제나처럼 놈이 차린 밥상 앞에 앉아 놈보다 먼저 수저를 들었다.

그 잔소리 많던 놈도 이럴 때는 군말이 없었다. 놈이 집으려던 반찬을 앞에서 채어 가고, 맛있는 부분만 쏙 골라 먹어도 내버려 두었다.

내가 먼저 먹고 나가떨어지면, 놈은 내가 먹고 남긴 것을 먹었다. 저 덩치를 하고서.

오늘도 그랬다. 꾹꾹 눌러 담은 밥 두 공기로 배를 잔뜩

채운 나는 라디오를 들었고, 놈은 남은 찌개를 안주 삼아 소
주를 마셨다.

"나도 마실래."

"더럽게 쓰다며. 뭣 하러."

"심심하니까."

"라디오는 폼으로 있냐."

"이딴 거 이제 재미도 없어."

마음에도 없는 소릴 하며 라디오를 발끝으로 툭 차 버렸
다. 안테나가 꺾인 라디오는 금세 지지직 시끄러운 소음을
만들어 냈다.

소주잔을 내려놓은 놈이 순식간에 코앞으로 다가와 나도
모르게 몸을 움츠렸다. 얼굴 위로 놈의 그림자가 위협하듯
드리워졌다.

겁먹은 티 안 내려고 눈을 피하지 않았다. 기다란 손이 내
뒤쪽에 꽂힌 라디오 콘센트를 뽑자 긴장과 함께 소음도 사라
졌다.

"너 좋다던, 시라도 쓰든가."

다시 밥상 앞에 앉은 놈이 빈 잔에 소주를 따르며 말했다.

방구석에는 놈이 사다 준 샤프와 공책이 가지런히 놓여 있
었다.

지금껏 가져 본 적 없는 맨들맨들한 공책에 몇 자 써 보지

않은 건 아니었다.

가장 먼저 쓴 건 깡패 새끼 욕이었다.

놈에 관해서라면 쓸 말이 참 많았지만 비싼 종이가 아까워 그만두었다.

그다음에는 외우고 있던 시를 썼다.

그리고 그다음에는…….

시를 썼다. 내 시.

깡패 새끼 욕과 외운 시는 곧잘 썼어도, 정작 쓰고 싶은 건 맘처럼 되지 않았다. 썼던 글자는 돌아서면 마음에 안 들어 까맣게 칠했다가, 그마저도 비싼 샤프가 아까워 그만뒀다.

"지우개나 사 와. 지우개 없어서 못 쓰고 있잖아."

개소리다.

시인님이 말했다.

시는 고통 속에서 나온다고.

그때는 몰랐던 말이 조금, 아주 조금은 알 것도 같았다. 나는 난생처음 수치심이라는 단어를 알았다. 내가 쓴 게 너무 못나서.

"나 저거."

손가락으로 높다란 천장을 가리켰다. 놈이 꿍쳐 놓은 담배였다.

"얌전히 굴면."

말은 그렇게 해 놓고 금세 담배 한 개비를 내 입에 물려 줬다. 담배를 물고 바닥을 나뒹굴던 라디오를 똑바로 세웠다.

이만하면 얌전하지.

담뱃갑에는 거북이가, 소주병에는 두꺼비가 그려져 있었다. 키득키득 웃었다. 웃을 일이 없으니 별거에도 다 웃음이 났다.

"또 귀신처럼 웃지."

담배는 벌써 내 손에 있으니 이제 고분고분할 필요도 없다. 연기를 후, 내뿜으며 보란 듯이 더 크게 웃었다.

"시끄럽다. 이춘희."

놈은 내 이름을 알았다.

여전히 나는 몰랐다.

"넌 이름이 뭐야."

"관등 성명이라도 읊어 드릴까."

"깡패들이 널 뭐라고 부르는데?"

나는 놈에 대해 아는 게 없었다.

미아장에서 포주 놈을 죽인 깡패 새끼가 너인지, 범인 잡게 도와 달라던 경찰이 너인지.

둘 모두 너였고, 둘 모두 네가 아니었다.

기껏 잡아다 놓고 내게 아무 짓도 안 하는 이유를 몰랐다. 얼음장처럼 찬물로 씻고도 멀쩡한 몸으로 연탄불을 피워 주는 이유를 몰랐다. 가스 먹고 뒈져 버릴 나를 기어이 살려 낸 이유를 몰랐다.

"이름 뭐냐고."

"그게 왜 궁금한데."

쓸모없는 기대가 자꾸만 꿈틀댔다.

"너 깡패 아니지."

내가 창녀가 아닌 것처럼 놈도 깡패가 아닐 것만 같았다.

미아장 계집애들 다 있던 술집 이름, 진짜 이름으로 불리기 싫어 억지로라도 지었던 가짜 이름이 나만 없었던 것처럼. 뭐라고도 불리기가 싫어서 이년 저년 소리가 차라리 낫게 느껴졌던 것처럼.

"그치? 그래서 미아장에서 내가 너 못 본 거지?"

"난 너 봤다."

날 봤다고? 그럼 깡패 맞네.

근데…….

"왜 내 눈엔 깡패로 안 보이지."

빤히 보는 눈길을 피해 담배를 물고 깊게 빨아들였다. 담배 연기에 내 한숨 조각도 몰래 섞어 내보냈다.

깡패든 말든 알 것도 없고 상관할 바도 아니다. 그렇지만 나는 놈이 던져 준 돕바 때문에 살았다.

나는 기억도 못 하는 깡패 놈 덕분에 살았다. 미아장 어딘가를 지키고 서 있었을 내 앞에 있는, 바로 이놈 덕분에 살았다.

"깡패 상판이 따로 있는 줄 알아?"

"그딴 상판은 몰라도 쓰레기는 한눈에 알아보거든, 내가. 근데 넌 아냐."

아닌 것 같아. 아니었으면 좋겠어.

분에 넘치는 희망이라는 걸 알면서도 쓰레기들 틈바구니에서 살아왔던 시간이 더는 반복되지 않길 바랐다. 놈이 쓰레기가 아니길 바랐다.

놈이 날 본다.

나도 놈을 본다.

처음이다. 그놈과 내가 욕지거리를 내뱉지 않고 소리 지르지 않고도 서로를 보는 건.

"뭘 봐. 재 떨어져."

놈이 내 손목을 잡았다. 그러고는 내 손가락 사이에 끼워져 있던 피다 만 담배를 가져가 제 입에 문다.

멍청한 놈. 침으로 축축하게 적셔 놓은 줄도 모르고.

어쨌든 이건 명백히 약속 파투다.

줬던 것을 뺏어 갔으니 나중에 새것으로 다시 얻어 낼 생각이었다.

"칼판."

집요하게 내 눈을 쳐다보며 담배를 빨던 놈이 말했다.

"그게 뭔데."

"깡패들이 뭐라고 부르냐며."

"무슨 이름이 그따위냐."

표정 변화 하나 없이 놈은 다시 담배를 물었다. 그러느라 깊게 팬 볼을 보는데 기분이 이상했다.

쫓길 때처럼 배 속이 우글거리고 숨이 모자란 것처럼 가슴이 답답했다.

비틀리는 얼굴을 들키지 않으려 나는 놈을 향해 힘껏 비웃어 주었다.

✢　　　　✤　　　　✢

눈을 떴다. 추워서가 아니라 이상하게 따뜻해서.

눈앞이 온통 판판한 놈의 가슴팍이다.

미친년. 춥다고 기어들어 갈 데가 따로 있지. 여길 기어들어 와?

나는 아주 조심스럽게 놈을 밀어내려 움직이다 뚝 멈췄다.

놈의 한쪽 팔은 내 머리 아래 깔려 있었고, 나머지 한쪽

팔은 내 몸을 빙 둘러 등허리에 닿아 있었다.

밀어내려 움직였다간 놈의 몸을 더듬대는 꼴이 될 게 뻔했다.

"따뜻하다."

사실은 이것 때문이다.

따뜻해서, 너무 따뜻해서 잠시만 이대로 있고 싶었다.

두 번이었다.

이 집에서 따뜻했던 적은.

연탄 들이마시고 죽을 뻔한 날, 그리고 오늘.

매번 겪는 추위에도 약했지만, 겪어 보지 못한 따뜻한 것에도 약했나 보다. 벗어나기가 쉽지 않다.

누운 채로 놈을 봤다.

짙은 눈썹 아래 길게 쭉 찢어진 눈이 있다. 숱 많은 속눈썹 아래 그림자가 지도록 눈을 내리깔 때면, 언젠가 텔레비전에서 봤던 표범이 떠올랐다.

눈꺼풀이 들리고 시꺼먼 눈동자에 내가 비칠 때면 맹수에게 몰린 사냥감처럼 목덜미가 쭈뼛 서기도 했다. 겁먹은 걸 들키지 않으려고 더 바락바락 소리를 질렀지만.

코는 쓸데없이 번듯하게 뻗어 있고, 나를 비웃을 때면 비죽 올라가던 얄미운 입술은 가만두면 제법 봐줄 만했다.

멀뚱히 놈을 보고만 있다고 생각했다. 그런 줄만 알았다.

미친 손이 멋대로 뻗어 나가 놈의 얼굴을 만지작대고 있는 줄은 몰랐다. 놀라서 재빨리 손을 거둬들였다.

아무래도 머리가 이상해진 것 같았다.

나를 알 수 없어진다. 남자 새끼들 손끝 하나, 아니 눈만 마주쳐도 진절머리 나게 싫었는데.

밀어내고 욕을 퍼부었을 텐데. 뿌리쳐야 하는데. 왜 그럴 수가 없는지.

"⋯⋯밥 줘서 그런가."

똥개들도 밥 주는 사람은 물지 않는다.

시답잖은 생각이 끊이질 않는 사이 놈의 눈썹이 움직였다. 지금 가장 마주하고 싶지 않은 놈의 눈꺼풀이 들리기 전에 눈을 질끈 감았다.

일어나서 나가겠지?

놈은 하루에 두 번, 이른 아침과 밤에 나갔으니까.

그런데 무슨 일인지 놈은 일어나지 않았다. 숨소리마저 멈춘 듯 고요하기만 하다.

불안해서 미칠 것 같았다.

차라리 이대로 일어나 소리를 지를까. 왜 나를 끌어안고 있냐고 욕부터 해 줄까.

그때였다.

감은 눈앞이 어두워졌다. 무언가가 눈앞에서 휘휘 왔다 갔다 하는 것 같더니 이마에 닿았다.

손가락. 놈의 손가락이었다.

여기에 붙들려 온 첫날, 앞이 안 보여 방 구석구석을 헤집듯 기어 다니던 내 이마를 손가락으로 밀어냈던 것처럼. 아니 그보다는 더 약하게 놈은 내 이마를 가만히 눌렀다.

나는 눈뜨지 않았다.

커다란 손이 내 얼굴을 감싸서. 내 머리를 만져 주고 허리를 끌어안아서. 그래서 자는 척 말고는 아무것도 할 수가 없었다.

참았던 숨이 모자라지기도 전에 놈은 순순히 떨어져 나갔다.

드르륵, 문이 열렸다 닫히는 소리. 냄비에 쌀을 씻는 소리. 도마 위로 칼질하는 소리가 차례로 들렸다.

익숙한 아침의 소리를 들으며 나는 끝까지 눈을 뜨지 못했다.

뭐지, 저 깡패 새끼는.

놈이 나를 끌어다 눕혀 준 자리는 따뜻했다. 아직 놈이 달궈 놓은 온기가 남아 있었다.

장마도 아닌데 비가 계속 내렸다. 나흘간 질기게도.

그리고 비가 내리는 동안 놈은 나타나지 않았다.

첫 밤은 편했다.

혼자 밥을 해 먹고, 설거지통을 밟고 올라가 소주를 훔쳐 먹고, 담배를 꺼내 피우고, 라디오를 들으며 노래도 따라 불렀다.

두 번째 밤도, 세 번째 밤도 마찬가지였다.

놈이 뉘어 준 자리에 누우면 놈 생각이 자꾸 나서 일부러 벽에 머리를 처박고 구석에 누웠다.

그것만 빼곤 괜찮았다. 언제 또 지랄병이 돋을지는 모르겠지만 버틸 만했다.

그리고 지금, 놈이 없는 네 번째 밤이 지나고 있었다.

자다 깬 나는 이마에 닿은 벽이 축축이 젖은 것을 알았다. 방바닥도 마찬가지였다. 벽을 타고 비가 흘러내리고 있었다.

연탄은 떨어졌고, 나는 할 수 있는 게 없었다. 한 구짜리 가스 불을 방으로 들고 와 틀어도 방은 여전히 축축하기만 했다.

추웠다.

머리가 띵하니 아프고, 턱이 덜덜 떨렸다.

문득 놈에게 가둬진 것이 아니라 버려진 것이란 생각이 들었다. 여기에 나만 두고 가 버렸다.

내가 쓸모가 없어진 건지도 모른다. 하도 지랄을 해 대니 꼴 보기가 싫어진 건지도 모른다. 그래서 밥만 축내는 나를 버린 것이다.

나는 연탄 부지깽이를 들고 문 앞에 섰다. 문을 부수고라도 나가고 싶었다.

이 지긋지긋한 골방.

그리고……

"지긋지긋한 깡패 새끼."

부지깽이로 문을 때렸다.

놈이라 생각하고 실컷 때렸다.

내 머리를 만지던 손이라 생각하고 때렸다.

허리를 끌어안던 팔이라 생각하고 때렸다.

덧없는 상처만 가득할 뿐, 문은 꿈쩍도 않았다. 힘도 다 빠져 더는 움직일 수도 없었다. 팔이 부들거렸다.

"다 죽어 버려!"

한 번 더 문을 내리쳤을 때, 문이 벌컥 열렸다.

문이 부서져서가 아니었다.

놈이 문을 열고 내 앞으로 걸어 들어왔다. 주먹이 절로 쥐어졌다.

"야, 이 나쁜 새끼야!"

달려들려는 내 앞으로 놈이 털썩 무릎을 꿇었다.

"이춘희."

"뭐야, 너……."

놈의 얼굴이 피범벅이었다.

12. 칼판

　내 앞에 바짝 얼굴을 갖다 댄 이춘희의 표정이 가관이다. 귀신이라도 본 듯 커다랗게 뜨인 눈이 파르르 떨렸다.

　"너, 너……."

　몇 번이고 말을 더듬던 이춘희가 툭 뱉어 낸 말은 얼굴보다도 더 가관이었다.

　"사람 죽였어?"

　웃음이 났다. 피범벅을 한 나를 보고 제일 먼저 든 생각이 그거였나 보다.

　사람을 죽인 나.

　그걸 본 너.

너와 나 사이에 절대로 잊히지 않는 그 날이 있다.

관자놀이를 타고 흐르던 핏물이 턱에 고이는 것이 느껴졌다. 아직도 배 속은 차가운 칼날이 휘젓는 것처럼 선득하다. 배를 감싸 쥐고 소리를 내지 않으려 이를 악물었다.

그 움직임에 턱끝에 머물러 있던 핏방울이 아래로 후드득 떨어져 이춘희의 손에 닿았다. 이춘희의 손이 떨렸다.

"……네가 찔린 거야?"

고개만 끄덕였다.

"찔렸다고? 봐봐!"

"됐어. 조용히 해."

"조용히 하게 생겼어? 이 꼴을 하고 여길 오면 어떻게 해! 병원엘 갔어야지! 죽으려고 환장했나?"

당장이라도 날 잡아끌고 밖으로 나가려는 이춘희의 손을 붙잡았다.

"병원엔 못 가. 아무것도 안 해도 돼. 그러니까."

"이러다 너 죽어! 너 죽는다고."

그래. 죽을 것 같다.

네 목소리가 귓속에서 웅웅 울렸다. 어찌질 못하고 혼란스러워하는 네 얼굴만 보였다.

숨쉬기도 점차 힘들어졌다. 배에서 울컥 쏟아져 내리는 핏물을 누르며 목소리를 쥐어짰다.

"······일단 좀 눕자."

이춘희의 몸은 작았다. 그 몸으로 나를 부축했다. 최대한 힘을 얹지 않으려고 애쓰며 방 안으로 들어갔다.

벽에 간신히 몸을 기대고서야 억눌린 숨을 내쉬었다. 피가 새는 곳은 배인데 등이 축축했다. 착각일지도 몰랐다. 손의 감각마저 점점 무뎌져 가고 있었으므로.

"집에 비 샜어."

"그러네."

"집도 지금 이 모양 이 꼴인데 너는 뭘 하다······."

말을 하다 멈춘다. 태평하게 대답하는 내가 마음에 들지 않는지 이춘희의 눈썹이 꿈틀댔다.

대체 뭘 하고 돌아다닌 거냐며 면박을 주는 목소리 끝이 떨리고 있었다.

"뭘 하다 이 꼴인 건데."

"이춘희."

이름을 부르자 이춘희가 부산스럽던 움직임을 멈추었다. 무어라 더 말하고 싶어 입술을 달싹이던 이춘희는 한숨을 내쉬었다.

그대로 나를 등지려는 이춘희의 손목을 잡았다.

"너 여기 있으면 안 돼."

더 이상 안전하지 않았다. 당장이라도 이곳을 떠나야 한다는 생각뿐인데, 그런 와중에도 이춘희가 도망갈까 손목을 놓지 못했다.

"나 여기 잡아다 둔 거 너야."

"여기 있으면……."

눈앞이 어지럽다. 목에서는 헛구역질이 솟구쳤다. 눈을 부릅뜨고, 억지로 침을 삼켜 봐도 무거운 눈꺼풀을 이길 수가 없다.

시야가 점점 좁혀져 갔다.

그 사이로 이춘희의 모습도 흐려졌다.

소리치는 이춘희의 목소리가 들리지 않았다.

"아윽……."

배에 아득한 둔통을 느끼며 눈을 떴다.

깊게 잠들었다 깼다고 생각했는데 여전히 어두웠다. 판자를 때리는 빗소리에 다른 모든 소리가 먹혀들었다.

눈을 뜨자마자 이춘희부터 찾았다.

없다.

급하게 몸을 일으켜 앉다가 압박감에 시선을 내렸다. 배에 너덜너덜한 천 조각이 제법 야무지게 감겨 있었다.

속옷 쪼가리만 입고 있는 이춘희 꼴이 보기 싫어 내 옷을 억지로 입혀 놓은 적이 있었다.

내 옷이 닿는 것조차 몸서리치게 싫어 이로 천을 쭉쭉 뜯어냈던 그때의 독기 어린 이춘희가 지금은 나를 살리려고 천을 뜯었다.

"안 죽었네."

그때 화장실에서 이춘희가 나왔다. 완전히 빼지 못한 핏물로 얼룩덜룩한 수건이 마른 손에 들려 있었다. 찬물에 수건을 몇 번이고 빠느라 손이 빨갛게 부르터 있다.

"너 보니까 알겠다. 살아는 있는 거."

아직, 네가 여기 있다는 것에 안도했다.

"몇 시야."

"알 게 뭐야. 이 집에 시계가 있어, 뭐가 있어. 아직 깜깜하니까 밤이겠지."

힘이 풀린 듯 이춘희가 내 앞에 풀썩 주저앉았다. 굳은 얼굴로 나를 봤다.

나흘간 아무 소식 없다 칼 맞고 피 흘리며 돌아왔으니 무서웠을 거다. 아무리 깡만 남은 이춘희라고 해도 불안했을 거다.

"왜 도망 안 갔어?"

"안 가도 지랄이야."

"기회잖아. 네가 그렇게 원하던 도망갈 기회."

"……병원 가야 해. 피 많이 났어."

젖은 수건을 꾹 쥐고 이춘희는 지가 하고 싶은 말만 했다.

깨워도, 깨워도 눈을 안 뜨기에 죽은 줄 알았다. 피가 너무 많이 나서 징그러웠다.

진짜로 사람 죽이고 온 건 아니지?

너네 깡패 새끼들은 의리도 없냐.

이럴 때 도와줄 사람이 정말 하나도 없냐.

인생 참 거지 같다.

이춘희 네 말대로 이럴 때 도와줄 사람이 없었다. 애초에 깡패 새끼들에게 칼을 맞았으니 그들에게 찾을 의리 같은 건 없었고, 나를 도울 유일한 존재인 서장은 내내 연락이 되질 않았다.

"이춘희."

"아, 왜 자꾸."

"이제 너 여기 있으면 안 돼."

"아까 정신 나갔을 때부터 계속 그 소리만 하는데……"

어이가 없다는 듯 이춘희가 헛웃었다.

일일이 설명할 시간이 없었다.

이춘희를 이곳에서 데리고 나가는 것이 목적이었다. 벌써 시간이 많이 지체되어 있다. 몸을 힘겹게 일으키려는데, 나

보다 빨리 자리에서 일어난 이춘희가 수건을 발치에 세게 내던졌다.

"잡아 가둘 땐 언제고. 아주 이랬다가 저랬다가."

내 앞에 선 작은 몸이 바들바들 떨렸다.

다친 건 나인데 왜 네가 더 위태로워 보이는지.

"야! 난 너 안 들어오는 동안 이 집구석에 갇힌 채로 꽁꽁 얼어 뒤지겠구나, 이 생각만 하면서 있었어! 이유도 모르고 갇혀서, 이딴 데 가둔 너만 기다리면서!"

이춘희는 입김을 쏟아 내며 눈물을 뚝뚝 흘렸다. 자장면 먹다 울었을 때처럼 울면서 내게 소리를 질렀다. 그때와는 비교도 안 될 정도로 훨씬 분한 얼굴이었다.

"숨넘어가는 꼬라지로 기어들어 와선, 눈뜨자마자 한다는 소리가 그거야? 여기 있으면 안 되니까 이제 꺼지라고? 뒤지든 말든 두고 도망 안 간 내가 병신이다! 내가 뭐 너 같은 거 안 죽고 눈 떴다고 기뻐할 줄 알았어?"

"내가 다 설명할게. 너 혼자 나가라는 게 아니라……."

"됐으니까 꺼져! 네가 어딜 가서 뭘 하는지, 날 왜 가뒀는지, 그딴 거 이젠 하나도 안 중요해. 다 개 같으니까! 이제 내가 뒤지든 말든 신경 꺼, 깡패 새끼야."

꺼지라고!

다가서는 날 밀어내며 이춘희가 울부짖었다. 이춘희를 붙잡으려던 손을 내렸다. 이춘희는 힘에는 굴복하지 않는다.

"미안하다."

"……."

"여기 가둬서 미안하고, 지금까지 아무것도 설명 안 해서 미안하고, 이 꼴로 대책 없이 돌아온 것도 다. 다 내 잘못이야. 미안하다."

이춘희는 나를 등지고 울었다.

"다 설명할게. 근데 일단 나가자. 여기서 안 나가면 둘 다 죽어."

어깨를 들썩이며 울던 이춘희가 신경질적으로 눈물을 닦았다.

"대체 너 무슨 짓을 하고 돌아다니는지 모르겠는데……. 그래, 나가. 여기서 나가자고. 나도 여기 1분도 더 있기 싫으니까. 근데 그냥은 못 가."

"알았으니까."

걸음을 옮기려는 나를 이춘희가 붙잡았다. 눈물로 푹 젖은 주제에 어둠 속에서도 두 눈만큼은 형형했다.

"아무 데나 가서 야매로라도 꿰매고 붕대 감아. 그것부터 해. 아님 너 데리고 안 나가."

"기껏 도망쳤는데 미행이라도 붙으면, 나 혼자 죽는 것보다 위험해져."

"그 꼴로 나가서 어쩌게. 비가 저렇게 오는데. 가다 죽으나 여기서 죽으나, 혼자 죽으나 같이 죽으나. 생겨 먹은 팔자지, 뭐 크게 달라? 너 어차피 나 없이 나갈 수도 없어. 그니까 내 말대로 해."

이춘희의 손에 힘이 더 들어갔다.

퍼붓는 빗소리에 고개를 내젓고, 벽에 스며드는 빗물에 입술을 물고, 내 고통보다 자신이 더 아파하는 얼굴로 어쩔 줄을 몰라 했다. 이대로는 멀리 도망치기 힘든 것도 사실이었다.

미아파 놈들이 닿지 않을 불법 진료소라면.

"……한 군데 있어. 좀 멀리."

이춘희는 빨간 눈을 한 채 고개를 끄덕였다. 봉지에 시집이며 공책, 샤프를 빠르게 주워 담아 입구를 꽉 동여매고는 나갈 채비를 했다.

먹을 것도 아니고, 입을 것도 아니고, 겨우 그런 것들을 소중하다는 듯이 챙기는 걸 바라보았다. 작고 동그란 뒤통수를 쓰다듬어 주고 싶어졌다.

쓸모없는 감상에 젖어 있는 나를 향해 준비를 마친 이춘희가 돌아섰다. 내 팔을 제 어깨에 감아 둘렀다. 나는 이춘희의 호의에 기대어 걸었다.

"가자."

이춘희가 문을 열어젖혔다. 한 번도 제 손으로 열어 본 적 없는 문이다.

여전히 비가 세찼다. 빗소리에 귀가 먹을 지경이었다.

내 팔을 어깨에 감아 두른 채로 이춘희가 날 올려다봤다.

우리는 집을 벗어나 빗속으로 들어섰다.

✛　　　✤　　　✛

겨우 서울 외곽으로 도망쳤다.

진통제를 맞아 통증은 가라앉았지만, 마취가 덜 풀려 정신을 차릴 수가 없었다. 술에 꼴딱 취한 사람처럼 이춘희의 어깨에 매달린 채로 허름한 여관방에 들어선 뒤로는 다른 생각할 겨를도 없이 잠에 들었다.

꿈에서 나는 도망쳤다.

누나의 매질에서 도망쳤고, 죽으라고 던져진 바다에서 도망쳤고, 내가 지지 않은 빚에서 도망쳤고, 그렇게 산 과거에서 도망쳐 형사가 됐다.

허울뿐인 형사라 깡패인 척 살다 날 죽이려는 놈을 죽이고 도망쳤고, 그러다 다시 칼을 맞았다.

죽지 않으려고 또 도망쳤다.

이것은 꿈이 아니다. 내가 살아온 방법이다.

얼마나 더 도망쳐야 할까.

얼마나 더 이렇게 도망치듯 살아야 할까.

"칼판."

작은 속삭임이 나를 부른다. 칼판. 내 진짜 이름보다 더 많이 불리던 이름을.

눈을 떴다. 벌어진 커튼 틈새는 손가락 한 마디보다 좁았지만, 그 틈으로 새어 든 노을로 방이 온통 붉었다. 비는 멎었다. 해가 지고 있었다.

몸을 일으켜 이춘희부터 찾았다. 고개 한 번만 돌려도 모든 게 다 보이는 작은 방문 앞에 이춘희가 등을 기댄 채 쪼그리고 앉아 있었다.

이춘희는 나를 보지 않았다. 바닥에 길쭉하게 비친 노을에 시선을 둔 채 물었다.

"칼에 찔리면 얼마나 아파?"

"죽겠다 싶을 정도로. 쇳덩이가 몸속에 들어오는 기분도 더럽고."

"칼로 목 따고 팔 자르면 더 아프겠지?"

미아장 포주 새끼를 말하는 거였다.

"왜 죽였어?"

"날 죽이려고 해서. 그래서 내가 먼저 죽였어."

이춘희가 천천히 나를 돌아본다. 그 눈을 피하지 않았다.

"그놈이 내가 형사인 걸 알아 버렸거든."

확실히 말해야 했다. 내가 저지른 일에 대해. 불필요한 말들로 내 죄를 꾸며 낼 수는 없었다.

"형사니까 깡패 하나 죽인 거, 당연하단 뜻 아냐. 정의 넘치는 형사인 적도 없고, 그냥 형사 반장이 시켜 준다고 해서 형사 된 거였거든. 중국집 철가방이나 칼판으로 사는 것보다 나아 보여서. 빚도 갚아 준다고 하고."

"……계속 헷갈렸어. 네가 누군지."

형사 맞구나.

이춘희가 자신에게 이해시키듯 그 말을 되풀이하며 고개를 끄덕였다.

형사 맞나, 내가.

사실은 이춘희에게 나를 소개하면서도 나조차 형사라는 말이 어색했다.

"정복 입고 연수도 받고, 합격해서 배지도 달고. 그래 놓고 처음 한 일이 깡패 소굴 가서 깡패 되는 거였어. 그래서 누굴 잡아 본 적도, 수갑 한 번 채워 본 적도 없다."

"……."

"내가 머리를 더 써서 생각을 했으면, 더 나은 방법을 생각해 냈으면 그놈을 죽이지 않을 수 있었을지도 몰라. 솔직히 속으로는 어차피 사형될 쓰레기 하나 없앤다고 달라질 거

235

없단 서장 말을 믿었어. 믿으려고 했지. 근데 심판은 내가 하는 게 아니라, 법이 하는 거더라."

"잘 죽였어."

이춘희가 말했다. 조금 전의 떨림은 사라지고, 어느 때보다 확신에 찬 목소리였다.

"네가 안 죽였으면 내가 죽였을지도 몰라. 무서웠는데. 팔 잘려 나가고, 목이 떨어지고, 피가 솟구치고. 그거 보고 미치게 무서웠었는데. 시간이 지날수록 잘 죽었단 생각밖에 안 들더라. 지금도 다시 살려 내서 내가 다시 죽이고 싶어, 그 새끼는."

방음이 완벽하지 못한 옆방에서 희미하게 여자와 남자의 신음이 들렸다.

이춘희는 눈을 감았다. 눈을 감으면 소리를 막을 수 있다고 생각한 듯이.

그러나 눈을 감은 이춘희의 앞에 그려진 것은 통증처럼 아프게 남은 지난날의 환영이었다.

"그 새끼가 날 때렸으니까, 담뱃불로 지졌으니까, 침 뱉고 그 더러운 걸로 오줌 싸고, 그걸로……."

말을 마치지 못한 이춘희의 입에서 비명 같은 울음이 터져 나왔다.

벽 너머 신음이 더 커지자 이춘희가 제 귀를 틀어막으며 작은 몸을 더 작게 웅크렸다.

나는 다가가 이춘희를 끌어안았다. 그러지 않을 수 없었다. 해 줄 게 없으니까.

"알았어. 다 알았으니까, 너는 말 안 해도 돼."

쓰레기라는 말조차 아까운 놈이 어떤 짓을 했는지, 말을 하지 않아도 알 수 있었다.

왜 그렇게까지 도망치려고 했는지도 이제는 알 수 있었다.

"개 같은 여관! 더러운 깡패 새끼들! 생각만 해도 역겨워. 내가 뭘 잘못했는데."

"네가 잘못한 건 하나도 없어. 네가 원한다면 내가 그 새끼를 살려 뒀어도 어떻게든 다시 찾아내서 죽였을 거야. 고통스럽고 잔인하게. 그러니까 넌 딴생각하지 마. 죽이는 생각도 하지 마. 그 새낀 세상에 없어. 넌 그냥 너대로 살면 돼."

이춘희의 눈물로 가슴이 젖어 들었다. 아이처럼 서럽게도 우는 이춘희의 머리를 조심스럽게 쓸어 주었다. 멈추지 못하고 헐떡이는 등을 어루만졌다.

나 까짓 게 감히 너에게 뭐라도 해 줄 수 있었으면 싶었다. 죽어도 이상하지 않을 만큼 피를 흘리고 정신을 차렸을 때, 네가 있는 것만으로도 다 괜찮아진 것처럼.

울다 지쳐 잠든 이춘희를 이불 위에 눕히고, 눈물로 얼룩진 얼굴을 젖은 수건으로 닦아 냈다. 피를 흘리고 기절한 나에게 네가 해 준대로.

내가 정신없이 잠든 사이, 조금도 자지 못했을 네 옆을 지켰다.

퉁퉁 부어 버린 눈과 붉어진 코와 메마른 입술. 어린 얼굴을 한참이고 들여다보며 나는 조금만 더 제대로 살았으면 좋았을걸, 하는 의미 없는 가정과 후회를 했다.

중국집 칼판으로 도마를 두드리고 있었더라면, 누나가 던진 바다에서 죽었더라면, 맞아 죽어 버렸더라면, 내가 없었더라면.

너는 지금 내 옆에 있지 않을 거다. 그럼 조금이라도 더 낫지 않을까.

인생은 어차피 내가 원하는 것을 늘 피해 갔다.

이춘희가 깨어났을 때는 한밤이었다.

우리는 여관 주인에게 사정해 얻은 라면으로 뒤늦은 허기를 달랬다.

그다음은 또다시 기다림의 시간이었다. 다른 곳으로 도망가기 위한 기다림은 이춘희에게는 익숙한 것이겠지만, 또 겪게 하고 싶지는 않았다.

나는 이춘희에게 아직 못다 한 얘기가 있었다. 너를 살리기 위해 너를 감금했다는 것을 어떻게 받아들일지 알 수 없지만, 그래도 해야만 했다.

살인엔 목격자가 있어선 안 됐다. 그러나 너는 목격을 했고, 네가 목격자라는 것을 경찰도, 깡패도 알았다. 거추장스러운 인물은 치워 버리는 게 그들의 일상이었다.

그리고 나는 그 깡패 놈들 생태를 파헤쳐 증거를 충분히 모으기 전까지는 그곳에서 살아남아야 했다.

"지금은 왜 도망치는 거야?"

"두목이 내가 형사라는 걸 알았거든. 널 내가 데리고 있다는 것도."

내가 끝내기 전에 끝이 났다. 지금껏 모은 증거를 가지고 나오다 칼에 맞았다. 놈들은 지금도 날 잡으려 혈안이 되어 있을 터였다.

문제는 그것만이 아니었다.

나는 이 증거를 가지고 경찰서로 돌아갈 수도 없었다.

"그리고, 내가 수배됐어."

"수배가 됐다고?"

"미아장 포주 살해 용의자로."

"너 형사라며. 형사질 하면서 어쩔 수 없이 죽인 거라며.

그런데 왜……."

"나도 누가 수배를 내렸는지, 어떻게 이렇게까지 된 건지
는 잘 모르겠어. 아마도 형사들 중 미아파에 정보를 파는 놈
이 있을 거야."

어떤 놈인지는 모르지만 놈은 서장 아주 가까이에 있을 것
이다.

그게 아니라면 내가 형사이며, 이춘희를 데리고 있다는 것
까지 알기는 불가능하다. 서장만이 아는 정보이니까.

그놈이 서장에게 무슨 수를 썼는지는 몰라도 내가 나임을
증명 받을 수 있는 유일한 통로인 서장은 내내 연락이 닿질
않고 있었다.

"……그쪽도 사정이 있겠지. 혹시 연락할 수 없는 위험한
상황일 수도 있으니까 기다려 봐야 해."

미아파 불법 자금 흐름의 증거를 가지고 있으니 깡패 새
끼들에게도 쫓기고, 미아장 포주 살해 용의로 수배가 됐으니
형사들에게도 쫓기게 됐다. 거지 같은 상황이었다.

후회스러웠다.

그날, 그 컴컴한 창고 안에서 너를 못 본 척할걸. 겁주지
말걸. 너를 살리겠다는 생각으로 집에 가두지 말걸. 더 멀리
멀리 보내 줄걸. 깡패 새끼들이 네 흔적도 찾지 못하는 곳으
로 아주 멀리 보내 줄걸.

그랬더라면 나와는 상관없이 그럭저럭 살아가고 있었을 것이다. 남루할지언정 정직하고 건강하게.

그런 너를 지옥 같은 소굴로 끌어내린 게 나였다. 그러니 다시 네가 밟던 땅으로 올려주는 것도 내 몫이었다. 어떻게든 너만은 내 인생에 휘말려 망치게 둘 수 없다.

"그전까진 도망 다녀야겠지만 너무 걱정 마라. 내가 잘 버텨 볼게."

"속도 없다고 욕할지 모르겠는데, 난 더 안 갇혀 있어도 돼서 좋아. 어차피 만날 죽을 둥 살 둥 도망치기만 했는데 지금이랑 뭐 다를 것도 없고. 그리고……."

그래. 늘 강했던 너다.

포기하지 않았던 너다.

이런 순간에조차 너는 앞을 봤다. 주저앉지 않고 네가 걸어갈 땅을 봤다.

"그래도 둘이라는 게, 나 혼자가 아니라는 게 조금 나아."

덧붙인 이춘희의 말에 나는 아무 말도 할 수 없었다.

"네가 버린 돕바 덕에 안 죽었는데, 돕바보다는 네가 더 나을 거 아냐. 너는 어떤지 몰라도 난 그렇다고."

나는 늘 혼자였다. 혼자가 익숙했고, 혼자가 편했고, 그래서 미련이 없었다.

처음부터 혼자였으니 혼자가 되었다고 외롭다 느낀 적도

없었다. 그런 나에게 이춘희, 너는 아주 잠시 스쳐 갈 사람이었다.

그래서 너를 내 옆에 두고도 우리가 둘이라고 생각하지 않았다.

그렇게 착각하지 않으려고 했다.

"따뜻하다."

어느 밤 내 품에 안겨 따뜻하다 속삭인 너처럼, 나도 모르는 새 너의 온기에 기대 있었나 보다.

둘이라는 게, 나 혼자가 아니라는 게 조금 위안이 되었나보다.

안될 말이었다. 이미 망쳐 버린 내 인생과 너를 떨어뜨려 놓아야 했다.

한시라도 빨리, 네가 내 구정물에 물들기 전에.

내가 떠나보낼 생각에 헤매는 동안 이춘희는 잠들지도 않은 채 잠자코 있었다.

싸우지도 않고, 라디오도 없으니 여관방은 너무도 조용했다.

"망했다."

얌전하게 있던 이춘희가 별안간 몸을 일으켰다. 내 시선도 이춘희를 쫓았다.

이춘희는 여관방 구석에 아무렇게나 구르고 있던 새까만 봉지를 잡아 펼쳤다. 푹 젖은 시집과 공책이었다.

샤프도 함께 굴러 나왔다. 봉지를 꽁꽁 동여매더니 어딘가 긁혀 구멍 난 틈으로 빗물이 새어 든 모양이었다.

낱장으로 뜯어낸 시집을 따끈한 방바닥에 한 장 한 장 조심스레 펼치기 시작했다.

그 움직임이 퍽 진지해서 나는 말없이 보기만 했다.

"못 배우고 무식하면 시 같은 거 읽으면 안 되냐."

나를 돌아보지도 않고 손만 부산히 움직이며 이춘희가 말했다.

"아무 말 안 했다."

"혼자 하는 말이야. 들어 주면 고맙고."

"내가 네 말 안 들어 준 적 있나."

"너 맨날 내 말 끊잖아?"

흘낏 쳐다보는 눈초리가 새초롬했다.

"그땐 네가 하도……."

변명하려다가 이젠 안 그러마, 하고 입을 딱 다물었다.

이춘희가 이야기를 이었다.

"돈 없으면 돈 되는 일만 궁리하고 살아야 하나 싶더라고. 어차피 우리 엄마처럼 악착같이 살아도 살아선 아귀 소리 들고, 죽어서는 독한 년 잘 죽었단 소리 듣는데. 물론 우리 엄마가 끝장나게 나쁜 년이어서 나도 싫었어. 근데, 남편이고 딸년이고 나 위해 주는 게 세상 하나 없으면 어떻게 사냐. 뭐라도 하나는 있어야 되는 거잖아. 우리 엄마한테 그게 뭐였을까. 나한테는 이건데."

이춘희가 시집을 어루만졌다.

"넌 그게 왜 좋냐."

"내가 들어 본 말 중에 상스럽지 않은 유일한 말이 시였어. 나한테 뭘 읽어 준 사람은 시인님이 처음이었고. 이건 그 시인님이 쓴 시집이야."

"……."

"솔직히 무슨 뜻인지는 모르겠더라. 알 것 같은 것도 있긴 한데, 근데 알아야만 뭐 의미고 알아야만 꼭 맛이야? 그냥 좋아할 수도 있지. 좋아하는 건 내 맘이잖아. 시는 날 안 좋아해도."

이춘희가 말하는 건 시였는데, 나는 그게 꼭 사랑처럼 들렸다. 살면서 들어온 사랑에 대한 설명들이 꼭 그랬다.

이춘희는 시를 사랑하고 있었다.

돌려받지 못할 걸 알면서도 하는, 상대에게 바라는 건 없는 진짜배기였다.

부러웠다. 난 평생 해 보지 못한 일이었다.

이춘희는 내가 해 보지 못한 것들을 참 많이도 한 모양이다. 내가 하면 안 되는 줄 알고 못 했던 것들을 말이다.

무언가를 사랑하는 마음.

끝까지 살아가려는 용기.

무엇이 너를 그리 강하게 하는지 이제야 조금 알 것 같다.

"부럽네."

"부럽다고?"

"그렇게 생각할 수 있어서. 난 내가 무식하고 가진 것도 없어서 뭘 좋아하면 안 되는 줄 알았다."

"너 담배 좋아하잖아."

"담배 맛을 아니까. 난 알아서 좋은데, 넌 모르는 데도 좋다며."

"몰라서 좋아할지도 모르지."

산책을 하던 밤이 생각났다.

그대로 너를 데리고 떠나 숨기고 싶던 밤이.

네가 기어이 시를 쓰는 걸, 그리고 네가 쓴 시를 보고 싶었던 밤이.

이유도 모르고 그랬던 밤이 이유도 없이 또 불쑥 떠올랐다.

다음 날 새벽, 우리는 여관을 떠났다.

깡패에 쫓기고 경찰에 쫓겨 도망하는 처지였지만, 다행인

일도 있었다.

"이야, 속 시원하다. 이게 얼마 만에 제대로 걷는 밖이냐."

더 이상 너를 가두지 않아도 되니까.

13. 시집

우리는 여관에서 여관으로 매일 옮겨 다녔다. 같은 곳에서 이틀 이상 묵지 않기로 한 탓이었다. 사람이 아주 없거나 여관 상태가 좋으면 하루를 더 묵었고, 그렇지 않으면 바로 다음 날 새벽에 여관을 떠났다.

칼판은 우리가 남쪽으로 내려가는 중이라고 했다. 터미널에서 고속버스를 탔다간 불심 검문에 걸릴 수 있으니 고속도로가 아니라 작은 도로를 타고 가야 한다고도 했다.

사실 나는 내가 어디에 있는지도 잘 몰랐다. 서울 말고는 평생 가 본 데가 없었으니까.

모르는 동네에 가서 처음 보는 밥집에 들어가 먹고 싶은 음식을 시켜 먹었다. 칼판은 항상 밥을 한 공기씩 더 시켜 주었고, 꼭 고기반찬을 내게 밀어 주었다.

그러고 보면 나는 칼판이 밥을 제대로 먹는 걸 본 적이 없었는데, 마주 앉아 밥을 먹어 보니 덩치만큼 먹진 않았다.

어떻게 저 덩치를 하고 밥을 한 공기만 먹는지 신기했다. 나는 밥을 두 공기는 먹어야 배가 차는데.

한 시간에 한 대만 다닌다는 시골 버스를 잡아타려고 달릴 때에서야 생각했다. 칼판이 일부러 배를 꽉 채우지 않는 걸지도 모른다고. 배가 불러 달리기는커녕 빨리 걷지도 못하는 나와 다르게 가볍고 날쌔게 달렸으니까.

우리는 겨우 버스에 올라 나란히 앉았다. 털털거리는 버스는 외길을 따라 잘도 달렸다. 달려도, 달려도 아무것도 없는 벌판이 계속됐다.

도망이 조금도 실감 나지 않을 정도로 아무 일도 없었다. 칼판 말로는 경찰한테도, 깡패한테도 쫓긴다는데 지금껏 살아온 어떤 날보다도 평화로운 지경이었다.

아무도 내게 소리 지르지 않고, 아무도 내게 욕하지 않는다. 남녀의 신음 소리도, 화투짝 소리도 들리지 않고, 술에 취한 사람도, 싸우는 사람도 없다. 발정제 냄새도, 남녀가 뒤엉켜 싸지른 냄새도 나지 않는다.

"너 여행 가 봤어?"

"아니."

그러는 넌, 이라고 덧붙이며 칼판이 나를 봤다.

"나도 안 가 봤지. 근데 지금 보니까, 남들이 말하는 여행이 이런 걸지도 몰라."

지도를 들고 경치를 보며 걷다가 버스를 탔다가, 지치면 쉬다가 배고프면 밥을 먹고, 저녁이 되면 어딘가로 들어가서 잠을 자고.

"지금 꼭 여행하는 것 같아."

칼판이 피식 웃었다.

"예전부터 생각한 거지만, 너도 보통 애는 아니다."

"뭐 기왕 이렇게 나다니게 된 거 너도 여행한다 생각해. 어차피 여행 안 해 봤다며."

칼판은 또 웃었다. 그러마, 고개도 끄덕였다.

우리는 더는 싸우지 않았다. 그렇다고 수다가 아주 길지도 않았다. 보통 내가 말하고 내가 물었다. 칼판은 주로 듣고 답했다.

"넌 서울 사람이야?"

"아니. 고향은 모르고, 산 건 남쪽 바다 섬."

"제주도?"

"그 근처 작은 섬."

"거긴 좋아?"

잠시 생각하는 것 같더니 곧 답했다.

"좋지, 바다는."

목적 없이 탄 버스가 종점에 닿자 우리는 다시 걸었다. 해가 지고 있었다. 이렇게 걷다 밥을 먹고 여관에 갈 것이다. 칼판이 좋다는 바다는 어떤 곳인지 궁금했다.

"이렇게 가다가 바다나 한 번 봤으면 좋겠다."

또 하루가 끝나 가고 있었다.

✛   ✤   ✛

버스 종점 앞 국밥집에 마주 앉았다. 입맛이 그다지 없는지 칼판은 보통 때보다 덜 먹었다.

"소주 시켜 줘."

"마시지도 못하면서."

"그래도 마실래."

손님 하나 없는 국밥집에서 주인은 꾸벅꾸벅 졸고 있었다. 칼판은 주인을 부르지 않고 직접 일어나 냉장고에서 소주를 꺼내 잔과 함께 들고 돌아왔다.

"두 잔만 마셔."

"너는?"

"됐어, 난."

내 잔을 채워 주곤 칼판이 모자를 벗었다. 눌린 머리를 대충 손으로 만지고는 뉴스를 봤다.

"속보입니다. 미아파 부두목의 살해 용의자로 지목된……."

내가 등지고 앉은 텔레비전에서 속보가 흘러나왔다. 고개를 돌리려 하자 어느새 조용히 일어난 칼판이 내 앞을 가리고 섰다.

"마저 먹어."

텔레비전으로 다가간 칼판은 소리를 작게 줄여 뉴스만 마저 듣고 껐다. 자리로 돌아온 칼판이 재촉한 것도 아닌데, 나는 입맛이 떨어져 더 먹지 않았다.

부스스 잠에서 깬 주인에게 값을 치르고 우리는 밤길을 걸었다.

"수배 전단이 붙을 거야. 그전에 최대한 먼 섬으로 건너갈 거고."

대답 대신 끄덕였다.

"김용범."

처음 듣는 이름에 고개를 들었다.

"내 이름. 수배 전단에서 보기 전엔 말해야 할 것 같아서."

그제야 도망이 실감 났다.

"이름처럼 생겼다."

"이름처럼 생긴 게 어떤 건데."

"전에 말했잖아. 너 깡패처럼은 안 생겼다고. 근데 무섭게 생기긴 했거든."

"누구랑 똑같은 소리를 하네."

"누구?"

"서장."

경찰 서장이란 사람과 연락이 되지 않은 게 벌써 일주일이었다.

나는 아무것도 묻지 않았다. 힘들다는 말도, 배고프다는 말도, 무섭다는 말도 하지 않았다. 어디로 가는지, 몇 시인지 묻지 않았다.

초조하기는 나보다도 김용범이 훨씬 더 할 텐데, 도망하는 와중에 한 번도 조급한 모습을 보이지 않았다.

"무서웠겠다. 나 같이 생긴 애가 너 잡아 둬서."

그럴 때도 있었지. 근데⋯⋯.

"밥 차려 줘서 덜 무서웠어. 밥은 좀 하더라."

김용범이 웃었다. 애가 이렇게 잘 웃었던가.

옆으로 활짝 벌어진 입매가 보기 좋았다. 소리 내어 웃을 때마다 긴 입김과 함께 밀려 나온 웃음소리가 낮고 맑았다. 한때는 무서워했던 목소리라는 게 새삼 놀라웠다.

"하긴. 진짜 내가 무서웠으면 그러지도 못하지. 넌 어떻게 깡패를 패냐, 겁도 없이."

"겁날 땐 큰소리, 기선 제압엔 무조건 선빵. 넌 어떻게 깡패가 돼서 나도 아는 걸 모르냐?"

한밤의 길에서 우리는 이제 만난 사람처럼 말을 주고받았다. 말할 때마다 이가 시렵고 목이 따가웠지만, 그런대로 참을 만했다. 우리가 여태 해 왔던 싸움이나 침묵보다 훨씬 좋았다.

"김용범."

처음으로 네 이름을 불러 보았다. 걸음을 멈춘 김용범이 나를 물끄러미 돌아보더니 부름에 대한 대답 없이 다시 걷기 시작했다. 딱히 이유가 있어서 부른 건 아니었으니 나도 잠자코 따라 걸었다.

"너 근데 그땐 나한테 왜 이름 안 알려 줬어? 내가 물어봤었잖아."

김용범은 모자를 고쳐 쓰는 척 제 머리를 만졌다.

"어색해서."

"뭐가?"

"누가 나한테 이름 물은 적이 없어서."

꽁꽁 언 흙을 밟으며 우리는 걸었다.

문득 생각했다. 어차피 평생을 도망만 치던 인생, 혼자 하는 도망보다 둘이 하는 도망이 낫다고. 그리고 내 옆에 있는 게 너라서 다행인지도 모르겠다고.

저 앞에 흐린 불빛이 보였다. 여관이었다.

✣　　　✤　　　✣

먼저 씻고 나온 김용범의 젖은 머리에서 물이 툭툭 떨어졌다. 회색 티셔츠의 어깨 부근이 검게 물든 것을 봤다. 집에서 지낼 때는 속옷 한 장으로 잘만 돌아다니더니 요즘은 물기도 제대로 닦지 않은 몸에 꼭 옷을 꿰어 입고 나왔다.

"따뜻한 물 잘 나와."

수건으로 머리를 터는 김용범에게서 비누 냄새가 났다.

나는 고개만 끄덕이곤 욕실로 들어갔다. 욕실 안은 김용범이 씻고 나온 열기로 따뜻했다.

싸구려 여관에서 따뜻한 물이나 팔팔 돌아가는 난방은 기대도 안 했는데 운이 좋았다. 모처럼 천천히 몸을 녹이고 말끔하게 씻었다.

욕실에서 나갔을 때, 김용범은 방에 없었다.

꼴에 배려라도 하는 것인지, 김용범은 내가 씻고 나올 때까지 슬쩍 방을 나가 있고는 했다. 나를 멋대로 가둬 두었던 지난 행적을 생각하면 우습지도 않은 행동이었지만, 그래도 나쁘지 않았다.

씻고 잘 준비를 마친 내가 이불 안에 들어가 누우면, 문밖에서 헛기침한 김용범이 들어왔다.

멀거니 문 앞을 지키고 서 있었을 김용범을 생각하면 우스웠다. 그러나 한편으로는 내 기척이 닿을 거리에 놈이 있다는 생각에 무섭지 않았다.

"자냐."

"잘 거야."

"그래."

잘 자라는 흔한 인사도 없었지만 나는 잘만 잠이 들었다.

소주 두 잔을 마셔서일까, 뜨뜻한 물에 몸을 녹여서일까. 아니면 사이를 두고 옆에 누운 존재에 안심이 되어서일까. 속절없이 잠에 빠져들었다.

얼마나 지났을까.

누군가 내 입을 막았다. 그리고 어깨를 흔들었다.

"이춘희."

"……!"

내가 내려던 목소리는 김용범의 손에 막혀 목구멍을 다시 파고들었다.

심장이 미친 듯이 뛰었다. 눈만 깜빡이며 김용범의 표정을 읽으려 했다. 변화가 드문 그의 표정이 눈에 띄게 굳어 있었다.

"가야 해."

문 두드리는 소리가 요란했다. 금방이라도 열릴 것처럼 문이 들썩거렸다.

14. 칼판

불안한 눈으로 몸을 일으키는 이춘희를 뒤로하고 창문을 열었다.

여관방 앞에 시동이 꺼지지 않은 시꺼먼 차가 먹이를 기다리는 늪 속 악어처럼 지키고 있었다.

차에 한 놈, 문밖에 두 놈.

놈들은 지금 당장이라도 부수고 들어올 것처럼 문을 흔들어 댔다.

2층이라 뛰어내리기가 가장 쉽고 빠르겠지만, 이춘희에게는 부담스러울 높이다. 창문을 닫으려는데 이춘희가 내 팔을 막고 속삭였다.

"나 뛸 수 있어."

"다쳐."

"진짜 괜찮다니까? 뛰어 본 적 있어."

"알아."

알아서 문제였다. 미아장에서 창문을 열고 뛰어내렸던 너를 안다. 본인은 멀쩡하다 여기는 모양이었지만 잡혀 들어와서도 한동안 절뚝이던 것을 알고 있다.

칼에 맞은 곳은 서서히 아물어 가고 있다고는 하지만 나역시 온전치 않고, 이런 상황에서 이춘희까지 다치면 힘들어진다. 끝을 모르는 도망에서는 최대한 몸을 사려야 했다.

차를 뺏는다면?

항구까지 내려가기 쉬워진다. 밤낮없이 이틀만 달리면 땅끝까지 내려갈 수 있다. 명의 없이 현금만으로는 차를 구하기 쉽지 않으니, 기회는 지금뿐이다.

"욕실에 있어. 안에서 문 잠그고."

"넌?"

이춘희를 욕실 안으로 떠밀고, 돈과 지도를 넣어 둔 잠바를 손에 쥐여 줬다.

"밖에 있는 것들 다 합쳐 봐야 셋밖에 안 돼."

"칼이라도 들고 있으면 어쩌려고?"

"날 상대하려면 그 정도는 챙겨 왔겠지."

"농담이 나와? 너 다친 데 아직 안 나았잖아."

이춘희의 얼굴이 한껏 걱정스럽다. 너는 어째 짱돌처럼 다치지도 않는다며 농을 치던 서장 외에 날 걱정하는 사람은 처음이었다.

누군가 내 안전을 걱정한다는 기분이 이상했다. 붕대로 동여맨 가슴께가 묵직해진다. 싫지 않았다.

"나 믿고 들어가."

욕실 문을 닫았다. 좁아지는 틈 사이로 이춘희에게 고개를 끄덕여 주었다.

문이 닫히는 것과 동시에 등 뒤로 방문이 열렸다. 뜯겨 나갔다는 말이 더 정확했다. 예상했던 대로 두 놈이 안으로 밀고 들어왔다. 마구잡이로 휘둘러지는 칼날을 보니 죽여도 상관없단 허락이 떨어진 모양이었다.

"멍청한 새끼들."

날 죽이려면 겨우 네놈들끼리 왔음 안 됐지.

두꺼운 팔로 내 목을 압박하는 놈은 벽에 눌러 고정시키고, 뱃가죽을 쑤시려 드는 놈의 손목을 잡아끌어 등 뒤 놈의 허리춤에 꽂아 넣었다.

동료를 찌르고 당황으로 얼굴이 일그러지는 놈을 비웃으며 칼을 쥔 손목을 십자로 꺾어 버리자, 동시에 두 놈에게서 비명이 터진다.

"날 묻으려거든 직접 오시라고 전해 드려."

놈들을 바닥에 밀치고 쫓지 못하도록 발목을 지르밟았다.

꺽꺽 질러 대는 비명에 복도 밖으로 고개 한 번 비죽 내밀었을 여관방 손님들은 다시 꽁꽁 문을 걸어 잠갔을 터다. 어쩌면 여관방 주인이 신고를 넣어 경찰이 들이닥칠지도 모른다. 더 소란이 일기 전에 이곳을 벗어나야 했다.

"시집."

두드리며 나오라고 해도 미동 없던 욕실 문은 시집이라 불리고서야 슬쩍 열렸다.

몸을 떨면서도 한 손에 세숫대야를 꾹 쥔 이춘희를 보고 웃음이 샜다. 이런 상황에서도 웃음이 나는 게 신기했다.

"죽였어?"

"죽일 뻔했어."

피범벅일 놈들을 가리고 섰는데, 이춘희는 굳이 내 등 뒤로 비죽 고개를 내밀고 상황을 확인하려 했다.

숨넘어가도록 꽁꽁대는 비명에 머리가 지끈거렸다. 관자놀이를 누르고 싶어도 손에 흥건한 핏물에 그러지도 못했다.

바닥을 구르는 수건에 손을 닦으려 허리를 숙일 때였다.

쾅, 요란한 굉음에 뒤를 돌았다. 칼날을 세우고 내게 달려들던 놈의 머리 위로 이춘희가 대야를 세게 내려친 모양이었다.

눈알에 핏발이 선 놈의 고개가 이춘희에게로 돌아가 있었다. 이춘희 역시 손을 발발 떨면서도 표독스럽게 놈을 노려보았다.

놈의 목덜미를 잡고 그대로 벽에 처박아 버렸다. 코뼈가 나갔는지 얼굴을 부여잡은 놈을 밀치고 이춘희의 손을 잡아 컴컴한 복도를 뛰쳐나왔다. 피로 더럽혀진 내 손을 생명 줄이라도 되듯 꼭 움켜쥔 이춘희의 온기가 나를 위로했다.

여관방 아래에 아직 한 놈이 남아 있었다. 상황을 짐작한 듯 그대로 꽁무니를 빼려는 놈을 소리 없이 때려눕히고 차를 뺏었다. 이 거지 같은 상황에서 차를 구한 것은 불행 중 행운이었다.

이춘희와 나를 실은 차는 가로등 하나 없는 시골길을 말썽 없이 달렸다. 한 치 앞만 비추는 전조등에 의지해 달려야 했지만 속도를 늦추지는 않았다.

조수석에 앉아 한참을 말이 없던 이춘희는 꾸벅꾸벅 졸기 시작했다. 손에 꼭 쥐고 있는 내 잠바를 목 끝까지 올려 주자 그 안으로 몸을 말아 넣는다.

주유소 가기 전까지 기름이 버틸까 싶어 차 안이 어느 정도 데워지고 나서는 히터를 껐더니 말은 안 해도 추웠던 모양이었다.

시간이 제법 흘렀다. 달리고 달려도 어디에 가까워지는지 알 수가 없다.

까만 지평선은 끝나지 않을 것처럼 길었다. 똑같은 풍경에 지친 두 눈이 자꾸만 아득해졌다. 정신을 차리지 않으면 까맣고 커다란 벽에 부딪힐 것만 같았다.

그럴 때면 눈을 돌려 이춘희를 봤다. 놈들을 향해 짓던 경멸의 눈은 불과 얼마 전까지만 해도 내게도 향했던 것이었다. 그러던 네가 이제는 나 같은 놈을 믿고 편히 잠들어 있다. 핸들을 쥔 손에도 아직 너의 온기가 남아 있다.

때때로 이춘희를 확인하며 달리다 보니 눈앞이 파랗게 변하기 시작했다. 오지 않을 것 같은 새벽이 왔다.

잠에서 깬 이춘희가 창문을 내렸다. 바다 짠 내가 한 움큼 밀려들어 왔다. 그제야 밤새 달려온 거리가 실감이 났다.

"바다 근처인가."

파도 소리는 옅게 들리는데, 눈앞에 바다가 보이지는 않았다. 대신 밤새 기다렸던 주유소가 보였다. 주유소를 보니 시내에 들어서기 직전인 모양이다.

"기름 넣어야 해. 내리고 싶으면 잠깐 내려."

기름을 가득 넣는 동안 주유소 옆 구멍가게에서 물과 먹을 것을 잔뜩 사서 실었다.

"먹고 싶은 거 있으면 더 사도 돼. 당분간 차에서 먹고 자고 해야 하니까."

뉴스에서 수배를 내보내는 마당이니 식당에 들어가는 건 위험했다.

"나 담배."

피우던 담배가 없어서 다른 담배를 샀다. 차 안을 뒤져 라이터를 찾아내 불을 붙이곤 차 옆에 나란히 서서 담배를 피웠다.

오랜만에 피곤이 싹 가시는 느낌이었다. 내가 한 대를 더 피우는 동안 이춘희는 차를 빙 돌아보고 있었다.

"나 이렇게 차 오래 타 본 거 처음인데, 되게 크다. 뒤에 누워도 되겠네."

뒷좌석 문을 열어 주니 냉큼 들어가 두 다리를 뻗고 눕는다. 좋다고 기지개를 켜며 다리를 구르는 모습이 눈밭을 구르는 똥강아지 같았다.

찬 기운이 더 들어가기 전에 문을 닫았다. 차체에 기대어 담배를 빨아들이고 내뱉었다. 시끄러운 머릿속 생각들이 담배 연기처럼 희게 날아갔으면 싶었다.

파랗던 새벽이 가고 전조등 없이도 앞이 분간되는 회색 아침이 밀려왔다.

이춘희는 차 문이 열리고 닫힐 때도 세상모를 정도로 곯아떨어지더니만, 소리를 죽이고 내뱉은 작은 기침 소리에 눈을 떴다.

룸미러 너머로 눈이 마주쳤다. 눈만 깜빡이는 이춘희에게 잘 잤냐고 묻는 대신 가만히 바라보았다.

"차가 좋기는 좋네."

비적비적 몸을 일으킨 이춘희가 씩 웃는다. 여관서 잘 때보다 푹 잤다면서 웃는 얼굴에 내가 먼저 고개를 돌렸다.

네가 잠든 사이 그렇게 피워 댔는데도 다시 담배가 말리는 기분이다. 마른침을 삼키는데 이춘희가 좌석 사이를 비집고 보조석으로 넘어오려고 했다.

"그냥 거기 있지. 더 자도 되고."

"누워 봤으니까 됐어. 넌 안 졸려?"

그렇게 묻는 목소리가 아직 졸음에 잠겨 있다.

"별로."

기어이 보조석으로 넘어와 앉는 이춘희를 더 말리는 대신 시동을 걸었다.

검문을 피하기 위해 시골길로 들어섰다. 이춘희는 아침으로 빵을 잔뜩 먹고는 달리는 동안 라디오 채널도 이리저리 돌려 보고 히터도 껐다 켰다 하며 시간을 보냈다. 그런 이춘희를 볼 때마다 자꾸만 시끄러워지는 속을 숨기려 속도를 높였다.

차를 몰 때는 이춘희가 잤고, 구석에 세워 둘 때는 내가 잤다. 함께 잠드는 일 없이 주위를 살폈다. 이춘희는 우리가 어디로 향하고 있는지 묻지 않았다. 묻지 않고도 나를 따라왔다.

하루에도 수십 번씩 초조한 마음이 솟구쳤다. 나 혼자라면 욕을 퍼부을지언정 초조하진 않았을 텐데, 이춘희와 함께한 이후부터는 머저리가 된 것처럼 어느 한구석이 나약해졌다.

너에게서 멀어져야겠다. 너를 지키려면, 그리고 나를 지키려면.

낮 동안 공기를 덥혀 주던 해가 가실 즈음, 이춘희가 손으로 낡은 간판 하나를 가리켰다. 목욕탕이었다.

몸에 열이 많은 나와는 달리 이춘희는 추위에 약했다. 몸을 사리고 쫓기는 신세라 늘 허겁지겁 씻고 나오다 보니 그간 몸이 근질근질했을 만도 했다.

"한 시간이면 되지?"

"어."

"필요한 거 다 사."

"다?"

"안에서 쓸 거랑 뭐 또 필요한 거 있을 거 아냐. 돈 안 남겨 와도 되니까."

지폐를 받으며 이춘희가 머뭇거렸다. 냉큼 돈 가지고 갈 줄 알았더니 앞을 서성거리기에 왜 그러냐 물었다.

"너는 어쩌려고?"

"뭘."

"몸에 문신."

별걱정을 다 한다. 그 별거 아닌 걱정이 싫지 않았다.

"알아서 해. 들어가."

이춘희를 목욕탕 안으로 밀어 넣고 골목을 나왔다. 목욕탕에 들어갈 생각은 애초에 없었다.

이런 작은 동네에서 생판 모르는, 그것도 나같이 덩치 큰 남자가 목욕탕에 들어가는 것만으로 관심을 살 게 분명했다. 문신까지 보이며 수상쩍은 낌새를 풍길 필요는 없다.

목욕탕 옆에 딸린 작은 잡화점에 들어갔다. 말 그대로 잡다한 것들이 줄줄이 늘어서 있었다.

내 속옷과 양말, 이춘희가 신을 양말 따위를 눈에 보이는 대로 골라 집었다. 차마 여자 속옷에는 손을 대지 못하고 있자 주인이 다가와 받아 들곤 봉지에 차곡차곡 담았다.

"못 보던 총각이네. 서울서 왔는갑다."

"예."

"그거는 총각이 신기 작을 낀데."

"작은 사람 신을 겁니다."

"누구. 색시 줄 낀가?"

놀리듯 구는 주인을 지나쳐 겉옷들이 걸린 행거 앞으로 다가갔다.

"두꺼운 겉옷은 없습니까?"

"겉옷도 색시 사다 주게?"

대충 고개를 끄덕이자, 와 신랑이 색시 음청 챙기는 거 보니 아직 신혼인갑다 하며 싱글거린다.

"내 입은 거, 이런 털옷 어때예?"

주인 여자가 입은 두툼한 털옷을 봤다. 짙은 남색 털실로 짠 앞판에 꽃무늬가 수놓아져 있었다.

"그걸로 주세요. 그리고 속옷도요."

"사이즈는?"

"모르는데."

"아이고, 뭘 모르노. 색시 크기를 우찌 모를 수 있나."

색시가 아니니까 모르지.

나는 주인이 늘어놓은 것 중 몇 개를 골랐다. 크기는 안 맞아도 없는 것보단 낫겠지 싶어서였다.

속옷 다섯 쌍을 단번에 사겠다는 걸 듣고는 주인이 골덴 바지며 앙고라 옷이며 이것저것을 권했다. 서울에서 온 물정 모르는 손님을 호구 한번 잡아 보자는 심산보다는 주인의 오지랖이 원체 큰 편인 듯했다.

나는 별 고민하지 않고 전부 샀다. 도망하는 처지에 보란 듯 차려입을 수는 없어도 그렇다고 언제까지 같은 옷만 입고 다닐 수도 없는 노릇이었다.

무엇보다 지금 이춘희가 입은 공장 작업복이야말로 어딜 가도 관심사기 딱 좋은 꼴이었다.

"어디 여행이라도 가예? 색시가 좋아하긋네."

색시는 아니지만, 이춘희가 좋아할 법은 했다.

✛　　　❖　　　✛

해가 지자 밥 짓는 냄새가 골목골목에서 흘러나왔다. 제대로 된 밥을 먹은 게 사흘 전이다.

아침 점심을 과자에 빵 쪼가리만 먹어 놓고 싫은 소리는 없는 이춘희지만 내가 거슬렸다. 김밥에 어묵 국물이라도 살까 싶어 주변을 돌아 꽤 멀리까지 갔다. 이럴 줄 알았으면 차를 끌고 올 걸 하고 생각하며, 양손에 가득 포장한 걸 들고 목욕탕 골목으로 들어섰다.

이춘희가 창문에 얼굴을 바짝 대고 차 안을 들여다보고 있었다. 말리지 못하고 축축한 머리를 보며 슬슬 다가갔다.

"뭐 하냐."

내 목소리에 돌아선 이춘희의 얼굴이 눈물로 범벅이었다.

말문이 막혔다.

"너……."

"……."

말없이 줄줄 울기만 하는 걸 어찌해야 할지 몰라 우두커니 서 있는데 이춘희의 주먹이 가슴을 친다.

때리는 걸 그대로 맞아 주다가 이상하다는 듯 쳐다보는 주위 시선을 느끼고 이춘희를 차에 태웠다. 시계를 보니 예정했던 시간보다 30분도 더 지나 있었다.

"버리고 간 줄 알았냐."

"한 시간이라며! 이럴 거면 처음부터 두 시간이라 하지! 안 늦게 나오려고 얼마나 맘이 급했는데."

나는 아직 따뜻한 김밥과 어묵을 펼쳤다.

먹보 달래는 데에는 먹을 게 최고지.

"따뜻할 때 먹어."

"먹을 거면 다 되는 줄 알아? 씨."

"밥해 주니까 무서운 것도 좀 덜했다며."

"짜증 나, 진짜."

눈물도 안 마른 얼굴을 손바닥으로 마구 쓸어 닦은 이춘희가 김밥을 볼 안에 욱여넣고 씹으며 노려보았다. 눈두덩이 발갛게 부어오른 것이 심술 맞은 토끼 새끼 같다.

"넌 먹지 마. 나 먹을 것도 모자라니까."

김밥에 어묵 국물까지 야무지게 먹던 이춘희가 슬슬 내 눈치를 봤다. 말은 던져 놓고도 내심 신경 쓰였던 모양인지 먹던 음식을 내밀기에 두말없이 받아 들었다. 서너 명이 먹어도 될 양의 음식을 둘이서 남김없이 나눠 먹었다.

이름도 모르는 동네에서 하루를 꼬박 있었다. 다시 이동할 때가 됐다.

시동을 걸고 동네를 벗어날 때까지 얌전히 있던 이춘희가 창문을 내렸다. 순식간에 찬 공기가 차 안으로 밀려들어 왔지만 그것대로 상쾌했다. 까맣게 내려앉은 창밖 너머 무얼 보는 건지 시선을 떼지 않는다. 머리카락이 바람에 흔들리며 비누 냄새를 풍겼다.

"김용범."

이름을 말한 이후부터 이춘희는 불쑥불쑥 나를 불렀다. 거슬린다. 말해 주지 말 걸 그랬나. 대답이 없어도 이춘희는 아랑곳없이 제 할 말을 이었다.

"왜 나까지 데리고 도망쳐?"

"무슨 소리야."

"내가 너였으면 나 버리고 갈 것 같아서. 그럼 도망 다니기도 훨씬 쉽잖아."

"나 아니었으면 네가 이렇게까지 될 일도 없었어. 안전해질 때까지 너 데리고 있는 게 내 일이야."

"……."

"그러니까 너 버리고 갈까 걱정할 필요 없어. 서장님하고 연락되면 목격자로 제대로 보호받게 할 거고."

말을 마칠 때까지도 이춘희는 나를 돌아보지 않았다. 창 밖만 끈질기게 보고 있길래, 감기 걸려서 거추장스럽게 굴면 버리고 갈 수도 있다고 면박을 줬더니 그제야 창문을 밀어 올린다.

마침 주유소가 보였다. 마지막 주유소일 것이다.

"전화 좀 하고 올게."

아침이면 배에 오를 수 있다. 전파가 없는 섬으로 들어가 기 전에 서장과 통화를 해야 했다.

공중전화에 동전을 넣고 서장 직통 번호를 눌렀다. 미아파 놈들에게 칼을 맞았을 때부터 내내 연락이 닿지 않았지만, 지금 기댈 곳은 이 번호뿐이었다.

통화 연결음이 반복될수록 마음은 초조해져 갔다.

제발. 제발.

―서울 북부서입니다.

긴 연결음 끝의 목소리는 서장이 아니었다.

―서울 북부서입니다. 어디십니까.

재차 물어 오는 목소리에 초조함을 가라앉히고 태연하게 말을 이었다.

"수고하십니다. 미아파 부두목 용의자 건이니 서장님하고 직접 통화하게 해 주시죠. 지금 저희 쪽에 들어온 위치 정보가 있습니다."

—서장님은 현재 신변 보호 중이라 직접 연결 불가합니다. 제가 직통 라인이니 말씀하시죠.

"혹시 서장님께 무슨 일 있습니까?"

묘하게 사이가 뜨는 대화에 연수 시절에 직접 뵌 적이 있어서 안부차 여쭸습니다, 하고 다급히 덧붙였다.

수화기 너머에서 부산스러운 소음 끝에 목소리가 다시 들려왔다.

—용의자 처음 지목해서 수배 때린 게 서장님 아닙니까. 김용범, 그 새끼가 칼 갈고 쫓아다니며 협박해 대니까 별수 있습니까. 아니 근데, 어디 서라고?

전화를 끊었다. 말문이 막혔다.

차에 올라 이동을 서둘렀다. 아플 정도로 이를 질끈 물고 속도를 올리는 나를 돌아보며 이춘희가 조심스레 물어 왔다.

"무슨 일인데 그래."

"……서장님이래. 나 수배 때린 게."

"그게 무슨 소리야?"

"포주 살해 용의자로 나 지목해서 수배 명령 내린 거. 서장이라고."

내 입으로 뱉어 놓고도 믿기지 않았다. 지금 할 수 있는 것은 최대한 빨리 항구에 다다라야 한다는 것뿐이다. 수배 전단이 지방 곳곳까지 뿌려져 목줄을 죄어 오고 있다. 군인들까지 동원되기 전에 어떻게든 배에 올라야 했다.

"쓰레기 같은 새끼."

이춘희가 상대를 잘근잘근 짓씹듯이 내뱉었다.

"서장이면 미아장에도 와서 종종 깽판 놓던 그 새끼 맞지? 내가 쌍판 볼 때부터 알아봤다. 그 새끼 완전히 양아치야! 깽패 새끼들한테 돈 받아 처먹은 거야. 분명히. 쓰레기 같은 놈! 어떻게 너한테 그럴 수가 있어?"

깽패 새끼들을 압박하러 업소를 돌기는 했어도, 뒷돈을 받을 인간은 아니었다.

나는 서장이 어떤 사람인지 굳이 설명하지 않았다. 그런 사람이든 아니든 나를 용의자로 지목해 수배를 때린 건 서장이었다.

"처음에 너한테 얘기 들었을 때도 솔직히 욕해 주고 싶었어. 멀쩡한 사람 데려다가 형사 시켰다가, 깽패 시켰다가. 아주 멋대로 써먹다가 이제는 필요 없다고 버리는 거 아냐. 그거 완전 개새끼나 하는 짓이잖아!"

"미안하다."

간신히 내뱉었다.

"뭐가 미안해. 네가?"

"다. 같이 도망치게 한 것도, 이런 상황 해결 못하는 것도."

"속도 좋다. 지금 나한테 그런 소리가 나와? 야. 배신당한 건 너야!"

"그래."

"너는 화도 안 나?"

태어나 사람에게 기댄 적 없었다. 버러지보다 못한 삶을 살면서 혼자라는 것에 익숙해졌다.

그런 나에게 처음으로 기회를 준 사람이었다. 처음으로 믿어 볼 만하다고 생각한 사람이었다.

그런 이에게 버려졌다는 것에 화가 나기는커녕 속이 차게 가라앉았다. 가슴속에 늘 가지고 있던 불덩이가 피어오르지도 못하고 식어 버렸다.

"네가 깡패가 되고 싶어서 됐어? 네가 손들고 깡패 하겠다고 나대길 했어, 진짜 나쁜 짓을 하기나 했어? 그 서장 새끼도 포주 놈 거슬리니까 제치라 했다며? 서장 새끼 때문에 너 용의자 누명 쓰고, 죽을 둥 살 둥 도망 다니는데! 그래 놓고 자기는 뭐 신변 보호? 네가 찾아가 칼로 쑤시기라도 할까 봐 숨었다고? 별 지랄 똥을 싸고 앉았다, 아주!"

이춘희는 끝없이 화를 냈다. 그대로 두면 죽으라고 고사를 지낼 판이었다.

너를 곤란하게 한 사람은 나다. 그리고 지금의 나를 만든 건 과거의 어리석은 나다. 그러니 화를 낼 것도 없다. 나의 비참함을 비웃고 속 시원해해도 할 말이 없는데, 이춘희는 그런 나를 위해 화를 내고 있었다.

"그래도, 살아는 있어야 해."

"왜! 네가 죽이게?"

"그 사람 없으면, 내가 형사인 걸 아는 사람이 아무도 없어."

"……내가 목격잔데 내가 범인 너 아니라고 하면 되는 거 아냐?"

목격자여서 너를 가두었고, 범인이 아니라고 해서 내가 한 살인이 없던 것이 되지는 않는다.

알지도 못하는 게 큰소리나 치고.

그 모습에 웃음이 터졌다. 웃을 상황이 아닌데도 그랬다.

"고맙다."

"웃어?"

거짓 자백이 고맙다는 말은 아니었다. 누군가 날 위해 화를 내주는 게 고마웠을 뿐이었다.

"너 그냥 암말도 하지 마. 하는 말 족족 속 터지니까."

계속 열이 뻗치는지 이춘희는 라디오를 크게 틀었다.

부러 적당한 크기의 배를 골랐다. 속도를 내자고 너무 큰 배를 고르기엔 불심 검문이 위험했고, 사람을 안 태우는 너무 작은 배를 골랐다간 언제 섬에 도착할지 몰랐다.

낚시꾼들 싣는 배를 골라 선장에게 직접 태워 달라고 했다. 30분 뒤에 출발이라고 하는 것을 보아 사람이 넘치는 건 아닌 것 같은데, 대놓고 웃돈을 달라고 했다.

"낚시도 안 한다믄서 섬에 대달라 카니까 의심스러바 그라지. 거서 뭐할라꼬?"

"고향이 거깁니다. 그쪽으로 가는 배는 하루에 한 대밖에 없잖습니까. 도와주세요, 어르신."

형사인 척 구슬릴 수도 있고, 깡패인 척 협박을 할 수도 있었으나 둘 다 관뒀다.

선장이 미리 겁먹고 신고를 하거나 돈을 더 달라 협박할 수도 있어서, 웃돈은 적당히 불렀다가 흥정 끝에 가서야 얹어 주었다.

이춘희와 함께 선착장 근처를 돌았다. 약국에서 멀미약을 사 먹고, 배에서 먹을 것을 챙겼다. 그러고도 시간이 남아 방파제를 걸었다.

"저기가 너네 고향이야?"

바다에 흩뿌려진 섬 중 하나로 갈 것이다. 살던 섬과 멀지 않았지만, 살던 섬으로 간다고 한들 고향이라 부를 수는 없을 것이었다. 내게 그리워할 고향 따위는 없으니.

대답 대신 이춘희에게 주의 사항을 일렀다.

"신혼인 척해. 배에 우리 말고 낚시꾼들 탈 거야."

"그래."

"싫어도 어쩔 수 없는데, 남매인 척하는 건 이상하잖아."

"뭐 어쩌겠어. 너랑 나랑 닮은 구석이 없는걸."

이춘희는 바다가 신기한지 뚫어지게 보고 있었다. 처음이니 그럴 만도 했다. 섬을 떠난 이후 바다를 보는 건 나도 처음이었다.

철썩철썩. 때로는 내 얼굴을 아프게 치고, 때로는 나를 감싸 안았던 파도가 저만치서 밀려와 발아래에서 일렁였다.

배 시간이 얼마 남지 않아 돌아가려 할 때였다. 방파제 끝에서 순경 두 명이 다가오고 있었다. 뒤돌아 가 봤자 바다뿐이라 피할 수가 없었다.

"이춘희."

겨우 파도에서 눈을 뗀 이춘희가 더듬더듬 내 쪽으로 걸어왔다. 두 눈은 내 뒤의 순경을 향한 채 잘게 흔들렸다. 나만 확인할 수 있는 불안이다. 손을 뻗어 이춘희의 손을 잡아 옆으로 끌었다.

"검문입니다. 별건 아니고, 살인범 하나가 도주 중이라서. 의례적인 거니까 신분증만 좀 보여 주세요."

순경의 손이 불쑥 내밀어졌다. 나는 말없이 순경을 보고만 있었다.

이렇게 끝인가. 아무 지갑이라도 훔쳐 신분증을 준비해 두거나 가짜 신분증이라도 만들어 둘 것을.

멍청한 나를 욕하고 있을 때, 순경이 내 앞으로 한 발짝 가까이 다가왔다.

체구는 작지만 단단한 몸이다. 눈부터 공격하면 제압할 수야 있겠지만 상대에겐 총이 있다. 무엇보다 여기에서 소란을 만들면 섬으로 들어간다 한들 의미가 없다.

순경은 미간에 주름이 잡히도록 인상까지 쓰며 나를 뚫어지게 보고 있었다. 이춘희가 힘주어 내 손을 잡아 왔다.

"너."

"……."

"너 말 모래기 맞지?"

말 모래기. 섬에서 불리던 이름이었다.

그제야 눈앞 청년의 흐릿한 인상을 기억에서 끄집어냈다.

섬에 살던 녀석이었다. 친구라 불릴 만한 관계는 평생 가져 본 적 없다.

다만, 어릴 적 녀석에게 바다 헤엄을 가르쳐 준 적이 있었다.

"미안하다. 이름 기억 못해서. 나 알지?"

이름을 기억하지 못하는 건 나도 마찬가지였다. 천천히 고개를 끄덕였다.

녀석이 동료에게 이상 없다는 듯 고개를 끄덕이자 다가오던 순경이 얼마쯤 거리를 두고 떨어졌다.

적당히 반가움을 표시한 녀석이 내게 고향에 가느냐 물었다. 나는 그저 고개를 끄덕였다. 어릴 때처럼 지금도 말을 잘못 하는 줄 알고 놈은 손짓을 섞어 가며 내게 말을 했다.

"네 색시?"

이춘희와 맞잡은 손을 흘낏 보며 묻기에 이번에도 역시 고개를 끄덕였다. 부부인 척하는 편이 상황을 더 설명하지 않고 끝내는 길이었다.

내 머뭇대는 행동을 오해한 녀석이 사람 좋게 웃는다.

"진짜 똑같다, 너는. 뭘 그렇게 쑥스러워할 얘기라고."

"안녕하세요."

한 손으로는 내 손을 잡고, 다른 손으로는 내 팔을 껴안고선 이춘희가 녀석에게 꾸벅 고개를 숙였다.

서울에서 만났어요. 일하다가 마주쳤는데 첨엔 재수 없었죠. 근데 요리를 잘하더라고요. 자장면 해 준 적 있거든요.

동갑이라 편해요.

나를 사이에 두고 녀석과 주거니 받거니 말을 이어 가는 이춘희를 봤다.

어이가 없어서. 신혼인 척하랬지, 누가 그렇게 다 떠들래.

"좋은 색시 만나 복 터졌다, 인마. 건강해라. 잘 지내고."

끝내 말 없는 내 어깨를 녀석이 툭툭 치고 돌아섰다.

덕분에 우리는 낚싯배에 오를 수 있었다. 운이 좋았다고밖에 할 수 없었다. 어릴 적 말 모래기와 지금의 수배범은 한참 다른가 싶기도 했다.

어릴 적 동네 살던 모지리가 커서는 사람을 때려죽이는 깡패가 됐으리라고는 상상조차 못 했겠지. 어차피 내 이름도 모를 테고.

멀미약의 약효가 제법 돈 모양인지 흔들리는 배에서도 속 앓이는 없었다.

이춘희는 컵라면 두 개와 과자 한 봉지를 해치우고 오란씨까지 들이켰다. 배 위에 서 있어도 아주 춥지는 않은 날이라 다행이었다.

"좋은 사람 같더라. 얼마나 친했어?"

"안 친했어. 그래서 이상해."

"뭐가?"

"누가 날 기억해 준다는 게. 나는 살면서 그 녀석을 생각해 본 적도 없거든. 그 녀석 말고도 기억하고 사는 사람도 없고."

"뭐 어때. 오늘부터 기억하고 살면 되지."

배는 녀석과 함께 헤엄쳤던 섬을 지났다.

"저기서 같이 헤엄쳤었어."

내가 두 번 죽었던 바다.

달아나고 싶었던 섬.

부모가 누구인지, 내 이름이 뭔지도 모르고 저 섬에서 살았다. 죽도록 때리고 욕을 내뱉던 유일한 가족, 누나. 그걸 모르는 체하며 누나만 욕하던 어른들. 내가 벙어리인 줄 알고 괴롭히고 무시하던 아이들. 그런 사람들 사이에서 자랐다.

돌이켜 보면, 오늘 알은체를 한 녀석은 내게 헤엄을 가르쳐 줘 고맙다고 말해 준 단 한 명이었다.

그렇지만 녀석도 내 이름 대신 말 모래기라 불렀다. 키가 부쩍 크고 물질을 하게 되었을 때도 내 이름을 불러 준 이는 아무도 없었으니까.

"김용범."

고향이 아니지만 고향이었던 섬.

그 섬이 파도에 밀리듯 눈앞에서 점점 멀어졌다.

"저 섬 말고 어디로 가는 거야?"

지금 내 이름을 불러 주는 사람은 기억해야지.

나는 숨을 크게 마셨다. 익숙한 짠 내가 폐 깊숙이 스며들었다.

15. 시집

우리는 버려진 섬에 무작정 내렸다.

배가 닿을 수 있는 얕은 해변에 내려 바닷물에 허벅지까지 잠긴 채로 걸었다. 겨울의 햇볕이 등을 덥혔지만 발끝에서부터 파고드는 추위까지 녹여 주진 못했다.

덜덜 떨며 김용범의 뒤를 따랐다. 저를 놓치지 않고 쫓아오는지 몇 번이고 고개를 돌려 확인하는 김용범에게 괜찮다며 고개를 끄덕여 주었다.

"잡을게. 됐지?"

끊임없이 나를 신경 쓰는 김용범의 옷자락을 잡았다. 손이라도 잡고 끌어 주는 것처럼 어쩐지 위안이 됐다. 김용범 역시 그제야 덜 신경이 쓰이는지 빠르게 앞으로 나아갔다.

발이 푹푹 빠지는 모래사장을 힘겹게 지나니 헐벗은 나무들 사이로 가게가 보였다. 김용범과 나는 그렇게 하기로 정한 것도 아닌데 당연하게 그곳으로 향했다.

겨울 나그네.
경양식과 커피.

두꺼운 글씨로 적힌 간판이 까맣게 죽어 있었다.

"계십니까. 아무도 안 계십니까?"

격자 모양의 출입문 유리 너머로 주인을 불러 보아도 기척이 없다. 허술하게 잠긴 자물쇠는 김용범이 힘주어 당기자마자 뱀의 허물처럼 벗겨졌고, 내부는 오랫동안 찾는 이 하나 없었던 듯 두텁게 쌓인 먼지를 껴안은 채 고요하기만 했다.

내가 내딛는 걸음마다 희뿌연 먼지 위로 발자국이 찍혔다. 아무도 걷지 않은 새벽 첫눈을 밟는 것처럼 창문 앞으로 다가갔다.

네모반듯한 창문 앞으로 짝을 이뤄 마주 보고 있는 2인용 비로드 소파에 앉자 손님이 된 기분이 들었다.

"돈가스 하나요!"

중국집 칼판 아니랄까 봐 주방부터 둘러보고 있던 김용범이 칸막이 너머 고개를 내밀었다. 주문이나 받으란 듯 손만 까딱이자, 김용범의 입술 끝이 비뚜름하게 말려 올라갔다.

나는 여기가 마음에 들었다. 겨울바람을 막아 주는 판잣집 같은 이곳이.

몸을 얼어붙도록 시리게 했던 바다는 창문 안에서 넘어다보니 멋있기만 하고, 푹푹 발을 잡아당기던 모래사장도 예쁘게 반짝였으며, 이름 모를 꽃이 그려진 액자와 집에 버려둔 것보다 더 고물인 라디오도 하나 있었다.

무엇보다 내가 기대앉은 이 낡은 소파는 그 어느 바닥에 몸을 뉘었을 때보다 편안했다.

온몸에 힘을 빼고 창밖의 밀려오는 파도를 바라보았다. 한 줄기 스며드는 햇살을 향해 팔을 쭉 뻗었다. 손등에 닿는 따뜻함을 만끽하다 나도 모르게 잠이 들었다.

부드럽게 나를 감싸는 온기에 기대어 짧지만 깊은 잠에서 깨어났을 때였다.

탁자 앞으로 찻잔이 내려졌다. 받침까지 그럴싸하게 받쳐져 있는 잔에서 김이 올라왔다. 마주 앉은 김용범의 앞에도 같은 무늬의 찻잔이 놓여 있었다. 사과 향이 나는 달달한 차가 목구멍을 타고 내려가 몸을 데웠다.

"돈가스는?"

"그거보다 더 맛있는 거 해 줄게."

대답 대신 차를 한 모금 더 마셨다.

그곳은 우리의 집이 되었다.

✢　　　　✤　　　　✢

폐허가 된 가게를 살 만한 집으로 치우는 것은 김용범의 몫이었다. 먼지를 털어 내고, 환기를 시키고, 스치기만 해도 까맣게 물이 드는 걸레를 몇 번이고 빨고 닦았다.

거들겠다고 왔다 갔다만 실컷 했지 나는 정작 한 게 없었다. 워낙 손이 빠른 김용범이 내 손이 닿기도 전에 착착 치워 버렸던 탓이다.

"이춘희."

가게 뒤 창고에서 날 부르는 소리가 들렸다. 제 몸만큼 커다란 드럼통을 앞에 두고 선 김용범이 모락모락 김이 오르는 곳을 턱짓했다.

"여기 들어가라고?"

"너 꼬라지 좀 봐라. 머리까지 푹 담가."

고마운 짓 해 놓고는 괜히 저런다.

드럼통 가득 찰랑이는 물 안으로 손부터 집어넣었다. 열기에 몸이 녹아든다. 기분 좋아 손을 휘휘 젓다 고개를 드니, 그런 나를 빤히 보고 있는 김용범과 눈이 마주쳤다.

"벗는 거 보게?"

"까불지, 또."

창고를 나서는 김용범을 보며 나도 참 나다 싶었다. 고맙다, 그 한마디면 될 텐데 말이 예쁘게 나가질 않는다.

옷을 벗어 던지고 드럼통 안으로 들어갔다. 손 하나 집어 넣었을 때도 따뜻하더니 목 끝까지 몸을 담그자 순식간에 온몸이 녹아든다. 이런 곳을 극락이라 한다던가. 실실 웃음이 나왔다.

섬으로 넘어오기 전에 목욕탕에 들렀을 때만 해도 김용범이 기다리고 있단 생각에 마음이 급했는데, 훨씬 후진 드럼통 안이라도 느긋하기만 하다.

드럼통의 열기가 식을 때까지 버티다 가게 안으로 돌아갔다. 소파 앞에는 어디서 꺼내 왔는지 난로가 피워져 가게 안을 훈훈하게 데우고 있었다. 타닥타닥 나무 타는 소리가 라디오에서 나오던 노래보다 듣기 좋았다.

일렁이는 불빛을 보다가 달그락거리는 소리가 들리는 주방으로 고개를 들이밀었다. 내가 씻는 동안 저도 씻은 것인지 머리부터 발끝까지 푹 젖은 김용범의 등이 보였다.

"씻었어? 어디서?"

"아직."

"근데 왜 그렇게 젖었어?"

"바다 갔다 왔어."

김용범이 손질하고 있던 미역을 들어 보인다. 그 옆에는 꽤나 실한 전복 서너 개가 굴러다니고 있었다.

"물속까지 들어갔다 나왔다고? 지금?"

김용범의 등에서 나와 같은 열기가 올라온다고 생각했더니 추위에 올라오는 한기였다. 늘 혈색 좋던 붉은 입술이 하얗다 못해 시퍼런 빛을 띠고 있다.

"씻기부터 해."

"알아서 할게."

"아. 빨리! 나 배 안 고파."

거짓말이었다. 추위가 가시고 나니 허기가 밀려왔다. 김용범이 저 시꺼먼 바다에 들어갔다 오는 동안, 한가하게 몸이나 덥히고 있었다는 게 죄스러웠다.

화끈한 얼굴을 감추려 황급히 주방을 나왔다. 식은 물을 데우겠다고 부산스럽게 굴자 보다 못한 김용범이 직접 불을 피웠다. 나는 그 곁을 뻘쭘하게 서성였다.

"벗는 거 보게?"

몸에 들러붙은 티셔츠를 올려 벗으며 김용범이 웃는다. 조금 전 내가 했던 말을 그대로 돌려주며.

불필요한 살덩이라곤 조금도 없을 단단한 등이 보인다. 갈라진 근육이 움직이는 모양새와 복잡한 글자가 새겨져 있는 옆구리를 보다 눈을 돌렸다.

"네까짓 거 뭐 볼 게 있다고."

창고를 나와 소파에 몸을 던졌다. 처음 본 것도 아닌데 김용범의 벗은 몸이 자꾸만 눈에 아른거렸다. 나와는 다른 몸에 대한 호기심 정도일 것이다.

크고, 딱딱하고, 따뜻한 몸.

어느 밤 추위에 못 이겨 파고들었던 품의 열기가 스멀스멀 떠올랐다.

"덩치만 큰 게. 꼭 짐승 같아선."

탁자에 볼을 대고 엎드렸다. 창문 밖으로 파도가 잠시도 쉬질 않고 몰려왔다 멀어진다. 붉은 해가 그 위로 삼켜지고 있었다.

✤　　✤　　✤

김용범은 뭐든지 잘했다. 섬에서 나고 자란 사람답게 익숙하게 터전을 꾸려 갔다.

내가 눈뜰 때면 이미 물질을 마치고 와 씻을 물을 따뜻하게 덥혀 놓기까지 했다. 씻고 나오면 소라나 전복 등을 손질해 요리를 뚝딱 만들어 놓고 기다리고 있었다.

나는 꾸물꾸물 김용범과 마주 앉아 김용범이 해 주는 음식을 먹었다. 맛있고 따뜻했다.

오후엔 사과 향이 나는 찻잔을 옆에 두고 공책을 펼쳤다. 시집과 공책과 샤프는 나의 유일한 재산이었고, 여기에 같잖은 시를 끄적이는 건 더 없을 사치였다.

맞은편에 김용범이 앉았다.

"안 봐."

공책을 팔로 가리자 비웃는 얼굴로 그가 말했다.

시가 뭔지도 모르는 네가 보면 뭐 어쩌려고. 글이나 읽을 줄 알아?

이전 같으면 무시하며 퍼부었을 말을 차와 함께 삼켰다.

그 대신 찻잔을 들고 창밖을 내다보는 김용범을 보았다. 작은 찻잔이 커다란 손에 가려질 듯 쥐어져 있었다. 크고 섬세한 손. 칼보다 펜을 쥐면 어울릴 것 같은 손이었다.

2인용 소파를 당연하게 차지하는 넓은 어깨 위로 긴 목과 목울대를 보았다. 악어처럼 한 번 물면 무엇도 놓지 않을 강인한 턱. 곧게 뻗은 코. 그 위로 시선을 옮기다 칠흑같이 시꺼먼 눈과 마주했다.

"……"

"……"

우리는 한동안 말없이 서로를 보았다. 눈을 피할 이유는 수없이 많았지만 그러고 싶지 않았다.

문득 이 모든 것들이 현실감 없게 다가왔다. 인적 없는 섬에서 철썩이는 파도 소리를 들으며, 따뜻한 물로 목욕을 하고, 배불리 먹고, 사과 향이 나는 차를 마시며 시를 쓴다.

거짓보다 더 거짓 같은 현실 속에 있었다. 김용범이 만들어 준 현실이었다.

"살 만하다."

나도 모르게 진심이 터져 나왔다.

쫓기는 신세여도 좋았다. 언제는 뭐 쫓기지 않았던 적 있었던가. 제대로 발붙이고 사람처럼 살 땅이 내게 있었던가.

처음이었다. 이토록 사람답게 살아 본 적은.

"고마워."

짤막한 내 인사에 김용범은 뭐가 고맙냐고 묻지 않았고, 자신이 해 준 것을 미주알고주알 생색내지도 않았다. 그저 물끄러미 나를 바라보다가 말했다.

"머리. 잘라 줄까."

왼손으로 머리를 쓸어 보았다. 아직 덜 마른 머리카락이 손에 감겼다 빠져나왔다. 귀 끝에서 목덜미를 지나 어깨에 닿는 것까지, 길이가 제각각이었다.

아주아주 어릴 땐 엄마가 때마다 잘라 주었다. 열두 살 정도였나. 눈을 가리는 머리카락이 거추장스러워 엄마에게 가위를 가져갔을 땐 그 나이쯤 됐으면 머리 정도는 알아서 자르라는 말이 돌아왔다.

나는 얼굴만 겨우 비추는 작은 거울을 앞에 두고 이리저리 고개를 돌리며 머리를 잘랐다. 왼쪽과 오른쪽의 길이가 맞지 않아 조금만 더, 조금만 더 하다 보면 어느새 머리는 귀보다 훌쩍 짧아져 있었다.

눈물이 찔끔 나올 정도로 못생겨서 쪽방 여자들도 나를 비웃었고, 여자들을 사러 오는 남자들도 킬킬 웃어 댔다.

아홉 살에 돈이 빌어먹게도 중요하다는 세상의 진리를 깨쳤다면, 열두 살에는 거지 같은 인생을 사는 사람에게 적어도 머리 모양으로 비웃음 당하지 않겠다고 결심했다.

눈이 빠질 정도로 거울과 가위를 잡고 늘어졌다. 양쪽 길이를 맞추느라 애쓰는 시간이 길어질수록 나는 제법 사람다운 머리를 할 수 있었다. 그 뒤부턴 누구보다 머리 모양에 신경을 썼었다.

그렇게 애지중지하던 머리카락은 스물한 살에 빚에 팔려 미아장에 끌려갔을 때 스스로 잘라 버렸다. 각설이도 저리 가라 할 정도의 더벅머리였다. 누구도 나를 돈으로 사지 않기를 바라면서.

"응. 잘라 줘."

창문 앞 소파에 앉았다. 내 뒤로 김용범이 섰다. 철 지나 누렇게 변한 신문지 가운데를 동그랗게 파내고 머리부터 뒤집어씌웠다. 어디서 본 건 있어서.

머리카락 사이사이로 김용범의 손가락이 빗처럼 파고들었다. 빗어 내리고 자르고, 다시 빗어 내리고 잘랐다. 한때는 비명을 막으려 내 입을 가렸던 우악스럽던 손이 지금은 저토록 섬세하게 내 머리를 쓸어내린다.

"미아장 있을 때, 나 하는 짓 다 봤어?"

도망치다 잡혀 오면 딱 죽지 않을 만큼 얻어터졌다. 머리를 귀신같이 잘라 놨다고 뺨이 부풀 정도로 맞았다. 김용범도 그 꼴을 봤겠지.

"지랄맞은 미친 계집애라고 생각했지, 너도?"

"그래."

휙 뒤를 돌자, 김용범이 내 얼굴을 잡아 다시 앞을 보게 한다.

"칼 든 깡패 놈들한테 바락바락 대들고, 맞고 발가벗겨져 놓고도 기어이 도망가는 꼴통이었잖아, 너. 미련한 것도 너 정도면 인정해야 하는 거 아닐까 싶었다."

인정 고맙다, 나는 빈정거렸다.

"사람 같다고 생각했어. 그딴 곳에 잡혀 들어와서 어떻게 안 미치겠어. 내 발로 걸어 들어가도 사람 미치게 하는 곳이었는데. 그래서 너만, 그 거지 같은 소굴에서 너만 보였다. 너만 살아 있는 것 같아서."

너만이 살아 있었다고.

그 말이 지난했던 날들과 힘겨웠던 사투를, 죽지 않고 버텨 낸 나를 어루만져 주었다.

무릎에 눈물이 후드득 떨어졌다. 나는 바보처럼 울면서도 창문에 비친 김용범을 봤다. 김용범만 봤다. 섣불리 위로하지 않는 너에게서 도리어 더 큰 위로를 받았다.

"뭐 해. 얼른 잘라."

우느라 맹해진 목소리로 타박하자, 김용범이 자세를 낮춘다. 고개를 숙이고 신중하게 내 머리를 다시 자르기 시작했다. 따뜻한 숨이 목덜미에 닿았다. 어깨가 움츠러들었다.

"움직이지 말고."

"간지러워."

"참아."

더 오가는 대화는 없었다. 김용범은 미간을 좁히고 머리 자르기에 집중했고, 나는 그런 그를 관찰했다. 김용범이 가위를 내려놓는다. 창문 속 내 머리카락은 가지런히 어깨에 닿아 있었다.

"더 짧게 해?"

고개를 저었다. 내가 그토록 신중을 기하며 한 올 한 올 잘라 냈을 때보다 더 마음에 들었다.

바보같이 입을 벌리고 웃고 말았다. 엄마조차 내팽개친 머

리를 잘라 준 남자가 빤히 바라보고 있다. 그 시선에 무안해
져 입을 닫았다.

순식간에 어색해진 공기에 자리에서 벌떡 일어났다. 어깨
에 둘러놓은 신문지를 벗어 내는데 커다란 손이 목덜미에 닿
았다.

"머리카락 붙었어."

"……."

"여기도."

목에, 턱끝에, 귓불에 붙은 머리카락을 차례로 털어 낸 손
이 뺨에 닿았을 땐 나도 모르게 숨을 멈추었다. 잘린 머리카
락이 옷 속까지 들어간 건지, 아니면 김용범의 손이 닿아서
인지 온몸이 간질간질했다.

"눈 떠 봐. 이춘희."

나는 내가 눈을 감고 있는 줄도 몰랐다. 내 뺨에 닿아 있
는 김용범의 손 위로 내 손을 겹쳤다. 크고 단단한 손을 꼭
쥔 채 천천히 눈을 떴다.

눈앞에 김용범이 있다. 얼굴이 점점 가까워지고 있다. 피
하지 않은 내 입술 위로 김용범의 입술이 짧게 닿았다가 떨
어졌다.

"안 피해?"

"어."

"안 때려?"

"어."

"더 할 거야."

떨어진 입술이 다시 다가왔다.

"무서우면 무섭다고 말해. 피하고 싶으면 피해. 싫다고 해도 돼. 그래도 돼. 괜찮아."

피하지 않은 건 내 의지였다. 그 끝이라는 게 어디까지인지 알지 못했지만, 그게 어디라도 상관없으니 함께 있고 싶었다.

"다시 하면 나 안 멈춰."

김용범이 내게 입을 맞췄다. 아랫입술이 삼켜지고 빨리는 간지러움에 뒤로 몸을 물리려 할 때 입안으로 뜨거운 혀가 밀려들어 왔다.

한쪽 뺨을 잡은 손과 허리에 감긴 팔에 부드러운 힘이 느껴졌다. 억세지 않게, 그러나 놓아주지는 않겠단 압박감에 나는 오히려 안심했다.

입안을 몽땅 훑어가던 김용범의 혀가 목구멍에 닿을 정도로 깊이 파고들었을 때는 맞붙은 입술 틈으로 소리가 절로 샜다.

숨을 참고 있으려니 심장은 갈수록 거세지고 귓구멍도 누가 막아 놓은 것처럼 멍했다. 철썩이던 파도 소리 대신 혀가 얽히며 질척이는 소리가 크게 들렸다. 속눈썹 떨리는 것조차 너무도 잘 느껴졌다.

더는 견딜 수 없을 때쯤 뺨을 감싸 쥔 김용범의 손등을 움켜쥐었다. 그의 손목을 동아줄처럼 힘주어 붙들자 그제야 입술 사이로 작은 틈이 생겼다. 윗입술만 맞붙인 채로 나는 참았던 숨을 토해 냈다.

"하, 하아……."

감았던 눈을 뜨자 나를 내려다보고 있는 김용범이 보였다. 그 새까만 눈동자 속에 내가 있었다. 헐떡이며 이상한 표정을 한 채로.

요동치던 호흡이 잠잠해지기도 전에 다시금 입술이 붙고 혀가 빨렸다. 여전히 그의 눈동자 속엔 내가 비쳤다. 내 얼굴이 낯설었다.

우리는 몇 번이고 입을 맞추고, 숨을 고르고, 또다시 서로를 삼켰다. 어떤 말도 오가지 않았다. 어느덧 나는 벽에 등을 기댄 채 김용범을 받아들이고 있었다.

더 깊숙이 맞닿으려 고개가 돌아갈 때마다 그의 뾰족한 코가 내 볼을 찔렀고, 그럴 때마다 손끝엔 전기가 흘렀다. 주먹을 꾹 쥐어 보기도 하고, 못 참겠다 싶을 땐 그의 어깨를 잡았다. 그래도 떨어지고 싶지 않았다. 오히려 발끝을 들어 김용범과 닿으려 했다.

그때 허리가 불쑥 들리더니 김용범의 발등 위로 내 발이 놓였다. 단단한 바위를 디디고 선 것처럼 조금 더 올라선 눈높이에서 그를 맞이했다. 그래 봤자 머리 하나는 더 큰 김용범에게는 한참 모자라겠지만.

 눈을 맞춘 채로 혀를 내밀어 그의 입안으로 들어갔다. 입천장을 눌렀을 때 김용범의 눈매가 길게 휘었다. 허리가 번쩍 들렸다. 발등에 나를 얹을 때보다 훨씬 강한 힘이었다. 김용범이 엉거주춤 어깨를 쥐고 있는 내 손을 제 목 뒤로 둘렀다.

 엉덩이를 받치고 껴안아 사이가 바짝 좁혀지는 동안 당황한 내가 할 수 있는 건 그의 목을 힘주어 끌어안는 것뿐이었다. 입술은 여전히 맞닿아 있었고, 뜨거운 혀는 다시 내 입안으로 밀려와 있었다.

 눈을 감았다 뜰 때마다 풍경이 바뀌었다. 창문에 비친 김용범의 넓은 등, 이름 모를 꽃이 그려진 액자, 창문 너머 파도치는 바다. 누렇게 바랜 천장을 보았을 때 나는 내가 소파에 눕혀졌다는 것을 알았다.

 입술이 떨어져 나갔다. 김용범이 나를 내려다보고 있다. 사나운 짐승처럼 내 위에 몸을 드리운 채 거친 호흡을 뱉어냈다.

 그 뜨거운 숨이 닿은 곳마다 긴장으로 움츠러들었다. 머리

298

옆을 집은 김용범의 손에 소파가 눌려 있는 것이 보지 않아도 느껴졌다. 기울어진 소파를 핑계 삼아 고개를 돌렸다. 어쩐지 지금은 김용범의 눈을 보는 것이 무서웠다.

"으읏."

혀가 목덜미를 핥아 올렸다. 혀가 닿을 땐 데일 것처럼 뜨겁고, 멀어지면 축축한 곳에 바람이 일어 한없이 추웠다. 내 목과 어깨를 핥아 대는 김용범을 피하려 고개를 이리저리 흔들었다.

나는 천장의 어느 한 곳만 바라보며 가빠 오는 숨을 마시고 내뱉었다. 그러는 동안에도 멈추지 않은 김용범의 혀가 턱을 스치고 지나 귓구멍 속을 파고들었다. 질척이는 소리가 너무도 생생했다.

못 참겠어서 눈을 질끈 감는데 김용범의 손에 턱이 아프지 않게 돌려진다. 뺨을 쓰다듬던 손길이 멈추고 낮은 목소리가 내게 첨벙 가라앉았다.

"이춘희. 나 좀 봐."

"못 보겠어."

"괜찮아?"

"……무서워."

무서운데 왜 이렇게 짜릿한지, 그만두면 못 견딜 것처럼 좋은지 이유를 알 수가 없다. 아니, 그런 이유 없이도 나 역시 너와 닿고 싶었다. 끔찍할 정도로 미웠던 이 남자를 세게 끌어안고 싶다. 나를 안심시키려고 곧장 떨어져 나가려는 너를 붙잡는다.

"너무 좋아서 무서워."

왜지. 그리고 왜 너일까.

여자가 돈 버는 장사로 몸 파는 것이 제일 쉽다고들 했다. 엄마가 말했고, 창녀들이 말했고, 깡패들이 그렇게 말했었다.

나는 아니었다. 징그럽고 싫었다. 익숙해질 법한 장면에도 토악질부터 났다. 머리를 마구잡이로 가위질하고, 벽에 얼굴을 박아 피범벅을 만들어서라도 피하고 싶었던 남자의 손길이다.

그런데 왜…….

그런데 왜 너는 싫지 않을까.

네 손에 왜 자꾸만 닿고 싶은 거야.

김용범의 뺨을 두 손으로 잡아 올렸다. 뜨겁게 끓던 김용범의 눈이 흔들리고 있었다.

달싹이던 입은 어떤 말도 내지 못했다. 핏대 선 목울대가 깊게 오르내리는 것이 손끝에 전해졌다. 나는 집요하게 김용범의 눈을 봤다.

"무서운데 그만두기 싫어."

나한테 무슨 짓을 했길래 이렇게 된 걸까. 하나도 안 징그 럽고, 하나도 안 끔찍하다.

주절주절 털어놨다. 누가 내 몸 만지면 살을 도려내고 싶 을 정도로 싫었고, 나를 그런 눈으로 보기만 해도 눈알을 뽑 아 버리고 싶을 정도로 증오했다고.

"근데 너는 아냐. 떨어지기 싫어."

나는 김용범을 만졌다. 뺨에 닿아 있던 손을 옮겨 짙은 눈 썹과 길게 빠진 눈 끝을. 날카로운 코와 내 침이 묻어 있는 입술을.

"나도 그래. 나도 같아."

춘희야, 내 이름을 부르는 소리도 무섭도록 좋다.

"너랑…… 떨어지고 싶지 않아."

눈꼬리를 타고 줄줄 흘러내린 눈물이 귓속에 우물처럼 담 겼나 보다. 사방이 고요하고 먹먹했다.

이춘희, 너만 만지고 싶다고. 그러니까 책임지라는 김용범 의 낮은 목소리가 귀 대신 피부에 스며들었다.

축축이 젖은 눈을 핥아 주고, 눈물이 고인 귓속을 핥아 주 고, 그리고 다시 입술이 맞닿았다. 입안을 파고드는 혀를 더 깊게 받아 내려고 입술을 크게 벌렸다.

허리를 감싸던 팔이 풀어지기가 무섭게 김용범의 손이 옷 속으로 파고들었다. 배를 쓸고 올라가 가슴을 쥐었다. 들쳐진 옷 아래로 흰색 속옷이 드러났다. 김용범이 사 준 것이었다.

속옷 차림을 처음 보이는 것이 아닌데도 긴장으로 머리가 어지러웠다. 그런 와중에도 내 낡은 속옷이 아니라는 게 다행스러워 웃었다.

왜 웃느냐고 묻는 눈에 고개만 살짝 저었다. 김용범도 웃었다. 그러곤 나를 끌어안고 일으켰다.

내 옷을 벗기려는 그를 도와 두 팔을 얌전히 들었다. 벌거벗은 몸으로 김용범의 들끓는 시선을 견뎠다.

"추워."

타들어 갈 듯 열이 오른 몸을 움츠리며 거짓말을 했다.

빠르게 옷을 벗어 던진 김용범이 나를 안았다. 열 많은 남자의 몸이 가림막 하나 없이 고스란히 내 몸에 닿았다.

단단하고 부드럽고 뜨겁다. 김용범의 품 안에서 나는 언젠가 한입 맛보았던 초콜릿처럼 살살 녹기 시작했다. 이대로 있다간 형체도 알아볼 수 없을 정도로 녹아내릴 수도 있겠다 싶었다. 그게 두려우면서도 동시에 궁금했다.

"이제 어떻게 해?"

"안고 싶어."

"지금 안고 있잖아."

"네 안에 들어가고 싶어."

아랫배에 닿아 단단하게 굳어 있는 것에 조심히 손을 올렸다.

"이걸……."

뭐라고 말을 이어야 할지 몰랐다. 김용범은 내 손길을 피하지 않고 나를 바라보며 고개를 끄덕였다.

"너만 허락해 주면. 그러고 싶어."

김용범의 얼굴은 무섭게 일그러진 깡패 같기도, 세상사 모든 일에 초연한 성직자 같기도 했다. 표정을 읽을 수 없는 남자의 얼굴이 좋았다. 내가 먼저 입술을 붙였다.

김용범이 내 안으로 들어왔을 땐 모든 생각이 날아갈 정도로 눈앞이 하얗게 번졌다. 심장이 너무 빨리 뛰어서 죽을 것만 같았다. 무서워서 버둥거렸다. 가슴을 발로 밀치고 차도 소용없었다. 발목을 잡아 쥐고 발가락 사이사이를 핥는 집요함에 고개만 미친 듯이 저었다.

김용범. 김용범. 김용범.

그의 이름을 소리 내어 불렀다. 너도 나처럼 죽을 듯이 심장이 뛰는지. 그래서 괴롭고, 그래서 좋은지 알고 싶었다.

발버둥을 멈추고 너를 끌어안았다. 조금의 틈도 없이 벗은 가슴을 맞대고서야 나는 그제야 안심했다.

철썩철썩, 네 심장이 나를 향해 파도치고 있었다.

✛　　　✛　　　✛

겪어 본 적 없는 일을 거쳤다고 해서 당장 새로운 날들이 오는 건 아니다. 그랬더라면 나는 평생 새사람으로 살았을 거다.

엄마의 쪽방촌에서 자물쇠 걸린 방에 갇혀 가스를 마시고 죽을 뻔했을 때, 엄마가 죽고 쪽방촌을 내 힘으로 굴렸을 때, 엄마 남편의 빚 때문에 미아장에 팔려 갔을 때. 나는 적어도 세 번은 새사람이 되어 새로운 삶을 살아야 했다.

그러나 나는 변한 게 없었다.

"뭐 하고 섰어."

고물 라디오가 소리를 냈다. 아침부터 라디오를 손에 줄곧 잡고 있던 김용범이 나를 올려다봤다.

나는 눈을 피하지 않았다. 김용범이 어쩐지 보고 싶어서였다. 김용범은 일어서며 나를 스쳐 지났다.

"건드리지 말고 들어. 그것밖에 안 나온다."

슬쩍 돌아 김용범의 등을 본다. 내가 껴안았던 커다란 등. 땀에 젖어 자꾸만 미끄러지던 그 등. 실은 눈만 감아도 그 밤이 생각났다.

나를 만지는 손길이 아직도 생생하다. 배 속이 간질간질하고, 아랫도리가 은근하게 달았다.

벗은 몸이 엉켜 뒤척이던 순간, 하늘 높이 올랐다 뚝 떨어지는 느낌. 그런 게 자꾸만 생각났다. 내가 이상한 여자가 된 것 같은데도 그 밤을 곱씹는 걸 멈출 수가 없다.

난 이런데. 김용범은 아무렇지도 않은 걸까.

이런 짓을 같이 저질러 놓고도 눈떴을 때 김용범과의 관계가 새로워지진 않았다.

김용범은 먹을 걸 구해 와 밥을 차려 주고, 추울까 살피고, 목욕물을 데워 주고, 라디오를 고쳐 주고, 그 밤은 말하지 않는다. 나도 그 밤에 대해 말하지 않았다.

대신 김용범이 내게 무엇인지 한참을 생각했다. 누군가에 대해 이토록 오랜 시간을 들여 반복해서 생각한 적은 없었다.

우리는 평생 해 보지 않았던 것들을 함께하며 여기까지 흘러왔다.

어제 일도 그랬다. 갑자기 서로 못 죽고 사는 사이가 되거나 사랑한단 말을 나누거나 그럴 것 같지는 않다. 그러지 않아도 될 것 같았다.

"김용범."

"왜."

"안아 봐도 돼?"

김용범을 안았다. 발끝을 들고 어깨에 팔을 두르고 가슴이 맞붙도록 힘껏.

역시다. 역시 좋다.

도망을 하면서 손을 맞잡고 등에 업히고 한방에서 자기도 했지만, 그때하곤 달랐다. 가슴이 뜨끈하다. 시리기도 하다. 너의 냄새를 들이마시게 된다. 너에게 흘러갈 내 냄새가 궁금해진다.

"일일이 안 물어봐도 돼."

김용범의 손이 내 허리를 감쌌다. 내 등을 문질러 주고는 내가 먼저 팔을 풀 때까지 떨어지지 않았다.

아, 이 기분을 말로 설명할 수 있을까. 시인님이라면 지금 뭐라고 말을 했을까. 아니, 내가 시를 쓴다면 뭐라고 적을까.

"이상해."

"뭐가."

"세상이 두 쪽 나게 달라지는 건 아닌데 그전이랑은 달라."

너는 가족도 아니고, 친구도 아니고, 애인도 아니다.

"김용범."

너는 김용범이지.

너를 꾸밀 말은 필요하지 않았다.

시인님이 말했었다.

진짜 중요한 것에는 아무 말로도 꾸밀 필요가 없다고.

"왜."

"그냥 불러 봤어."

김용범과 함께 눈을 뜨고, 김용범이 차려 준 식사를 하고, 김용범과 함께 라디오를 듣고, 김용범이 바다에 물질하러 나가면 기다리고, 김용범이 숲에서 먹을거리를 찾는 동안 불 피울 잔가지를 줍고, 김용범과 입을 맞추고, 김용범과 숨을 나누고, 김용범의 품에서 잠드는 평범한 날들이 흘러가고 있었다.

겪은 적 없어 바란 적도 없었지만 이제는 안다. 지금 이 순간이 내 생에 가장 온전히 평화로운 시간이라는 것을.

오늘은 물질하러 나가는 김용범을 따라나섰다.

"추운데 뭐 하러."

"같이 있고 싶으니까."

김용범이 우뚝 선 채 나를 봤다. 해를 등진 그의 얼굴이 보이지 않았다.

"너는 아니야?"

"……"

나도 그래. 춘희 너랑 같이 있고 싶어.

그렇게 말해 주면 더 좋기야 하겠지만, 딱히 대답을 바란 말은 아니었다. 어쨌든 김용범은 내가 하고 싶다는 것에는 토를 달지 않았다.

우리는 바다로 나갔다.

김용범은 이 추위에도 먹을 만한 걸 잘도 구했다. 파도가 험한 날에도 들어가 꼭 무언가를 들고 헤엄쳐 나왔다. 바다에서 못 나오면 어쩌지 조마조마하던 마음도, 김용범이 날 두고 혼자 위험한 짓을 할 리 없다는 걸 안 이후로는 조금 안심이 됐다.

커다란 기름통을 반으로 갈라 그 속에 잔가지로 불을 피웠다. 철판을 깔고 그 위에는 김용범이 잡아 온 전복과 조개를 올려 구워 먹었다. 가끔은 새우도 있었다. 평생에 한 번 못 먹고 죽을 것들을 여기에서는 질리도록 먹었다.

"나중에 가게 차리면 장사 잘되겠다. 네가 요리하면, 내가 손님상에 내놓고. 그럼 떼돈 벌 것 같은데."

"들어가서 씻어. 물 다 데워졌을 거야."

또 말 돌린다.

저는 먹은 자리를 치울 테니 먼저 씻으라고 등 떠미는 손에 밀리지 않았다.

늘 그랬다. 앞에서 왔다 갔다 하는 게 번잡스럽다며 치우는 걸 돕지도 못하게 했다. 옆에서 구경하는 게 고작 내가 하는 전부였다.

"치우는 거 볼래."

"뭘 본다고 맨날."

"네 등 본다."

설거지하는 김용범의 커다란 등을 보는 것만으로도 심심하지가 않았다. 설거지를 마치고 팔을 길게 뻗어 찬장을 정리하는 뒷모습까지 보고 있자니 예전 생각이 났다.

"너 나 손 안 닿는 데에 둔다고 찬장에 담배 올릴 때 내가 그랬었잖아. 너 키 큰 거밖에 잘난 것도 없다고."

김용범이 움직임을 멈췄다.

"그 말, 취소할게."

"……."

"키 말고도 너 잘난 거 많더라. 내가 다 봤잖아."

피식 웃는 소리가 들렸다.

"고맙네, 알아줘서."

여전히 등을 보인 채였지만, 나는 김용범이 부끄러워한다는 것을 알았다. 생각 없이 말을 뱉어 낸 나도 부끄러워졌다.

마주 보도록 붙여 놓은 소파에 나란히 누워 잠을 잤다. 이 모든 것이 꿈만 같아 덜컥 겁날 때도 있었다. 아직 미아장에서 벗어나지 못해 이런 꿈이나마 꾸는 것일까 봐.

눈뜨면 네가 보인다. 파도 소리가 들린다. 그러고도 불안하면 네 품에 슬쩍 들어가 심장 고동을 듣는다.

내가 아직 섬에 있구나. 김용범이 곁에 있구나. 맞구나.

그렇게 안심을 얻는다.

"추워서 깼어?"

"아니."

"그럼. 안 좋은 꿈 꿨어?"

"아니."

내 기척에 김용범을 깨우고 말았다.

김용범은 서울에서 칼을 맞고 도망할 때에도 내 앞에서 불안한 내색을 한 적이 없다. 겨우 이 정도 불안으로 그를 속상하게 하고 싶지 않았다.

그냥 김용범을 본다. 그럼 된다.

"밖에 눈 온다."

눈을 마주한 채로 김용범이 불쑥 말했다. 창을 등지고 있어서 창문 밖이 보일 리도 없는데.

"어떻게 알아?"

"눈 오면 파도 소리가 작아져."

"진짜? 장난치는 거 아니고?"

"나가서 볼래?"

바다로 나갔다. 정말 눈이 내리고 있었다. 동이 트지 않아 시커먼 바다는 김용범의 말처럼 평소보다 고요했다.

눈 덮인 새하얀 해변을 걸으며 해가 떠오르길 기다렸다.

빨갛게 익은 해가 떠오르는 대신 부옇게 하늘이 밝아지기 시작했다. 그래 봐야 잿빛 하늘이지만, 김용범과 함께라서 좋았다.

"우리 그냥 여기서 살아도 되겠다."

"……."

"네가 전복 캐 오고 미역도 따 오면 지금처럼 밥해 먹고, 밤에는 산책도 가고, 라디오 들으면서 떠들고, 심심하면 화투도 치고. 아! 여름 되면 나 너한테 수영 배울래."

"……."

"여기선 돈 없어도 되니까 욕먹어 가면서 죽어라 일 안 해도 되고, 빚이니 이자니 그딴 거 하나도 안 갚아도 되잖아. 이렇게 숨어서 잘만 살면 영영 안 잡힐 것 같은데. 그치?"

서울로 돌아가 같이 장사하잔 말에 답이 없었던 것처럼, 섬에 남아 지금처럼 살자는 말에도 돌아오는 답이 없었다.

김용범의 손을 힘주어 꾹 잡았다.

"김용범."

"……."

"그럴 거지?"

침묵이 바늘처럼 나를 찔렀다.

"아니. 춘희야."

숨이 막혀서 아무 말도 할 수가 없다.

"안 돼. 난 너랑 여기 못 있어."

네 말이 나를 부셨다. 차라리 침묵일 때의 고통이 나을 것만 같은, 온몸이 부서지는 것 같은 아픔이었다.

깨지 말걸.

미아장에 처박혀 있는 꿈이나 계속 꿀걸.

괴로워도 그냥 그럴걸.

김용범, 너랑 영영 여기 있을 수 있다면 그 꿈을 일주일이고 보름이고 꿀 수도 있어. 알아?

16. 칼판

그나마 가진 것도 다 잃고 버려진 섬까지 도망 온 나는 모든 걸 다 가진 것처럼 지냈다.

꿈, 희망, 행복, 가족, 직업.

남들은 다 가지고 있는 것조차 제대로 가져 본 일이 없어 배신당하고 버림받아도 억울하지 않은 내게 이제는 네가 있다.

이춘희.

너 하나만 있을 뿐인데, 그걸로 모든 게 해결이 된 것만 같은, 전부 가져서 바랄 게 없는 것 같은 그런 날들이다.

살아온 날 중에 잃고 싶지 않은 게 있다면, 나는 무조건

너뿐이다.

네가 웃으면 따라 웃게 됐다. 먹을 때 입안 가득 음식을 넣고 오물거리는 입을, 잘 때 꼭 감겨 있다가 파르르 떨리곤 하던 속눈썹을 보기만 해도 좋았다.

아무것도 하지 않아도 시간은 잘만 흐른다. 아깝지는 않다. 널 보는 데에 시간을 내야 한다면 남은 평생도 다 걸 수 있다.

남들이 말하는 사랑, 남들이 말하는 행복. 그런 건 모두 허상이라 생각했다. 보이지도 않는 감정을 억지로 이름 붙여 낸 거짓말이라 생각했다.

하지만 이제는 안다. 여전히 말로는 설명할 수 없겠지만 사랑이 무어냐, 행복이 무어냐 묻는다면 '이춘희'라고 대답할 거다.

"같이 있고 싶어. 너는 아니야?"

이춘희가 물었다.

아닐 리 없다. 다만, 이 벅찬 마음을 입 밖으로 꺼내는 것은 또 다른 문제였다.

너는 내 전부가 되었지만, 나는 네 전부가 되어 줄 수 없다. 너에게 해 줄 수 있는 것이 없다. 이름도 모르고, 글도 배우지 못하고 살다 빚에 팔린 나는 이제 깡패도 아니고 형사도 아니다.

"우리 그냥 여기서 살아도 되겠다. 이렇게 숨어서 잘만 살면 영영 안 잡힐 것 같은데. 그치?"

나는 살인자고, 수배된 용의자다. 너에게 무엇도 되어 줄 수 없는 신세다.

"김용범. 그럴 거지?"

거짓으로라도 그 말에 답해서는 안 된다. 지키지 못할 말을 네게 해서는 안 된다.

"아니. 춘희야. 안 돼. 난 너랑 여기 못 있어."

난 그런 행복을 누릴 만한 인간이 못된다. 내 행복은 너의 불행과 불안을 담보로 잡아야 했다.

"나랑 있으면 평생 도망쳐야 해. 숨겨 준 것만으로 죄가 돼. 나 때문에 그렇게 살지 마."

그렇게 살게 둘 수 없다. 네가 어떻게 살아왔는지 내가 아는데, 그걸 다 봤는데. 그래 놓고 어떻게 내가 그럴 수 있을까.

"그냥, 그냥 지금처럼 살면 되잖아."

"불안하잖아."

"나 안 불안해."

"매일 자다 깨고 떨어져 있으면 못 견디는 거, 그거 다 불안해서 그러는 거잖아. 너 계속 그렇게는 못 돼."

"그럼 어쩔 건데? 나 버리고 혼자 도망칠 거야?"

"이제 도망 안 쳐."

"……그럼, 그럼 어쩌겠다는 거야."

"자수할 거다."

이춘희가 고개를 천천히 저었다.

"나는, 나는 괜찮아. 불안해도 너랑 살고 싶어. 평생 도망쳐도 되고, 너랑 사는 게 죄라고 해도 상관없어. 나 어차피 쓰레기처럼 살았는데 나쁜 짓 좀 더 한다고 뭐 달려져? 그러니까 그냥 너랑 이렇게 살래."

울음 섞인 목소리에 나도 목이 메었다. 이춘희의 손을 잡고 잠시 할 말을 골랐다. 내내 머릿속에서 확고하게 쌓여 가던 확신이 한순간에 흩어지려고 했다.

무너지면 안 돼. 이춘희를 위해서 나는 무너지면 안 된다.

"서울 가자."

"……."

"목격 증언해 줘. 그리고 경찰한테 보호 받아. 그게 네가 제일 안전해."

의미를 헤아리려 멈칫했던 이춘희가 내 손안에서 빠져나갔다. 팍, 이춘희가 나를 밀쳤다.

"증언? 증언을 하라고?"

"그래."

"내가 어떻게 너한테 그럴 수가 있어? 내 말 한마디로 너

를 감방 보내라고. 어떻게 내가, 어떻게 내가 그래……. 너
는, 나를 그럴 수 있어?"

내 가슴을 밀치고 때리면서 이춘희는 서럽게 울었다. 가슴
이 답답했다.

조금만 더 빨리 너를 만났더라면 좋았을 텐데. 그랬더라면
돌이킬 수 없는 짓거리는 안 했을지도 모른다.

나는 욕심이 없는 사람이었다. 살아져서 살고, 살아야 되
니까 살았다. 그런데 너를 만나고 욕심이 생겼다.

살고 싶다.

사람답게 살고 싶다.

네 손을 잡고 살고 싶다.

"춘희야, 네가 그랬지. 시 쓰기 전엔 못 죽는다고, 뭐라도
돼서 뭐라도 하고 죽을 거라고. 지금 죽으면 몸 파는 여자로
죽는 거니까 그렇겐 못 죽는다고. 난 그때 너 데리고 도망치
고 싶었다. 아무도 모르는 데 가서 너 숨겨 놓고 네가 쓰는
시를 보고 싶었어. 그때부터였어."

작은 얼굴이 눈물로 잔뜩 젖어 있었다. 손으로 닦아 주어
도 멈추지 않는 샘처럼 끝없이 흘렀다. 벌겋게 부은 눈두덩
에 입을 맞췄다. 눈물로 가득 차서 나를 올려다보는 이춘희
의 눈이 너무도 애틋했다.

"그때부터 너랑 같이 있고 싶었어. 그리고 그때 배웠다.

이렇게는 살면 안 되는 거. 나 이대로 도망치다 잡히거나 죽으면 살인자로 영영 남는 거야. 도망 안 치고 죗값 치를게."

이춘희는 아이처럼 엉엉 울며 나를 붙들었다. 지금 당장 내가 떠나기라도 할 것처럼 옷을 꾹 쥐다가, 내 목에 두 팔을 감고 끌어당겼다. 절대로 놓아줄 수 없다는 듯이 강한 힘으로 나를 안았다. 아무 말도 못하고 이춘희가 운다. 서럽게 울기만 한다.

"네가 가르쳐 줬어. 내 인생이어도 함부로 살면 안 된다는 거. 되는대로 살다 끝내면 안 된다는 거. 그래서 자수하기로 한 거야. 몇 년이 걸려도 남은 인생만은 내가 바라는 대로 살려고."

힘주면 부서질 듯 작아진 이춘희를 안고, 열 오른 너의 뺨에 내 얼굴을 맞댔다. 가여운 너를 안고 나는 한 글자 한 글자 똑바로 말했다.

"고맙다."

너에게 세상 전부를 배운 것만 같은데, 이 빚을 갚으려면 내 전부를 걸고 내 평생을 바쳐도 모자란데. 아무것도 없는 나는 감히 너를 사랑한다는 말도 할 수가 없다. 겨우 이런 말로 내 진심이 너에게 전해질 수 있을까.

"나한테 뭘 가르쳐 준 사람은 너밖에 없어."

이춘희는 많이 울었지만 더는 나를 잡지 않았다.

＋　　　❖　　　＋

곧바로 떠날 날을 잡았다.

예정된 날을 하루 앞두고 이춘희는 눈을 뜨면서부터 초조해했다. 평소처럼 보이려고 애쓰는 모습이 오히려 더 가여웠다.

깊은 밤이 되도록 마주 누운 너는 눈만 감고 있었다. 웅크린 이춘희를 보다 내가 먼저 일어났다. 잠들지 못하는 건 나도 같았다.

따뜻한 차를 가지고 돌아오자 이춘희가 일어나 창밖을 보고 있었다. 새벽이 되어 내리던 눈은 비로 바뀌었다. 폭우에 파도가 높았다. 검게 일렁이는 바다를 봤다.

이춘희 손에 찻잔을 쥐여 주고 창가에 나란히 서서 빗소리를 들었다. 빗소리와 파도 소리가 엉키고 천둥과 번개가 들이쳤다.

배가 뜨지 않을 날씨다. 그러나 바다는 사람 생각 같지 않아서 또 내일이면 잠잠해질지 모른다. 너를 기대하게 만들고 싶지 않다. 떠나는 날을 미루고 싶지도 않다. 내가 떠날 날까지 아무것도 못 할 너를 알기 때문이다.

집요하게 바다를 보던 이춘희가 나를 향해 돌아섰다.

"김용범."

이춘희는 그날 이후로 울지 않았다.

"난 네가 진짜 싫었어."

"알아."

"속으로 맨날 너 욕하고, 죽으라고 저주하고. 네가 사 갖고 온 공책에도 처음엔 네 욕만 썼어."

우리는 조용히 웃었다. 나 보란 듯 펼쳐 놓은 것도 기억하고 있다.

"너도 내가 짜증스러웠지? 괜히 잡아 뒀다 싶었지? 밥만 엄청나게 축내고, 추우면 춥다고, 너 나가면 따라 나가겠다고, 내보내 달라고. 내가 생각해도 정말 하루도 가만히 있질 않았더라고."

그럴 너를 모르지도 않았고, 그런 네가 밉지도 않았다.

"근데 앞으로 네가 없을 거라고, 언제 다시 만날지도 모를 거라고 생각하니까 마음이 이상해. 엄마 죽고도 그런가 보다 했는데."

이춘희에게 나는 가족도, 친구도 아니다. 우리는 남들이 말하는 애인도 아닐 것이다. 서로를 사랑이라 한 적도 없다.

"네가 떠나고 나면 어떨지 잘 모르겠어. 상상이 잘 안 돼. 내가 슬플지 아니면 그런대로 살 만할지 그것도 아니면 없었던 일 같을지…… 하나도 모르겠어. 보고 싶기도 하고, 슬플 때도 있고 그럴까."

내 대답을 듣고 싶어 묻는 말은 아니었다.

"근데 몰라도 될 것 같아. 내가 언제는 뭘 잘 알아서 좋아
했나. 시 같은 거지, 뭐."

시를 좋아한다고, 사랑한다고 고백하던 너를 기억한다.

"솔직히 무슨 뜻인지는 모르겠더라. 알 것 같은 것도 있긴 한
데, 근데 알아야만 뭐 의미고 알아야만 꼭 맛이야? 그냥 좋아할
수도 있지. 좋아하는 건 내 맘이잖아. 시는 날 안 좋아해도."

못 배우고 무식하면 시 같은 거 읽으면 안 되냐고, 돈 없
으면 돈 되는 일만 궁리하고 살아야 하냐고 하던 그 말들도.

그렇지만 나는.

"시랑 달라. 나는 아니야."

이춘희를 본다.

"시는 널 안 좋아할 수 있어도 나는 아니야."

가진 것 없으면 뭘 좋아해서도 안 되는 줄 알던 내게 네가
말해 줬다.

다 이해하지 않아도, 몰라도 된다고. 못 가져도 좋아해도
된다고. 내가 널 그래도 된다고.

"맞아, 너는. 너는 시가 아니지. 김용범이지."

나를 나로 기억해 주는 사람은 아마 너뿐일 거다. 여럿이 기억해 주지 않아도 좋다.

"김용범, 고마워. 밥도 임금님 밥상 안 부럽게 차려 주고, 남들 보기엔 도망이었어도 여행도 시켜 주고, 옷도 사 주고. 남들처럼, 사람처럼 지내게 해 줘서. 나한테 고맙다고 말해 준 것도 다 고마워."

그새 조금 더 자란 이춘희의 머리카락을 쓸었다. 살이 내린 뺨을 어르고, 나를 보는 눈과 울지 않으려 애쓰는 작은 입을 만지고, 반듯한 턱을 따라 손을 움직였다.

뺨을 감싼 내 손 위로 이춘희의 손이 포개어졌다. 너는 울 것 같은 얼굴로 웃었다. 그래도 가지 말란 말은 하지 않는다.

이춘희가 품으로 덥석 안겨 왔다. 얼굴을 내 가슴에 숨기고 내 등을 끌어안는다. 얼굴을 보여달란 말에 이춘희는 도리어 품에 깊숙이 파고들었다. 마주 안고 너의 등을 쓸었다.

한참 만에 고개를 든 이춘희는 활짝 웃고 있었다. 시릴 정도로 빨갛게 번진 눈을 하고도 나를 보며 웃었다.

두 뺨을 감싸 쥐고 이춘희의 입술을 머금었다. 이춘희의 온몸에 입을 맞추었다. 추위에 약해 쉽게 차가워지는 손과 발에, 코를 묻으면 살 내음이 나는 목과 어깨에, 가쁜 숨으로 들썩이는 가슴에, 나를 받아들였던 아주 깊은 구석까지 빠짐없이 입 맞췄다.

그러는 동안 너는 내 어깨를 꽉 쥐고 숨을 잔뜩 몰아쉬었다가 참기도 하고, 크고 작게 떨기도 했다. 허리에 감긴 허벅지가 어쩔 줄 모르고 크게 벌어졌다 조여졌다.

내 손을 찾아 깍지를 껴오는 끈질긴 손짓, 내 뒷목을 끌어다 입을 맞추는 동안의 눈빛, 날 부르는 목소리, 내 입술과 혀, 손이 닿을 때의 신음, 땀과 눈물에 젖어 엉망이 된 얼굴.

네 모든 걸 다 기억하고 싶었다.

지친 너에게서 몸을 빼내려고 할 때, 네가 팔로 어깨를 끌어안았다. 따뜻하게 젖은 몸을 끌어안았다. 목덜미에 입을 맞추자 고개를 젓는다.

"싫었어?"

"싫어."

여전히 눈물에 젖은 목소리다. 싫다는 건 그 뜻이 아니란 걸, 떨어지기 싫다는 말인 걸 안다.

얼굴이 보고 싶어 살짝 밀어내자 도리어 몸을 붙여 온다. 축축한 몸이 내 가슴과 배에 꽉 맞닿았다. 벗은 등만 하염없이 어루만지고 있는데, 내 목으로 뜨끈한 눈물이 흘러내렸다. 억지로 떼어 내 뺨을 쓸었다.

"춘희야."

"……."

대답도 못 하고 울기만 하는 너를 그대로 눕혔다. 맞물리는 입술 틈으로 내 이름이 흘러나왔다. 울먹이는 목소리가 고집스럽다. 떨어지지 말라고. 이대로 멈추지 말라고.

긴긴밤은 너를 안기에 부족하기만 했다.

✛   ✛   ✛

밤새 몰아치던 비가 그쳤다.

올 것 같던 봄은 아직도 오지 않았다.

새벽녘 낚싯배에 올라 섬을 나왔다. 육지도 섬과 다르지 않다. 꽉 다물린 희고 노란 봉오리들이 나뭇가지마다 붙어 있었다.

"꽃 피었으면 좋았겠다. 언제 피지?"

"아직 한참 남은 것 같다. 봉오리 보니까."

이른 시각이라 사람 없는 공원을 둘이 걸었다. 항구 앞 포장마차에서 이춘희 먹고 싶다는 건 다 사 주고 싶었는데 너는 내켜 하지 않았다.

눈을 가리고 손목을 묶어 집에 던져둔 채 물 한 모금 허락하지 않았던 그때의 죄책감 때문인지, 나는 이춘희의 입에 뭐라도 들어가는 걸 보는 게 좋았다.

한입 크게 물고 오물거리는 입술에 안심했다. 조금이라도 따뜻한 밥을 먹이고 싶었고, 맛있게 먹는 너를 보며 홀로 위로받았다.

"너는 나를 뭐로 보는 거야? 아무리 나라도 지금 같은 때 뭐 먹으면 체한다고."

"그래. 그럼 한 바퀴만 더 돌자."

그리 크지도 않은 공원을 빙 돌아보고 다시 원점으로 왔다. 조금만 더. 조금만 더 함께 있고 싶어 손을 마주 잡고 걷고 또 걸었다.

성질 급한 이춘희의 발걸음이 느리다. 나는 조용히 그 속도에 맞춰 걸었다. 이제 남은 한 바퀴가 영원처럼 길었으면 좋겠다고 생각했다.

끝은 어김없이 찾아왔다. 저만치 멀리 보이는 경찰서로 향해 걸을 때였다. 골목에서 차 한 대가 튀어나왔다. 불행은 늘 더러운 예감과 함께 들이닥친다. 제발 이번만큼은 아니길 빌었건만 나 같은 놈의 바람을 누구도 들어주지 않는다.

차창 너머 스치듯 비친 얼굴을 알았다. 미아파 놈들 중 하나였다.

"돌아보지 마."

이춘희를 잡아끌고 옆 골목으로 들어섰다. 빠져나올 수 없는 개미굴 속으로 들어가는 걸 알면서도 앞으로만 나아갔다.

"씨팔."

막힌 벽과 마주했다. 막다른 골목으로 차가 밀고 들어왔다. 한 대가 아니었다. 줄지어 골목을 봉쇄하듯 막아서고 있었다.

돌아갈 곳이 없다. 피할 곳도 없다.

마주 잡은 이춘희의 손이 잘게 떨려 왔다. 입 밖으로 내지 않아도 이춘희의 두려움이 전해졌다.

속도를 줄이지 않고 무섭게 가까워지는 차는 기어이 나를 칠 셈이다. 죽이거나 병신으로 만들거나, 어느 쪽도 반갑지 않은 선택지였다.

땀으로 축축이 젖은 손을 힘주어 잡으며 오로지 이춘희만 생각했다. 몇 명까지 상대할 수 있을까. 놈들을 죽여서라도 이춘희만큼은 지켜야 했다. 살인을 고하러 가는 길이었지만, 너를 건드리는 놈들을 나는 몇 명이고 더 죽일 수 있었다.

이춘희를 벽 너머로 보내려고 안아 들었다.

"너는? 너는 어쩌려고!"

"저놈들 처리할 거야. 넌 숨어. 어디든 꼭 숨어 있어."

"안 돼. 못 가."

"제발, 춘희야."

해 줄 수 있는 것이 이것뿐이라, 초라하고 비참했다. 너를 나 같은 놈 때문에 숨어 살지 않게 하려고 섬을 나왔는데, 또 다시 나 때문에 너를 도망자로 만들었다.

그래도 너만은 살려야 했다. 그래야 나도 살 수 있다. 네가 어딘가에 숨 쉬고 있다는 것 하나로 나도 살 희망을 얻을 테 니까.

눈물을 닦아 줄 수 없었다. 끌어안고 달래 줄 수 없었다. 그저 살아만 있어 달라고 빌었다.

이춘희를 벽 너머로 넘긴 순간, 질주하는 차에 받힌 몸이 붕 떠올랐다. 눈앞이 핏빛으로 물들더니 이내 희게 바랬다.

✠   ✠   ✠

깨질 듯한 두통이 몰려들었다. 온몸이 으깨진 것처럼 힘 이 들어가지 않았다. 운이 좋아 뼈마디가 온전하더라도 어딘 가에 묶여 고정된 손과 발을 움직일 수 없었다. 애써 눈을 떠 보려 했지만 눈알이 빠질 듯한 압박감에 쉽게 눈꺼풀을 들어 올리지 못했다.

피 냄새가 났다. 아주 지독하고, 넘치게 비렸다.

"김용범. 용범아."

환청이 내 이름을 부른다.

혼자서 떨고 있을 너를 찾아야 하는데. 눈물을 닦아 줘야 하는데.

마음이 급하다. 당장 달려가고 싶은 마음과 달리 무거운 몸뚱이는 축 늘어질 뿐이었다.

얼굴 위로 얼음장처럼 차가운 물이 들이 부어졌다. 콧속으로, 귓구멍으로, 벌어진 입안까지 밀려들어 왔다. 기도를 막은 물을 토해 내려 몸을 들썩일 때마다 잊고 있던 통증이 몰려왔다.

"칼판. 이 새끼, 빨리 못 일어나냐."

거친 발길질을 받으며 힘겹게 눈을 떴다.

내가 죽인 놈의 수하였다. 포주를 밀어내고 그 자리에 내가 앉았을 때 놈은 내게 고개를 숙이면서도 날카로운 눈빛만큼은 숨기지 못했었다.

"쥐새끼처럼 잘도 숨어 있더니. 너 찾는다고 내가 얼마나 뺑뺑이 쳤는지 아냐. 좆같은 새끼. 그냥 아주 확 죽여 버리려고 했는데, 참았다. 형님이 하실 말씀 있으시다 해서."

퉤, 얼굴 위로 놈의 침이 뱉어졌다.

닦아 낼 생각도 못 하고 주위를 살폈다. 컴컴한 창고 같았다. 시야를 가린 놈의 머리 너머로 주황빛을 뿜는 작은 조명 하나가 겨우 사위를 밝히고 있었다.

"그리고 너 보여 줄 선물도 하나 있고."

악마처럼 웃어 대던 놈이 옆으로 몸을 물러섰을 때, 나는 펄쩍 뛰어올랐다. 아니, 의자에 꽁꽁 묶인 채 바닥을 나뒹굴었다.

"이춘희! 춘희야!"

핏물에 뒤덮인 작은 얼굴이 보였다. 내 부름에도 이춘희는 반응이 없었다. 작은 육신이 힘없이 늘어져 있었다.

악을 썼다. 이래도 내 소리가 너에게 안 닿느냐고 발악을 했다. 깡패 새끼가 시끄럽다고 내 머리를 걷어차도 나는 고래고래 소리를 질렀다.

"이춘희! 눈 떠. 나 여기 있으니까 눈 좀 떠 봐!"

"하이고. 눈물겹다, 눈물겨워."

창고 안으로 저벅저벅 들어온 두목 놈이었다.

내 머리를 공처럼 신나게 차던 깡패 새끼가 물러선 자리에 그가 다가와 섰다. 바닥에 엎어진 나와 시선을 맞추려 몸을 낮추고는 말했다.

"칼판아. 니, 내 허락도 없이 자수할라꼬."

"네놈 허락 따위 필요 없어."

투박한 손이 뺨을 내리쳤다. 구둣발에 걷어차였을 때보다 골이 더 심하게 울렸다. 입안에서 핏물이 울컥 차올라 바닥에 뱉어야 했다.

"니 자수하면 누가 다시 형사 시켜 준다 카드나."

"좆 까."

자꾸만 입안에 차오르는 핏물에 기침이 났다.

"내가 니 그래 순진하게 키웠나. 서장 새끼 목 끊어 버린 지도 한참 됐다. 이게 무슨 말인지 알재?"

서장이 죽었다고?

미아장 살인 사건 용의자로 나를 지목해서 수배를 내린 게 서장이라고 했다.

그 이유도 아직 묻지도 못했는데, 나한테 왜 그랬냐고 따지지도 못했는데 서장이 죽었다고?

중국집 짱깨였던 나를 형사로 만든 것도 서장이고, 또 나를 깡패 소굴로 밀어 넣은 것도 서장이었다. 진짜 내가 누구인지 아는 유일한 사람이었다.

그런 서장이 죽었다고?

"니가 돌아갈 곳은 내 아래밖에 없다, 이기야."

"개수작 부리지 마. 그따위 거짓말에 넘어갈 거 같아?"

"와 구라라꼬 생각하는데. 그라믄 서장이 살아 돌아올 것 같나."

놈의 눈은 차분하다. 거짓이 아니다.

"왜."

"칼판아."

"왜 죽였어!"

발광하는 내 목에 두툼한 손이 얹어졌다. 기르는 개를 다루듯 뒷덜미를 잡고 주무르는 힘이 억셌다. 그 더러운 손을 털어 내려면 마구잡이로 고개를 흔들어야 했다.

쉽게 온순해지지 않는 대가로 나는 더 맞았다. 구둣발에 얼굴이 짓밟힐 때에서야 숨이 찬 가슴을 들썩이며 놈을 올려다보았다.

"꼴이 이기 뭐고. 니 살인자라꼬 수배 때린 놈이 서장 아이가. 그래 알고 있을 낀데 우찌 그런 배신자 새끼 죽었다고 지 부모 죽은 것 맨키로. 나 같으면 잘 죽었다, 속이 다 후련했을 낀데."

"뭘로 협박했어?"

"하기사, 서장 골로 가 뿌면 니도 끈 떨어진 연 되니까 좆된 거지. 그쟈?"

"가족들 잡아다 처넣고 나 잡아 오라 그랬지?"

두목 놈이 웃었다. 가래 섞인 웃음소리가 역겨웠다.

"니가 뭔데? 착각 마라. 니 같은 거 쓰다 버리믄 그만이라 갖다 쓴 기다. 니 지금 꼴을 봐라."

"……."

놈의 면상에 침을 뱉어 주고 싶었지만, 그 너머로 아직 깨어나지 못한 이춘희를 보고 이를 악물었다. 지금 내가 할 수 있는 거라고는 고작 이게 다였다.

두목 옆으로 진을 치고 있던 깡패 새끼들의 비웃는 소리는 아무래도 좋았다.

정신 제대로 차리자. 살려면, 살리려면 하얗게 비워진 머리를 굴려야 했다. 어떻게든 방법을 생각해 내야 했다.

그러나 이어진 놈의 말에 다잡으려던 정신이 파도에 휩쓸린 모래성처럼 단번에 무너져 내렸다.

"죽은 놈 얘기는 할 만치 했고! 앞으로 우찌 살 낀가 토론 좀 해 보까. 수배 때려진 것부터 수습해야 안 되겠나. 저년이 목격자라 카대?"

두목 놈의 고개가 이춘희에게 돌아갔다. 두려움에 몸이 벌벌 떨렸다.

"안 돼. 안 돼……."

"그라믄 저년도 콱 죽여 버림 그만 아이가? 그라믄 니가 자수한들 누가 닐 믿어 줄 끼고? 사람 죽인 깡패 새끼를."

의자에 묶인 몸을 들썩였다. 손이라도 풀려 있으면 두목 놈의 바짓가랑이라도 잡고 빌기라도 할 텐데. 발이라도 핥으라면 핥았을 텐데.

이춘희는 안 돼. 이춘희만큼은 절대 안 된다.

"김용범이. 나는 니, 마음에 든다."

툭툭, 뺨을 때리는 손에는 전처럼 힘이 실려 있지 않았다.

"닌 내 밑에서 계속 일하믄 된다. 니한테 바라는 거 그거 뿐이 없다. 내 잡아 넣는다꼬 괜히 용쓰지 말고 시키는 일 따박따박 해라. 그라믄 니도 좋고, 내도 좋고."

"나 같은 놈 데리고 있어 봤자 무슨 득이 돼서?"

"득이야 만들면 있지. 서장 새끼 대신 내가 니 형사라고 증명해 주면 되는 거 아이가. 그리고 이쟈부터는 니가 내 개가 되는 기다. 형사 놈들 냄새 맡는 개."

깡패 소굴에 잠입한 형사가 아니라, 형사 소굴에 잠입한 깡패가 되란다.

그게 나를 죽이지 않고 살려 둔 이유였다. 유일하게 인정받은 나란 놈의 쓸모였다.

"근데 니도 알제. 내가 계집아는 안 믿는 거."

"쟤는 본 것도 없고, 말할 것도 없어."

이춘희만 온전히 놓아준다면 뭐든 할 수 있다.

"도망치게 해 줬으믄 발에 불이 나게 도망이나 칠 것이지. 경찰서 앞에서 깔짝였다 카대. 멍청한 년. 와 델꼬 다녔노? 뭐, 사랑이가?"

네까짓 놈이 무슨 사랑이냐 비웃는다. 나도 내가 우스웠다. 너를 기어이 이런 상황에까지 끌고 온 내가 등신 머저리였다.

"계집아는 치우자. 내가 니 다시 믿어 주께."

버리고 온 내 칼이, 두목의 손에 들려 있었다.

"니가 저 계집아 치우면은 니 팔 안 자르고, 내가 하믄 니 팔 자르고."

"믿는다며. 일단 기회를 줘."

"믿음을 주야 내가 믿지 않겠나?"

"……."

"내가 하까?"

"할게. 내가 할 테니까!"

두목의 눈짓에 깡패 새끼가 킬킬거리며 의자에 묶인 몸을 풀어 주었다. 주먹을 쥐었다 폈다 하며 온몸에 피가 도는 것을 느꼈다.

시꺼먼 놈들 십수 명에게 둘러싸인 채 이춘희에게 걸었다. 생각해 내야 했다. 너를 이곳에서 데리고 나갈 방법을 생각해야만 했다.

품에 다시 너를 안았을 때, 그 순간만큼은 아무런 생각도 들지 않았다.

같이 죽을까. 너랑 나랑 이렇게 꼭 끌어안고 같이 죽을까.

작지만 분명히 뛰고 있는 심장 고동에 정신이 번쩍 들었다. 누구보다 삶의 끈을 놓지 않은 너다. 나약한 생각 따위할 때가 아니었다.

"그만하면 됐다."

칼을 쥔 손을 부르르 떨고 있을 때, 두목의 목소리가 떨어졌다.

"내가 아무리 몹쓸 놈이라도 지 여자 지 손으로 죽이라곤 안 한다. 내가 했음 했지."

번쩍 얇은 면도날이 눈앞을 지났다. 반사적으로 팔을 들어

막았지만, 칼날이 이춘희의 목을 긋고 난 다음이었다. 성대가 지나는 자리에서 피가 솟구쳤다. 풀썩 힘없이 꺾이는 고개를 쥐고, 목을 감쌌다. 손바닥으로 누르듯이 막았다.

"함부로 나불대고 다니믄 우짜노."

눈에 뵈는 것이 없었다. 그대로 두목의 멱을 땄다.

"으흑! 컥!"

목덜미에서 피가 솟구쳤다. 핏발 선 눈으로 나를 노려보는 놈은 무어라 내게 말하고 싶은지 입을 벙긋거렸지만 잘린 목으로 내뱉을 수 있는 것은 듣기 싫은 쇳소리뿐이었다.

"형님!"

한 박자 늦게 깡패 새끼들이 반응했다. 두툼한 몸에서 쏟아져 나온 핏물이 바닥을 넘치게 흘렀다. 저대로 두면 수 분 내에 목숨이 끊길 것이다. 두목의 부상으로 어수선한 사이, 놈들을 뚫고 이춘희를 들춰 맸다.

"씨팔! 잡아! 저 개새끼 잡으라고!"

두목의 피로 악마처럼 얼굴을 물들인 채 앞을 가로막는 놈들을 칼로 찌르고 베었다. 더러운 피가 사방에 흩뿌려졌다. 저 역겨운 것들이 이춘희의 몸 어딘가에 닿을 수도 있다는 생각에 치가 떨렸다.

"아악!"

억센 휘두름에 달려들던 놈의 손가락이 잘려 나갔다.

귓가에 꽂히는 악의에 찬 비명. 징글징글하게 진동하는 피 냄새. 여기저기 잘려 나가 흩어진 살점들. 지옥에서 달아나 듯 나는 힘껏 내달렸다.

"놓치지 마!"

시야가 붉었다. 이춘희에게서 흘러나온 뜨거운 것이 어깨를 줄줄 적셨다.

여기서 나갈 수 있을까.

내가 널 살릴 수 있을까.

"난 뭐가 돼서 죽을 거야. 뭐라도 돼서 죽을 거야."

"시 쓰고 죽을 거야. 지금은 못 죽어."

"그러니까 나 죽이려고 들면 가만 안 있어. 이 깡패 새끼야."

네가 어떻게든 살려고 해 왔으니까, 나는 너를 어떻게든 살릴 거다.

이춘희의 손이 내 등을 느리게 어루만졌다.

괜찮다는 듯이.

너만 믿는다는 듯이.

창밖엔 시퍼런 바다가 넘실댔다.

"춘희야. 우리 살자. 꼭 같이 살자."

이춘희를 내 몸에 동여매듯 단단히 품에 안고 창밖으로 몸을 던졌다.

늘 그랬던 것처럼 이번에도 바다가 내 편이길 빌면서.

순식간에 얼음처럼 차가운 물이 코와 입으로 밀려들었다.

17. 시집

칼처럼 살을 파고드는 파도를 헤치고 우리는 수면 위로 기어올랐다.

김용범은 나를 업고 방파제에 올라 하염없이 달렸다. 공중전화에 멈춰 119를 부르고는 나를 바닥에 내려놓았다.

"춘희야. 나 좀 봐봐."

"……가지 마."

입안에서 피가 계속 차올랐다. 말을 하려고 하면 입안에 고인 피가 가래처럼 들끓었다. 감기에 걸린 것처럼 답답한 목소리가 튀어나왔다.

"김용범. 나, 놓고……."

가지 마.

가지 말라고, 그렇게 말하고 싶은데 이제는 목소리가 나오지 않는다.

"말하면 안 돼. 말하지 마. 금방 병원 갈 거야. 조금만, 조금만 버텨."

축축이 젖은 겉옷으로 피를 쏟는 내 목을 감싸며 김용범이 애원했다.

"너 이렇게 죽으면 안 되잖아. 살겠다고, 살아서 뭐라도 될 거라고 했잖아. 시도 써야지."

평생 딱 하나만 할 수 있다면, 시 안 쓰고 너랑 살래. 그러니까 가지 마.

구급차 소리가 들리기 시작했다.

나는 김용범을 붙잡고 말했다.

가지 마. 가지 마.

입만 뻥긋거리는 거여도 포기하지 않고 말했다.

김용범도 이미 피범벅이었다. 손을 놓으면 네가 죽어 버릴 것만 같다. 다시는 못 볼 것만 같다.

그러니까 가지 마. 제발 죽지 마.

추웠다. 다시는 여름이 오지 않을 것처럼 그렇게 추웠다. 원래부터 봄이나 여름은 없었던 듯이 지독했다. 그래서 지금이 우리에게 끝일 것만 같다. 다음은 없다고.

덜덜 떠는 나를 꼭 끌어안은 김용범이 귀에 속삭였다.

"춘희야, 살아. 나 잊어도 되고, 안 기다려도 되는데 꼭 살아야 해. 너는."

나는 고개를 저었다.

같이 살자고 했잖아. 약속했잖아.

"돌아……와."

꼭 돌아와. 끈질기게 말했다. 들릴 수 있을까 싶게 작게.

김용범이 끄덕였다.

삐, 귀를 찢을 것 같은 소리가 머릿속을 가득 채웠다.

김용범의 목소리가 점점 들리지 않는다.

김용범이…… 보이지 않는다.

✢　　　✣　　　✢

나는 사흘 만에 깨어났다.

병실을 지키고 있던 경찰이 말해 주었다.

찢어진 성대를 잇는 수술을 받아서 당분간은 말하지 못할 거라고도 했다. 목소리가 변할 수도 있다고 했다. 다신 없을 정도로 운이 좋은 경우라고 했지만, 정작 나는 슬프지도 기쁘지도 않았다. 내 일인데도 무감각했다.

"김용범은 자수하고 서에서 조사받고 있어요."

눈물이 볼을 타고 주르륵 흘렀다. 당황한 경찰이 휴지를 건넸지만 받을 겨를도 없었다. 그저 감사했다. 살아 있기만 하면 언제든 우리는 만날 수 있다.

"사실 확인이 필요해서 이춘희 씨한테도 몇 가지 물어볼 겁니다. 김용범한테 납치 감금당했습니까?"

아니요. 고개를 저었다.

김용범이 때렸습니까.

김용범이 죽이겠다고 협박하지 않았습니까.

말하기 어렵겠지만, 혹시…… 나쁜 짓을 당하지는 않았나요?

아니요.

나는 또 고개를 저었다.

김용범을 깡패 취급하는 경찰을 노려보았다. 아무것도 모르는 주제에. 네가 어떤 사람인지 모르는 주제에 너를 나쁜 놈 취급하는 경찰들이 역겨웠다. 개처럼 이리저리 굴리다가 편할 대로 꼬리 잘랐으면서 뻔뻔하게 그딴 질문을 하고 있다니.

그들은 매일같이 찾아와 김용범에 대해 물었다.

김용범이 나를 살렸어요.

그들이 손에 쥐여 주는 펜으로 그 말만 반복해서 썼다. 외에는 답할 말이 없었다.

며칠이 지나자 그들은 김용범이 사실은 형사라고 했다. 알아서 다행이었다. 그렇지만 김용범이 형사라는 걸 진짜로 믿는지는 알 수가 없었다.

너를 만나겠다고 했더니 아직은 안 된다는 말만 돌아왔다. 김용범을 봐야 했다. 나는 김용범의 말만 믿었다.

"김용범하고 애인 관계였습니까?"

라디오 뉴스에서는 김용범의 얘기가 잔뜩 나왔다. 목숨을 잃을 뻔한 상황에서도 형사임을 끝까지 숨기고 조직 폭력배 사이에서 살아남은 참된 형사.

스포츠 뉴스에서는 조금 달랐다.

빚 때문에 조직 폭력배가 운영하는 중국집에서 보조 요리사로 일해 온 삼류 인생. 그가 보호해 왔던 살해 사건의 목격자로 알려진 여자는 실은 내연 관계로 미아 홍등가에서 이름을 날렸던 창녀.

김용범이 나 좋아해서 잡혀갔나 보지?

"이춘희 씨, 묻는 말에만 대답해요."

지랄하네. 네가 형사야? 나 납치해서 감금한 건 미아장 포주 놈이야! 그 새끼가 얼마나 쓰레기인 줄 알아? 나 창녀로 만들려고 얼마나 웃었는지 아냐고! 거기서 나 구해 준 게 김용범이야!

화가 가득한 글씨는 나조차도 제대로 알아보지 못할 정도로 엉망진창이었다.

유일한 목격자인 나는 어떻게든 김용범의 자수가 헛된 것이 되지 않게 해야 했다. 세상이 김용범을 뭐라고 말하며 끌어내리든 네 행동이 옳았다고, 우리의 고된 도망은 잘못된 세상에서 벗어나기 위한 것이었다고 설명해야 했다.

김용범은 깡패 아니고, 나도 창녀 아니야! 알지도 못하면서 무슨 형사라고.

그들이 떠나면 말로 더듬더듬 찾아 뒀던 너를 글로 되쫓았다. 김용범의 부탁이었다며 경찰이 깨끗한 공책과 샤프 하나를 두고 갔다.

네가 준 공책에 너를 썼다. 너와의 처음부터 너와 했던 모든 것들을 잊지 않기 위해 전부 적었다.

하나도 안 잊을 것 같았는데 벌써 생각나지 않은 것들도 있었다. 끙끙대며 억지로라도 채워 보려 하다가 포기했다. 너를 거짓으로 지어내 쓸 수는 없다. 그러면 스포츠 뉴스랑

다를 것도 없지. 그래서 비워 뒀다.

　김용범이 돌아오면 채워 달라 해야지.

　너는 기억이 나는지, 너는 그때 어땠는지.

　쉬지 않고 채워 나간 공책은 금세 너로 가득 찼다. 너를 다 적고 나니 어느새 마지막 장 끝의 끝이었다. 끄트머리에 손가락 한 마디 정도의 틈만 남아 있다. 틈을 보다 샤프를 고쳐 쥐었다.

　너에게 하고 싶은 말이 있다.

　꼭 해야 할 말인지도 모른다.

절망이 널 내게 보내어
날 구원케 했다.

외전1. 절망이 널 내게 보내어

오늘은 그 꿈을 꾸지 않았다. 꿈꾸지 않고 깬 새벽이 아직
다 가지 않았다.

새벽 3시.

아직 어두운 방에서 너를 생각했다. 애쓰지 않아도 너와의
시간이 머리에 그려지고 눈앞에 떠오르는 것이 신기했다.

나는 매번 너를 생각했다.

너라고 부를 유일한 이춘희.

나는 아주 자주, 거의 매일 바닷가 꿈을 꿨다. 가지 말라
말하는 너와 가야 한다 말하는 나를. 어떤 밤에는 나도 그렇
게 하자 말하기도 했다. 영영 같이 있자고.

그럼 너는 웃었다. 나는 다행이라고 생각했다.

너를 생각하면 시간이 빠르게도, 느리게도 갔다. 어느 쪽이어도 좋았다. 멍하니 시간만 가는 게 아니라 너를 생각하는 데에 시간을 쓴다는 게 좋았다.

독방 앞으로 그림자가 졌다.

"수감번호 436. 일어나 앞으로."

나는 사복 경찰로서 공무 수행 시 검거 중의 상해 치사를 행한 게 아니라는 이유로 형을 선고받았다. 변명의 여지도 없었고, 그럴 맘도 없었다. 경찰임이 참작되었지만, 자격은 그 즉시 박탈됐다.

그런 건 아무래도 좋았다. 어차피 경찰 따위 계속하고 싶은 마음도 없었으니까. 다만 서장의 석연치 않은 죽음을 깨끗이 파헤치지 못하게 된 점만이 아쉬울 뿐이었다.

나는 믿고 있었다. 그가 나를 버리지 않았을 것임을.

내가 신분을 숨기고 미아파로 들어갔듯이, 서 내부에도 미아파에 정보를 넘기는 놈들이 있었다. 끝내 밝혀지지 않았지만, 어쩌면 내게 서장의 배신을 알렸던 수화기 너머 그 목소리가 범인이었을지도 모른다. 배후가 미아파라는 것만 확실할 뿐. 자신들의 목을 조여 오는 서장도 없애고, 덤으로 서장에게 배신당한 나를 손쉽게 얻을 수 있는 기회였겠지.

어쨌든 서장은 다시는 돌아올 수 없고, 나는 두목의 목을 따 서장의 죽음을 기렸다. 그 단죄로 이곳에 갇혔다.

모범수로 출소가 결정되기까지 딱 1년이 걸렸다.

국선 변호사는 조기 출소 소식을 전하고 사회에 적응할 방법을 알아봐 주겠다고 했다. 요즘엔 할 수 있는 일이 많을 거라고.

사회는 많이 달라졌다. 시내에 높은 아파트가 들어서고, 큰 체육관이 생겼다. 곧 열릴 올림픽 때문이라고 했다.

신문도 읽고, 라디오 뉴스도 들었다. 나는 책도 읽고, 목공일도 배웠다. 다시 요리도 배웠다. 할 수 있는 것은 다 했고, 말은 거의 하지 않았다.

진리는 짧게 답한다. 허위는 길게 변론한다.

선으로써 악에, 정의로써 허위에 이기도록 하라.

교도관을 뒤따르며 벽에 적힌 문구를 읽었다. 나는 매일 교도소 벽의 문구를 읽으며 내 죄를 곱씹었다.

억울할 것은 없었다. 나는 내 죄를 책임져야 했다. 누군가 교도소에 가는 것만으로는 책임이 아니라고 할지언정 할 수 있는 바는 다 하고 싶었다. 그래야 이춘희와 같이 있을 수 있다. 조금이라도 떳떳하게. 그리고 네가 불안하지 않게.

"준비는 한 시간 내에 끝내도록 한다."

공용 세면실 안으로 들어갔다. 출소일에는 공용 세면실을 혼자 쓸 수 있게 해 준다. 말끔히 면도하고 목욕했다.

지난주에는 이발을 했다. 항상 짧게만 깎는 나에게 이발 봉사를 맡은 재소자가 잔소리를 했다.

젊은 사람이 좀 길러 보지는.

요즘 애들 사이에서는 장발이 유행한다고 했다. 요즘 애들이라는 말이 아무래도 이상하게 느껴졌는데, 생각해 보면 대학생 애들과 같은 나이이니 나도 요즘 애들이긴 했다. 나와 같은 나이인 이춘희도 그렇다.

이춘희가 어떻게 지내는지 궁금했다.

잘 지낼 너를 알면서도. 너는 허투루 시간을 보낼 애가 아니니까.

입소하고 얼마 지나지 않아 네가 찾아왔었다. 너를 보지 않았다.

면회를 왔던 너에게 교도관을 통해 보지 않겠단 말을 전했다. 찾아오지 않았으면 좋겠다고도 했다. 죄짓고 여기 온 나를 보러 계속 찾아오게 할 수 없었다.

너는 내 말을 잘 들어주었다. 내 말이라곤 질리게 듣지 않던 네가 이번만큼은 내 속을 알아주었는지 억지 부리지 않았다.

찾아오지는 않았지만, 이춘희는 작년 추석 때는 영치금을 보내 주었고, 올해 설에는 설빔이라고 출소 때 입을 옷을 보내왔다.

나갈 때까지가 한참인데 새 옷이라니. 이 돈이면 그곳에서 너는 매끼 쌀밥 잘 먹고 도톰한 겨울용 털옷도 몇 벌은 살 수 있을 거였다.

전부 돌려보내려다 꾹 참았다. 너의 온기가 닿은 무엇이라도 곁에 두고 싶었다.

비쩍 마른 손을 놀려 벌었을 돈은 보기만 해도 아까워 조금도 쓰지 않고 고스란히 남겨 두었고, 옷은 가지런히 접어 두었다가 이따금 꺼내 손으로 쓸어 보곤 했다.

편지는 딱 한 번을 받았다. 이춘희가 쓴 시였다.

다 이해할 수는 없었지만 좋았다. 네가 쓴 시를 본다는 게 좋았다. 접힌 부분이 너덜너덜해질 정도로 매일 꺼내 읽었다.

목공 일을 배우는 재소자가 빳빳한 비닐을 대어 코팅을 하면 구겨지지 않는다고 했지만, 그렇게 해도 글씨는 지워진다고 해서 굳이 하지 않았다.

짐이라고 해 봤자 이 편지뿐이다. 편지를 챙기고 네가 보내 준 옷을 입고 나서는 길에 거울을 한 번 봤다.

어색했다. 스치듯 보고 거울에서 떨어져 걸었다. 까슬까슬한 뒷머리를 괜히 손으로 스윽 문질렀다.

교도관들을 따라 걸었다. 일렬로 늘어선 시꺼먼 방들을 지나칠 때마다 개구멍처럼 작은 창 너머로 아는 얼굴 몇몇이 나를 보았다.

내 머리를 깎아 준 이에게만 눈인사를 했다. '보행 중 잡담 금지' 문구가 걸린 복도였다. 애초에 그게 없더라도 건넬 말도 없었다.

중간중간 철문을 지나 밖으로 나섰다.

하늘을 보았다. 회백색 담벼락 너머에도 교도소와 같은 하늘이 이어져 있었다. 이춘희가 지나온 것과 똑같은 시간이 흐르고 있을 것이다.

그런데도 믿기지 않았다.

우리가 기약 없이 헤어지던 그 날만 같다.

겨울이 채 가시지 않아 바람은 아직 쌀쌀하고 꽃봉오리가 꽉 닫힌 3월.

커다란 철문이 내 앞에서 열렸다.

멀지 않은 곳에 홀로 선 사람이 있다.

나의 유일한 시.

나의 유일한 집.

"이춘희."

가만히 네 이름을 불러 보는 것만으로도 가슴이 벅차올랐다.

절망과 함께 떠밀려 왔던 네가, 이제는 내가 살아갈 힘이 되어 준다는 게 여전히 믿기지 않았다.

봄도, 꽃도 너만 한 기쁨이 될 수 없음을 안다.

감았던 눈을 떴다.

네가 있다.

그것이 나의 전부다.

외전2. 날 구원케 했다

눈을 뜨면 김용범이 있다.

김용범은 벌써 일어나 밥을 하고 있었다. 예전처럼 잘 차린 밥상에 마주 앉아 같이 밥을 먹었다.

공장 기숙사 조식에 댈 수도 없을 정도로 진수성찬이지만, 여러 명 둘러앉아 떠들던 시간에 비하자면 너무 조용해서 어색했다.

"국 더 줘?"

"어. 맛있다."

김용범은 김치를 썰어 넣어 매콤하게 끓인 콩나물국이랑 같이 밥도 한 공기 더 퍼주었다.

"많이 먹어."

"너도."

숟가락으로 밥을 한입 가득 넣고 우물대다 그를 흘끗 봤다. 젓가락을 쥔 김용범의 손을 보고 나도 슬쩍 젓가락을 쥐었다.

김용범과 함께하는 아침은 오늘로 딱 일주일이 지나고 있었다.

김용범이 조기 출소한다는 소식을 듣고 나는 여태껏 모은 돈을 들고 공장 기숙사를 나오기로 했다. 부지런히 살 집을 알아보러 다녔다.

둘이 살 거니까 너무 좁은 집도 안 되고, 공용 화장실도 안 되고, 화투 공장에서 너무 멀어도 안 됐다. 따질 게 넘쳐 났지만, 사글세를 살아도 다행히 돈에 쪼들려 보증금 없이 월세만 높게 쳐주는 방을 들어가진 않아도 됐다.

물론 김용범 의견이라곤 조금도 섞이지 않은 판단이었지만.

기숙사에 있는 동안 악착같이 돈을 모았다. 더는 화투판 망을 봐주며 잔돈이나 담배 심부름을 하진 않았다. 간식을 먹거나 화장품 사는 허튼 데엔 돈을 안 썼고, 월급도 조금이지만 더 올랐다.

김용범이랑 같이 살 생각을 하면 돈이 저절로 아껴졌다.

1년을 꼬박 모으기만 했더니 보증금을 낼 수 있을 만큼은
됐다.

밥을 다 먹고 출근 준비를 하는 동안 김용범도 상을 치우
고 나갈 준비를 했다. 일을 알아보러 다닌다고 했다.

화투 공장까지는 걸어서 15분이 걸렸다. 그 길을 김용범과
걸었다.

울퉁불퉁한 바닥을 피하느라 원래는 바닥만 보고 걸었는
데 이제는 앞을 보기도 하고 김용범을 슬쩍 돌아보기도 했
다. 그러다 눈이 마주치면 웃었다. 김용범과 함께 걸으면 금
방 공장 앞이었다.

"김용범."

"왜."

"일 급하게 구하지 마. 네 돈 아직 그대로 갖고 있어."

김용범이 남겨 주고 갔던 돈이 제법 컸다. 보증금에 보태
훨씬 더 좋은 집으로 갈 수도 있었지만 한 푼도 쓰지 않았다.
그냥 김용범이 내게 남겨 두고 간 무엇이 있다는 것만으로도
마음이 든든했다.

"그걸로 쌀밥 사 먹은 줄 알았는데."

"아니야! 그건 한 푼도 안 썼거든?"

월급을 타면 꼬박꼬박 김용범의 몫으로 조금씩 떼어 놓았
다. 그렇게 모은 돈으로 영치금도 넣어 주고, 출소할 때 입을

옷도 사서 보냈다. 돌아오는 답장 하나 없어 속상해하면서도 그래도 뭐라도 해 줄 수 있어 기뻤다.

서운함에 소리를 빽 지르는데, 그런 나를 김용범이 가만히 내려다본다. 길게 찢어진 눈 끝에 웃음이 걸려 있다.

"안다, 나도."

놀림당해 분한 얼굴을 돌렸다. 별것도 아닌 장난에 눈물이 나올 것 같아 입술을 물고 꾹 참는데, 커다란 손이 뒷머리를 부드럽게 쓸어내렸다. 머리를 쓸던 손이 울상인 얼굴을 잡아 제 쪽으로 돌리더니, 눈을 마주치고 웃는다. 억울했던 마음이 쏙 달아났다.

"왜 안 썼어. 너 조금이라도 편하게 있으라고 주고 간 건데."

"나 밥 많이 먹잖아. 먹고 싶은 거 생길 때 돈 없으면 억울할 것 같아서."

김용범이 웃으며 손에 작은 찬합을 쥐여 주었다. 점심에 먹을 반찬이었다.

"들어가."

내 팔목을 잡으며 왜 이렇게 말랐냐고 묻기에 네가 차려 준 밥 먹다가 공장 밥 먹으려니 잘 안 넘어간다고 했다. 반쯤은 농담 섞인 말이었는데 당장 그날부터 갖가지 반찬을 챙기기 시작했다.

"고마워. 저녁에 봐."

"그래."

김용범을 등지고 나는 공장으로 향했다. 가다 돌아보면 김용범이 있고, 또 돌아봐도 김용범이 있다. 발길이 떨어지지 않았다.

공장 일은 이제 익숙할 대로 익숙해졌다. 작업대로 가서 오늘 작업 분량을 확인하고, 화투짝을 들고 와 작업자 수대로 배분했다.

옆 작업대에는 경숙이가 있었다. 우리는 더 이상 같은 작업대에서 일하지 않았다. 경숙이도 경숙이가 십장을 하는 작업대가 있고, 나도 내 작업대가 있기 때문이다. 출세라면 출세였다.

오전 작업을 마치고 중식 시간에는 경숙이랑 친한 작업자들이랑 다 같이 밥을 먹었다.

"이춘희, 뭐냐 자꾸? 신랑 생겼어?"

반찬을 꺼내는 나를 보고 십장이 떠들었다. 별 대꾸하지 않았다.

경숙이가 입 모양으로 말을 건넸다.

좋아 보여.

나는 고개를 끄덕였다.

✤　　　✤　　　✤

　김용범은 잠을 잘 자지 못했다.

　처음에는 나랑 자는 게 불편해서 그런 줄 알았다. 그래서 일부러 이불도 따로 펴 줬다.

　그런데 며칠이 지나도 선잠 자듯 자꾸만 깨고, 그렇게 깨면 다시 잠들지 못했다.

　어느 날은 내 옆에 붙어 앉아서는 밤새 내 얼굴과 머리를 만지기도 했다.

　불안한 걸까. 도망치던 시절 섬에서 내가 그랬듯 같이 있는 게 꿈 같고, 깨면 혼자일 것 같아서 그럴까.

　속이 상했다.

　너는 왜 아무 말도 하지 않아?

　공장 휴일을 앞둔 밤, 나는 억지로 잠을 참았다. 감고 있던 눈을 떴을 때, 벽에 등을 기댄 채 어스름한 창밖을 보는 김용범이 보였다.

　어둠 속에 그의 표정이 읽히질 않았다.

　"왜 안 자?"

　"내가 깨웠어?"

　김용범이 놀라며 되물었다.

　나는 고개를 저었다.

"아니. 나도 안 자고 있었어."

몸을 비척이며 일어나 그와 마주 앉았다. 김용범을 더 자세히 보고 싶어 작은 등을 켰다.

"너도 잠 안 와?"

"응."

짧은 대답에도 잠긴 목소리가 탄로 났나 보다.

방을 나섰다 들어온 김용범이 내게 물이 가득 든 잔을 내밀었다. 반쯤 마시고 내밀자, 남은 물을 단번에 들이켠 김용범이 제 옆자리를 손바닥으로 툭툭 내리쳤다. 냉큼 옆에 붙어 앉았다.

조금 열려 있는 창문으로 미적지근한 공기가 밀려들어 왔다. 마당에 핀 꽃향기가 섞여 있었다.

봄이었다.

김용범과 함께한 첫봄이었다.

"이춘희."

"응?"

"이거 보여 주라."

탁상 위에 둔 공책을 손끝으로 훑듯이 만지며 김용범이 말했다.

나는 아직도 시를 썼다.

공장 가는 길에 핀 꽃에 대해서, 비 오는 날 냄새에 대해서, 퍼런 담요에 붉게 펼쳐진 화투짝에 대해서, 구름이 없는 하늘에 대해서, 그리고 네가 없는 날들을 그리워하며 시를 썼다.

조금 망설여졌다. 아직은 자신 없는데. 그래도 네가 보고 싶다고 하는데 거절하기는 싫었다.

"하나만 약속해. 웃지 마. 그럼 다신 안 보여 줘."

"그래."

"나 더럽게 못 써."

내 말에 김용범이 웃었다. 전처럼 픽, 하고 비웃는 게 아니라 얼굴이 작게 허물어지는 그런 웃음이었다. 못 보던 얼굴이라 좋았다. 한 번 더 보고 싶었다. 조르는 대신 작게 면박을 줬다.

"웃지 말랬지. 벌써 못 참으면 어떡해?"

"안 웃어."

김용범은 약속대로 웃지 않고 공책을 봤다. 나는 그런 김용범을 봤다.

자꾸만 그 얼굴에 눈이 갔다. 짙은 눈썹 아래로 붓으로 그린 듯이 길게 찢어진 눈은 여전했다. 아니, 조금 더 깊어졌다. 못 보던 새 살이 더 빠진 건지 코와 턱이 더 날카로워진 것도 같았다.

"왜 그렇게 봐."

"그냥. 좋아서."

"……."

"뭐가 제일 좋아? 내가 쓴 것 중에서."

작은 침묵도 못 참고 내가 딴청을 피우는 사이, 김용범이 옷걸이에 걸린 겉옷에서 뭔가를 꺼내 왔다.

낡은 종이.

그 속에 적힌 게 무엇인지 안다.

너를 보내기 전, 공책의 제일 마지막 장 끄트머리에 적었던 시였다. 공책을 쭉 찢어서 병원에 찾아온 경찰에게 건넸었다. 그에게 전해 달라고 했었다.

"나는 이거."

"글씨 엉망이라 잘 못 알아봤을 텐데."

"다 외웠어."

못난 글씨를 틈만 나면 들여다보고 또 들여다봤다고 했다. 눈을 감아도 떠올릴 수 있다고. 무덤덤하게 그 말을 하는 김용범이 좋았다.

"고맙다. 시."

"……."

"그리고 그날, 나 데리러 와 줘서 고마웠다."

출소 날, 나를 보고도 김용범은 한참을 말이 없었다. 두꺼운 철문 앞에 선 채 다가오지도 않았다.

네가 오지 않으니 내가 갔다. 성큼성큼 걸어가 앞에 서서 너를 불렀다. 김용범, 하고.

그제야 김용범이 나를 끌어안았다. 축축한 목소리로 그랬다.

겁이 났다고.

네가 사라질까 봐, 꿈일까 봐 겁이 났다고.

그리고 내가 말을 하지 못할까 두려웠다고도 했다. 나를 힘주어 끌어안는 김용범의 몸이 잘게 떨리고 있었다.

그때 미처 하지 못했던 말을 지금에서야 김용범이 내게 했다. 시를 보내고, 너를 데리러 가는 일은 나한테도 큰 기쁨이었다. 오히려 두말없이 나를 따라와 주어서 다행이었다.

"이것도 볼래?"

어쩐지 울컥 눈물이 나올 것 같아 부산을 떨었다. 포개어 놓은 책들 사이에서 공책 한 권을 꺼내 왔다.

김용범이 갖고 있는 시 한 조각. 그 조각이 떨어져 나온 공책이었다.

까만 가루가 손에 묻어날 정도로 빽빽하게 글씨가 들어차 있었다. 김용범과 함께했던 모든 것들을 잊지 않으려고 생각나는 대로 적고 또 적었다.

"기억 안 나서 못 쓴 부분도 있어. 하나도 안 놓치려고 했는데. 나 대신 네가 적어 주든지."

"……."

"너랑 하고 싶은 것도 적어 놨어. 까먹을까 봐. 너랑 나랑
은 남들 안 해 본 거, 아니 평생 안 겪어도 되는 거는 다 겪고
살았으니깐 이젠 남들 해 본 거 좀 해 보고 살자. 가끔 외식
도 하고, 영화 구경하러 극장도 가고, 바다는 실컷 봤으니까
산도 좀 보러 가고."

"이춘희."

김용범의 부름에 떠들기를 멈추었다.

"너무 애쓰지 마. 안 그래도 돼."

"내가 뭘."

사실은 무진 애를 쓰고 있었다.

김용범이 나랑 안 산다고 할까 봐. 나랑 있으면 잊고 싶은
기억들이 떠오를까 봐. 나 때문에 자꾸 재수 없는 일에 휘말
릴까 봐 무서웠다.

어색한 순간이 찾아오면 부러 더 말을 많이 했다. 나와 있
는 것이 즐겁기를 바랐다. 그래서 계속 나와 함께 살고 싶어
하면 좋겠다고 생각했다.

"춘희야. 고맙다."

김용범이 나를 당겨 안았다. 계속 고맙다는 말만 했다.

나는 그 말이 듣고 싶었던 건 아니었다.

바다 앞에서 나와 같이 있을 수 없다 말하던 너에게서 듣

고 싶은 말이 있었다.

김용범은 아직 그 말을 해 주지 않았다. 벌써 열흘이 넘도록 같은 집에 살면서도 내가 원하는 말을 해 주지 않았다.

나는 재촉할 수 없었다.

김용범의 목덜미에 얼굴을 묻고, 등에 팔을 둘러 힘주어 안았다. 떨어지고 싶지 않았다.

그 밤, 나는 김용범에게 안겨, 김용범은 내게 안겨 깊게 잠들었다.

✛　　　❖　　　✛

퇴근하고 밖으로 나올 즈음 막 해가 저물고 있었다.

악착같이 돈 벌려고 야간 조, 새벽 조 일을 나서서 했던 때도 있었는데, 요즘에는 여간해서는 일찍 퇴근하려고 기를 썼다. 이래서야 신랑 생겼냐는 말에 아니란 말도 못 했다.

"김용범!"

공장에서 골목 하나를 지난 곳에 김용범이 서 있었다. 붉어진 하늘 아래 커다란 남자가 그림처럼 멋졌다.

나는 달려가 그의 옆에 섰다. 출근하는 길도, 퇴근하는 길도, 함께 걸으니 짧게만 느껴졌다.

신나서 걷는데 김용범이 슬그머니 손을 잡았다.

"왜?"

"같이 갈 데가 있어."

김용범이 이끄는 대로 따랐다. 어디로 가는지보다 그가 잡고 있는 내 손에 더 신경이 쓰였다.

버스를 타고 가야 하는 거리였다. 한 자리 남은 곳에 김용범은 나를 의자에 앉히고 저는 내 옆에 섰다.

차라리 같이 서 있을 걸 그랬나. 그러면 계속 손잡고 있을 수 있는데.

창문에 비친 김용범을 보다 시선을 돌렸을 때 익숙한 동네를 지나고 있었다.

미아였다.

내가 태어난 곳, 밤이 되면 비로소 깨어나는 곳, 지긋지긋한 냄새로 들끓던 곳, 끝없이 도망치고 또다시 잡혀 들어갔던 곳.

그리고 널 만났던 곳이기도 했다.

그때 어깨에 체온이 닿았다. 김용범의 커다란 손이 내 어깨를 토닥이고, 머리카락을 쓸어 주었다. 무슨 생각을 하고 있는지 알고 있다는 듯이.

솔직히 별로 울고 싶은 기분도 아니었다. 그런데 네가 나를 다독여 주는 것이 좋아 조금 어리광을 부렸다.

내게 닿아 있는 손을 겹쳐 잡았다. 창문에 비친 내가 웃고 있었다.

우리는 미아사를 지나 20분을 더 멀어진 동네에서 내렸다. 그사이 노을은 사라지고 어둠이 내렸다.

김용범은 정류장 근처 3층짜리 건물 앞으로 나를 이끌었다. 여전히 손은 맞잡은 채였다.

"여기가 어디야?"

1층의 텅 빈 공간에 들어서서 그제야 물었다. 천장에 덩그러니 형광등 하나 남아 있는 곳을 둘러보면서도 감이 잘 안 왔다.

"너, 내가 해 준 자장면 맛있다고 했지?"

무슨 소리를 하는지 몰라 그냥 보기만 했다.

"분해 죽겠다면서도 맛있어서 다 먹었잖아. 그 많은 거를, 양념까지 싹싹 긁어서."

"그랬지."

"또 해 줄게. 전보다 더 맛있게. 자장면보다 더 맛있는 것도 많이 해 줄게. 돈도 많이 벌어서 너 하고 싶은 거 다 하게 해 줄게. 네가 좋아하는 시 쓰면서 편하게 살게 해 줄게. 겨울에는 연탄도 많이 때서 하나도 안 춥게 해 줄게. 목욕할 때도 따뜻한 물에만 씻게 해 줄게. 추우면 안아 주고, 힘들면 업어 줄게."

네가 무슨 말을 하는지 알겠다.

"나랑 살자, 이춘희."

김용범의 가슴이 눈에 띄도록 부풀었다 가라앉았다.

"잘해 줄게."

갑자기 말문이 막혔다.

김용범은 내 눈을 본 채로 천천히 말을 이었다.

중국집을 하겠다고. 내가 잘하는 게 이것밖에 없지 않으냐면서.

나는 네가 뭐가 되든 좋았다. 네 옆에 내 자리가 있으면 그걸로 좋았다.

김용범이 창가 앞의 한 자리를 가리켰다.

"내가 음식 만들 동안, 너는 저기에서 시 써."

네 손이 가리키는 곳에 나뭇결이 고운 식탁과 의자가 생겨났다. 그 위에 내가 좋아하는 시인님의 시집이 있었다.

그 옆에는 네가 사 준 공책과 샤프가 있었다. 사과 향이 나는 차가 있었다. 창문으로 티 없는 햇빛이 쏟아져 들어왔다.

마치 눈에 그린 것처럼 선명하게 보였다.

우리의 미래였다.

"이춘희, 그럴 거지."

"⋯⋯응."

목이 메어 더는 말할 수 없었다. 미아를 지나오면서도 아무렇지 않았던 심장이 요동쳤다.

다른 사람은 모르는, 오직 나만이 볼 너.

김용범이 나를 보며 웃었다.

—*Fin*

작가 후기

절망과 구원을 썼지만,
희망과 위로로 기억되는 글이기를 바랍니다.

—2019년 7월,
겨울을 기다리며
도개비 드림.